남편이 vol. 2
돌아왔다

남편이 돌아왔다 2

2013년 5월 10일 초판 1쇄 발행
2013년 6월 29일 초판 2쇄 발행

지은이 문지효
발행인 이종주

기획 편집 박지해

발행처 (주)로크미디어
출판등록 2003년 3월 24일
주소 서울시 용산구 원효로97길 46 5층
Tel (02)3273—5135 **Fax** (02)3273—5134
홈페이지 blog.naver.com/rokmedia · **E—mail** rokmedia@naver.co

ⓒ 문지효, 2013

값 9,000원

ISBN 978—89—257—3206—0 (2권)
ISBN 978—89—257—3204—6 04810 (set)

남편이 돌아왔다 vol. 2

문지효 장편소설

ROCODO

Sale Date

13-J

contents

보리밭

돌아보면 아무도 보이지 않고
저녁놀 빈 하늘만 눈에 차누나

도하는 평창동 집에서 나온 후 심 비서가 골라 준 한 동짜리 빌라 꼭대기 층에 짐을 풀었다.

이연이 없는 집은 단지 잠을 자는 숙소의 기능밖에 하지 않았다. 그야말로 의미라는 게 없어졌다.

집은 강남과 강북의 중간이다. 도하는 작은 방 하나를 암실로 개조했다. 어쨌든 그 역시 '집'의 의미를 이 널찍하고 쾌적한 공간 어딘가에서 찾고 싶었다.

암실의 첫 작업은 얼마 전 찍었던 필름 한 통이었다. 커다란 헤드폰을 낀 이연이 수조를 닦는 모습이 눈앞에서 점점 선명해진다. 사진 속의 이연은 그날처럼 흥얼흥얼 노래를 부르는 것 같았다. 자동적으로 이연이 듣던 가곡이 귓가에 맴돈다.

도하는 이연의 사진을 가만히 바라보다가 벽에 걸어 두고 암실을 나와 출근 준비를 했다. 간단하게 커피와 샌드위치를 만들어 먹고 집을 나서 심 비서가 운전하는 차에 올라 회사로 향했다.

임시 이사회를 막 끝낸 참이었다. 주주 총회와 취임식이 얼마 남지 않았다. 차 안에서 오늘 스케줄에 대해 브리핑을 듣고 도하는 잠시 뒷좌석에 기대 눈을 감았다.

CD 플레이어에서 이연이 좋아하는 가곡이 굵은 테너의 목소리로 흘러나온다.

목련꽃 그늘 아래서 베르테르의 편질 읽노라.
구름 꽃 피는 언덕에서 피리를 부노라.

도하는 창문을 열고 파란 하늘 아래 공기와 마주했다. 봄이 무르익어 바람이 상냥하게 부딪혀 온다.

그리고 생각은 언제나 은이연.

키스 따위가 무슨 힘이 있다고 이토록 오래 재생되는 것인지……. 이혼 선언이 무색하게도 그는 그녀가 보고 싶었다. 눈으로 볼 수 없음이, 기억으로만 떠올리는 체취가 이렇게 사람을 미치게 하는지 새삼 깨닫는 중이었다.

"도착했습니다."

예고 없이 노래가 끊기고, 심 비서가 회사 앞에 차를 세운 다음 말했다.

'아아, 이제 현실로 들어갈 시간이군.'

도하는 말끔한 얼굴로 가면을 쓰고 로비로 걸어갔다.

　상무실 입구에 들어서자 낯익은 여자가 보였다. 유리가 커다란 선글라스로 눈을 가린 채 그를 기다리고 있었다.
"아침부터 웬일이냐고 묻지 마. 내가 왜 왔는지 알고 있잖아?"
　그녀답게 정공법으로 첫 마디를 건넸다.
"들어가서 얘기하자."
　도하의 말에 유리가 당당한 기세로 도하의 방을 향해 돌진하며 비서진들에게 말했다.
"커피나 차는 필요 없어요. 우리 얘기 방해하지 마세요."
　도하는 재킷을 벗고 소파에 유리와 마주 앉았다.
"너 왜 멋대로 그러니? 누가 너한테 돈 대 달랬어? 너 어쩜 너희 엄마랑 방식이 똑같니?"
　아, 그것 때문이었군.
　심 비서에게 유리가 경제적으로 곤란한 상황이라는 것을 보고받고 며칠 전 적절한 조치를 부탁했다. 물론 유리의 의사를 물어본 것은 아니었다. 사실을 안 유리가 언젠가 연락해 오리라 생각했지만 이렇게 빠를 줄은 몰랐다.
"자존심은 넣어 둬. 네 마음이 좀 상했다고 해도 지금은 그런 거 따질 상황이 아니잖아?"
"적선 같은 거 하지 말랬잖아? 내 말 흘려들었니?"
　유리가 핏대를 세운 채로 흥분했다.
"적선이든 뭐든 좀 받으면 안 되겠냐? 나 너한테 미안한 마음이 있어. 그 마음, 이렇게라도 지우고 싶어서 그래. 그러니까 날 위해서라고, 네가 아니라."

"그러니까 난 너한테 부담스러운 존재구나."

"그렇게 들렸다면 미안해. 널 돕고 싶어서 갖다 붙인 말이야. 유리야, 내가 돕게 해 줘."

도하는 부드럽게 타이르듯 말했다. 도하의 말에 유리가 무너졌다.

"너한테만은 이런 꼴 보이고 싶지 않았다고요. 으흐흐흐흑."

유리가 손으로 얼굴을 가리고 울기 시작했다.

"네가 다른 걸 원했다면 그걸 해 줬을 거야. 내 방식으로는 이것밖에 해 줄 게 없었다."

"그 알량한 보상? 내가 정말 원하는 보상을 말해 볼까?"

눈물을 닦고 유리가 다시 전투적이 되어 말한다.

"네 옆자리."

"뭐?"

"너도 알고, 나도 알고, 강 여사님도 아시는 거. 네 지금 아내가 가짜라는 거 알아. 내 대신이라는 건 더 잘 알고."

"그래서?"

"내가 원하는 보상은 그 여자 자리야. 줄 수 있어?"

"……"

"예전에 도망친 걸 후회해. 이젠 안 그럴 거야. 너한테 다시 사랑해 달라고 안 해. 네 아내 자리, 나 줘."

"내 아내가 되어 뭘 하고 싶은데?"

"영원한 안정을 맛보고 싶어. 그냥 너랑 살아 보고도 싶고. 무서워서 못 했던 거 다 해 보고 싶어. 행복해지고 싶어."

"내 옆에 있으면 행복할 거 같니?"

"어쩌면. 7년 전에 널 만났을 때가 내 생애 통틀어 제일 행복한 시간이었으니까."

"……."

"대답이 없네. 어려워?"

도하는 유리를 바라보았다.

"난 여자 때문에 감정 낭비하는 거 다신 하고 싶지 않아. 너 때문이든, 누구 때문이든."

"그 여자도 포함이야?"

"뭐?"

"네 가짜 아내도 포함이냐고?"

"그래."

"좋아. 무리한 요구라 생각했어. 그럼 이건 어때? 내가 필요할 땐 늘 내 곁에 있어 주기. 언제든 부르면 와 줘."

"……."

"그것도 못 해 줘?"

"알았어."

퉁퉁 부은 눈을 선글라스로 가리고 유리는 상무실을 나섰다.

도하는 이연을 생각했다.

과거의 여자는 돈을 줬다고 잡아먹을 듯 구는데, 현재의 여자는 돈 때문에 그와 함께하려 한다. 그의 옆에 있겠다고 하는 여자가 있고, 그의 옆에서 최대한 멀리 떨어지려는 여자가 있다. 그럼에도 그는 현재의 여자가 필요했다. 멀리 도망가려는 여자를 붙잡고 싶었다.

도하의 마음속에 어느새 이연이 가득했다. 이연은 그에게 이미 술로도, 일로도 잊을 수 없는 여자가 되어 버렸다.

"장 비서가 웬일이에요?"

오전이 끝나 갈 무렵 사무실에 들어선 사람은 수란의 비서였다.

"사모님께서 모셔 오라고 하셨습니다. 지금 호텔 레스토랑에서 기다리고 계십니다."

"당연히 무슨 일인지는 모르시겠죠?"

"네."

입이 무거운 장 비서가 곤란한 표정으로 대답했다.

"알았어요. 나가 있어요."

장 비서가 나가고 도하는 보던 서류를 정리했다. 집을 나온 그날 이후, 연락이 끊어진 이연과는 상반되게 수란은 계속해서 연락을 해 왔다. 어차피 점심을 먹어야 했고, 계속해서 수란의 전화를 피할 수만은 없는 일이다.

도하는 마치 세상에서 가장 냉정한 전투를 준비하는 사람처럼 절도 있는 손길로 넥타이를 바로 잡고 양복 재킷을 입었다.

여자의 첫 느낌은 화창하다는 것이었다. 아이러니하게도 커다랗게 벌어진 분홍색 입가가 누군가를 생각나게 해 또 한쪽 마음이 서늘해졌다. 화창한 얼굴과는 거리가 먼, 이연의 안개 같은 표정. 만약 이연이 저렇게 웃는다면 어떤 얼굴이 그려질까, 잠시 궁금해졌다.

"그럼 두 사람 천천히 얘기 나눠요. 나는 지루한 모임이 있어서 이만 가 봐야겠어요."

수란의 용건은 맞선이었다. 아직 이혼 절차가 끝나지도 않았는데 새 며느릿감을 고르고 있던 모양이었다. 우아하게 걸어 나가는 수란을 따라 도하가 일어섰다.

"잠깐 실례할게요, 어머니와 할 말이 좀 있어서요."

"네."

화창한 여자가 다시 커다란 입매를 만들며 소리 없이 웃었다. 밖으로 나서니 수란은 만족한 얼굴로 엘리베이터를 기다리고 있었다.

"왜 이렇게 촌스러워지신 거예요? 나이 드시나 봐요, 어머니도."

"촌스러워도 어쩌니? 난 너에게 좋은 여자를 붙여 주고 싶어."

그의 반응을 예상한 듯 수란은 평온한 얼굴로 그를 보았다.

"저 여자도 겨우 나한테 붙여치는 상대라는 거 알아요?"

"이연인 어제 짐을 싸서 나갔어."

최대한 비딱하게 물었는데, 되돌아온 대답이 그의 마음을 철렁하게 만들었다.

"그래요?"

"그동안의 정을 생각해서 이것저것 잘 챙겨 줄 생각이다. 그러니까 너는 신경 쓰지 않아도 돼."

"왜 제가 신경 쓸 거라 생각하세요?"

순간 수란의 눈빛이 흔들렸다.

"불안하세요?"

"무슨 말이니?"

"계약 결혼을 진짜로라도 만들까 봐서요?"

"너 다 알고도 그런 말이 나와? 농담이라도 그러지 마. 네가 그렇게 어리석지 않다는 거 안다. 아들에 대해 그 정도 믿음은 있어."

도하가 피식 웃었다.

"저도 어머니가 촌스럽지 않은 분이란 믿음 정도는 있어요. 들어가서 저 여자 접대하시고 좋은 말로 핑계 대서 우아하게 돌려보내세요."

벨 소리와 함께 엘리베이터가 멈춰 서자 도하가 먼저 올라 탔다.

"도하야."

"난 이런 만남 동의한 적 없어요. 일단 저 여자, 제 타입이 아니에요. 난 저렇게 웃는 여자 별로예요."

"너, 아무것도 검증되지 않았어. 취임식이 끝이 아니라고. 사방팔방에서 네가 실수하는 것만 기다리고 있을걸. 네 형수들이 어디 보통이니? 도하야, 냉정하게 생각해. 웃는 얼굴로 여자

남편이
돌아왔다

고르는 건 데리고 놀 때나 그래. 네 아내가 될 여자는 경영권에 도움이 될 만한 든든한 배경이 있으면 되는 거야."

"그런 여자면 아무나 된다는 거예요? 정신이 이상한 여자라도요?"

"그래. 난 며느리 조건 아무것도 안 바라. 한 가지만 있으면 돼."

"어머니도 처음엔 격에 맞지 않는 여자였어요."

"내 콤플렉스를 건드릴 생각이면 아서. 아무짝에도 쓸모없으니까. 좋아. 저 애가 네 타입이 아니라면. 그럼 다른 상대를 골라 보마."

"긴말하기 싫어요. 저한테 붙여지는 상대는 제가 골라요. 제가 다시 들어가면 어머니 망신당할 일이 생길지도 몰라요. 그래도 괜찮으시겠어요?"

엘리베이터 문이 닫혔다.

엉망이 된 수란의 얼굴이 보이지 않자 도하는 사납게 넥타이를 풀어 버렸다.

젠장 소리가 튀어나온다. 애매모호한 짜증이 인다. 서서히 엉망인 하루가 되어 가고 있다.

이연의 사인이 담긴 이혼 서류가 되돌아오지 않았기에 어느 정도 그녀의 감정을 확신하고 있었다. 어쩌면 결혼을 끝내고 싶지 않을 것이고, 그러기 위해 이연이 고민의 시간을 갖고 있으리라 생각했다.

그런데 짐을 싸고 나가다니. 수란에게 마지막 인사까지 했다니.

더 이상 참을 수가 없어져 도하는 휴대폰에서 이연의 전화번호를 찾았다. '은이연'라는 세 글자의 이름을 누르기 직전, 가까스로 멈췄다.

바라던 대로 됐잖아? 전화해서 뭐라고 따질 셈이냐? 자신에게 물었다. 이유 없이 화가 나는 마음을 정리하기 위해 심호흡을 했다. 거울을 보며 넥타이를 고쳐 매고 엘리베이터를 나섰다.

오후 늦게 시작된 장시간의 중역 회의가 밤이 깊어 끝났다. 집으로 가는 길, 도하는 유리의 전화를 받았다. 그녀는 술 한잔 나눌 친구가 필요하다고 말했다. 피로가 온몸을 뒤덮어 당장 침대로 쓰러지고 싶은 밤이었지만, 유리와 약속한 것이 있어 어쩔 수 없이 차를 돌리게 했다.

그리고 습관처럼 도하는 이연에게 전화를 걸었다. 하지만 휴대폰이 고장이라도 난 건지 여전히 이연은 전화를 받지 않았다.

2일째 전화 거부를 당하니 울화가 치밀었다.

접근 금지 명령을 내릴 사람은 그녀가 아니고 그다. 전화를 회피할 사람도 그녀가 아니다. 그런데 감히 그의 전화를 간단하게 씹어 버리다니. 오늘은 오기가 생겼다.

도하는 소아외과 의국 전화번호를 눌렀다.

"은이연 씨 부탁합니다."

—어디시죠?

"집입니다."

—아, 연락 못 받으셨어요? 지금 전화 통화 안 되세요. 선생님이 좀 다치셔서요.

도하는 순간 머릿속이 하얘졌다.

"어딜 말입니까?"

—응급실에서 사고가 좀 있었어요.

이연이 응급실에서 동네 건달들을 치료하다가 싸움에 휘말리면서 부상을 당했다고 레지던트가 말했다.

전화를 끊고 도하는 다급히 외쳤다.

"병원으로 갑시다."

연강 대학 병원으로 가는 내내 도하는 제정신이 아니었다. 심 비서가 응급 센터 앞에 차를 세우자 황급히 응급실로 들어가 막무가내로 모든 침대를 뒤지기 시작했다. 커튼을 열어젖힐 때마다 환자들이 도하의 기세에 깜짝 놀랐다. 그를 저지하려는 간호사가 무슨 일이냐며 호들갑을 떤다.

하지만 도하는 아무 소리도 들리지 않았다. 그러다가 마지막 응급실 커튼을 열었을 때 이연을 발견했다.

"어? 서도하 씨."

이연의 이마를 꿰매고 있던 그녀의 친구가 먼저 알은척을 했다.

"누굴 찾는지 모르겠지만 이러시면 안 된다고요!"

따라 들어온 간호사가 도하의 팔을 잡았다.

"김 간호사님, 괜찮아요. 은이연 선생 남편분이세요."

방희가 간호사에게 설명하자 이해가 간다는 듯 고개를 끄덕이고 사라졌다.

도하가 거칠게 커튼을 닫았다.

"왜 왔어요?"

이연이 태연하게 물었다.

"넌 뭐 그런 걸 묻니? 소식 듣고 걱정되니까 달려온 거겠지."

방희가 대신 변명했고, 도하는 입을 꼭 다문 채 천천히 자신을 진정시켰다.

"자, 다 됐다. 상처가 깊지 않아서 금방 아물 거야. 내 스티치 실력도 예술이니까. 그럼 두 분이 대화 나누셔."

방희가 커튼 밖으로 나섰다.

"전화를 왜 그렇게 안 받아?"

도하가 으르렁대듯 말했다.

"목소리 낮춰요. 지금 그 말 하러 온 거예요?"

"그래. 앞으로 연락할 일도 많은데 그렇게 전화를 안 받음 어떻게 하냐고?"

"어차피 변호사들이 다 알아서 하잖아요? 우리가 나눌 얘기가 뭐 있어요?"

"왜 없어? 왜 그렇게 단정해? 네가 내 마음 속속들이 다 알아?"

"알았어요. 전화 잘 받을게요. 됐죠? 나가 주세요. 보시다시피 난 좀 쉬어야 해서."

이연이 침대에 누워 눈을 질끈 감았다.

도하는 그런 이연을 보다가 젠장 소리를 삼키고 커튼 밖으로 나섰다. 저런 싸늘한 여자가 걱정되어 미친 듯이 달려오다니 정신이 나갔군. 자신을 질책하며 성큼성큼 문으로 나섰다.

하지만 얼마 안 가 도하는 걸음을 멈추었다. 도저히 발길이 떨어지지 않았다. 이토록 감정의 폭풍을 일으키는 이연이 미웠다. 무감한 그녀를 충동하고 싶었다.

도하는 다시 이연에게 다가갔다.

"우리 말 좀 하자."

"할 말 없는데요."

이연은 차분히 그를 보았다.

흥분 하나 하지 않고 이렇게 고요한 여자, 어떡하면 좋지?

점점 더 초조해지고 어찌할 바를 몰라 도하는 막무가내가 되었다.

"나 지금부터 소리 고래고래 지르면서 대화 좀 해야 할 거 같은데 여기서 괜찮겠어?"

도하가 생떼를 쓰고 있는데도 이연은 여전히 미동도 없었다. 잔잔한 그녀의 눈빛에 도하는 한숨을 푸욱 쉬었다. 의자에 주저앉아 머리를 감싼다. 마치 자신도 어찌할 수 없는 것처럼.

그제야 이연은 철벽같은 마음을 조금 허물었다.

"지금 여기선 안 되는 얘기예요?"

도하가 고개를 들었다.

"응."

도하의 눈이 너무나 절박해 그를 미워했던 이연의 마음이 스르르 가라앉았다. 바보처럼 그의 요구를 들어주고 싶었다.

이연 역시 한숨이 나왔다. 불면의 날들을 힘들게 보내고 겨우 마음을 정했는데 다시 이렇게 흔들려 버리다니 말이다.

"나 지금 그냥 나갔다가는 큰 사고라도 칠 거 같거든. 좀 봐주라."

이연은 묵묵히 베드에서 내려와 신발을 신었다.

"따라와요."

그녀는 도하를 당직실로 안내했다.

"자, 소리를 지르든 말든 마음대로 해요."

"외과의가 왜 응급실에 있어? 전공 바꿨어?"

"가끔 지원 나와요. 응급 의학과 전공의가 부족하고, 협진이 필요할 때가 많아서요. 자, 설명이 됐어요?"

"그럼 앞으로도 쭉 여기서 일할 거란 소리야?"

"네. 무슨 문제 있어요?"

도하가 입을 꾹 다물었다. 그러고 한다는 말이 기가 막혔다.

"보디가드 붙일게."

"무슨 말도 안 되는 소리예요?"

"좀!"

도하가 격하게 화를 낸다.

"자기 몸은 자기가 알아서 지키면 안 돼? 의사가 무슨 이런 꼴을 당하냔 말이야."

"당신과 상관없는 일이에요."

"상관있어. 우린 아직 부부야."

"그 레퍼토리 아직도 써먹어요?"

"이혼, 시작도 안 했어. 그러니 잘 끝내게 도와줘."

"이마 좀 다친 거 이혼 서류 작성에 아무 문제 없어요. 걱정 마세요."

"뭐?"

"당신 걱정은 오로지 그거잖아요?"

도하가 피식 웃었다.

"맞아. 그거야. 그러니까 이런 일 다신 있어선 안 돼. 보디가 드 붙일 거야."

"말도 안 되는 소리 그만하고 가 주세요."

이연이 도하가 나가기를 기대하며 문을 열었다. 하지만 그는 이연의 앞에서 문을 닫을 뿐이다.

"은이연."

그의 목소리가 차분히 가라앉았다.

"말 안 되는 소리 좀 더 해야겠어."

그가 가까이에 있었다. 겨우 한 뼘이었다. 이연은 주체할 수 없이 가슴이 떨렸다.

"네가 돈만 아는 여자라고 해도."

"……"

"네가 날 배신한 여자라 해도."

"……"

"네가 날 좋아하지 않는다고 해도."

거기까지 말한 도하가 잠시 숨을 고른다. 신경질적으로 몇 번 앞머리를 쓸어 올린다. 마치 해서는 안 되는 말을 참기 위해 안간힘을 쓰는 것처럼.

"나는 널 갖고 싶어."

결국 하기 싫은 말을 내뱉는다. 얼굴이 험악하게 구겨진다.

"그래서 죽겠어."

도하로 인해 쿵쿵 뛰던 이연의 심장이 차갑게 식어 간다. 그녀가 원하던 말이 아니다.

"그건 당신 사정이고요."

이연은 냉정하게 일갈한다.

"난 내 사정으로 바쁘고 힘들어요. 각자 고민은 서로에게 방해가 되지 않도록 각자 해결해요."

다른 말을 기대한 이연은 도하가 야속했다. 사랑하게 되는 연인들은 서로를 첫눈에 알아본다는데, 도하는 그녀를 몰라도 너무 모른다.

"은이연!"

"아무리 그래도 당신 정부는 안 될 거란 말이에요. 서도하 씨, 우리 그만해요. 그게 서로를 위해 최선인 거 같으니까."

이연은 도하를 남겨 두고 방을 나섰다.

쾅 하고 닫치는 문이 도하의 마음을 정신없이 후려쳤다.

유리는 새벽까지 도하를 기다렸다. 와인을 준비하고 간단한 안주로 프랑스 요리도 만들어 놓았다. 어떤 옷을 입을까 고민하며 드레스 룸에서 긴 시간을 보냈다. 도하에게 어떤 말들을 할까 미리 예행연습도 했다. 하지만 곧 도착할 거라던 도하는 소식이 없었다.

유리는 평정을 유지하기가 힘들어 동이 터 올 즈음 술을 마시기 시작했다. 꼼꼼하게 세워 둔 플랜이 삐걱거리는 소리가 들렸다.

도하가 제 맘대로 움직여 주지 않았다. 도하에게 가는 속도를 겨우 조절하고 있는데 그는 속도가 느린 정도가 아니라, 아예 그녀에게 오지 않았다.

부아가 치밀었다. 또다시 실패할 수는 없다. 영화와 드라마, 하나씩 사이좋게 망해 먹었다.

유리는 정신이 번쩍 들었다. 그리고 절대로 실패하지 않는 삶이 아주 가까이에 있음을 알게 되었으니 도하를 다시 찾아야 한다.

이제 도하는 보스가 된다. 그의 옆에서 여왕이 되면 아무도 그녀를 비웃지 못할 것이다.

와인 세 병을 비우고 취기로 온 정신이 망가졌을 때 유리는 과일을 깎기 위해 올려 둔 스위스 아미 나이프를 집어 들었다. 경쾌한 소리를 내며 빛나는 칼날이 드러난다. 유명 브랜드의 100주년 기념 스위스 군용 칼로 한정판을 구해 달라 부탁하자 도하가 선물을 해 주었다. 조그맣지만 오래되어도 칼날의 날카로움은 위대하여 무엇이든 싹둑싹둑 베어 버린다.

유리는 슬쩍 손목을 한 번 긋는 시늉을 해 봤다. 그리고 한 번 더 그어 본다. 이번엔 최대한 비극적인 표정과 함께 스윽 팔

목을 스친다. 손목에 닿을락 말락, 칼이 허연 살갗 위에서 춤을 춘다.

유리는 아직은 아니라고 자신을 달래며 나이프를 접었다. 다시 경쾌한 소리가 났다.

도하는 전화 소리에 잠을 깼다. 심 비서였다.

"10시입니다, 상무님."

"네, 일어났어요."

새벽녘 엉망으로 취한 채 옷도 갈아입지 않고 침대로 쓰러졌던 모양이다. 어젯밤 이연과 헤어지고 병원을 나서 그 길로 자주 가던 바bar로 직행했다. 심 비서에게 잔뜩 취할 예정이니 오전 스케줄을 다 미루라고 지시했다.

지독한 독주가 필요했다. 그래야 잠시나마 이연을 잊을 수 있을 것 같았다.

"지금 현관 앞에 있습니다. 들어가도 되겠습니까?"

"들어오세요."

도하는 무거운 몸을 일으켜 거실로 나섰다. 심 비서가 해장국을 식탁 위에 놓았다.

"큰 사모님이 보내셨습니다."

"거기 그냥 두세요. 알아서 먹을게요."

"몇 시쯤 나가시겠습니까?"

"운동 좀 하고 11시 반쯤 봅시다. 정신이 아직 안 돌아왔거든요."

"네."

휴대폰을 집어 든 도하는 부재중 전화가 왔음을 알리는 빨간색 전화 표시가 번쩍거리는 것을 물끄러미 바라보았다.

순간 이연일지도 모른다는 생각이 스쳤다. 잠깐의 희망에 바보처럼 들떴다. 하지만 두 통의 부재중 전화는 유리의 것이었다.

실망감에 한층 더 속이 쓰렸다. 그제야 도하는 유리와의 약속을 기억해 냈다.

"심 비서님, 플라워 서비스에 전화해서 적당한 걸로 유리 집에 보내 줘요. 미안하다는 메모도 같이요."

"네, 알겠습니다."

"그럼 1시간 반 후에 보죠."

도하는 샤워실로 걸음을 옮겼다.

"한 가지 보고 드릴 게 있습니다."

도하가 멈춰서 심 비서를 보았다.

"최유리 씨 조사하다가 이상한 것을 하나 발견했습니다."

"말씀하세요."

"최유리 씨가 상무님과 헤어지고 정확하게 1년 후에 영화배우로 데뷔를 했더군요."

"그게 왜 이상하죠?"

"그 영화 투자사가 저희 그룹 산하에 있습니다. 강 상무님 따님이 운영하는 회사에서 80퍼센트 투자한 영화라는 게 어쩐지 아귀가 안 맞아서요."

어떻게 돌아가는 얘기인지 금방 감이 잡히지 않았다. 유리의 데뷔 영화에 사촌 누나가 투자했다는 건가?

얼핏 불길한 예감이 들었다.

"더 자세하게 알아봐 주세요."

심 비서가 나가고 도하는 운동실에서 잔뜩 땀을 흘린 후에, 정신이 번쩍 들 만큼 차가운 물에 샤워했다. 부대끼는 속을 달래기 위해 부엌으로 가 전자레인지에 데운 해장국을 먹었다. 흐트러졌던 머리가 말끔해졌다. 뒤틀렸던 속도 조금씩 가라앉는다.

약속한 시간에 심 비서가 1층 로비에서 기다리고 있었고 다시 어젯밤 이전의 서도하로 돌아가 회사로 향했다.

점심시간이 지나 사무실로 들어서는데, 비서진들과 실랑이하고 있는 중년의 남자가 보였다.

"내가 장인 된다니까 그러네. 이 사람들이 왜 이래, 정말! 나 장인이라고!"

심비서가 가까이 다가와 작게 말했다.

"은이연 씨 아버님 됩니다. 로비에서 연락이 왔길래 일단 올려보내라고 지시했습니다."

난동을 더 두고 볼 수가 없어 도하가 끼어들었다.

"절 찾아오셨습니까?"

도하가 아는 체를 하자 남자가 화색이 되어 도하를 우악스럽게 껴안는다. 도하는 얼결에 남자에게 안겼고, 순간 남자의 뒤에 숨어 있던 조그만 소년을 볼 수 있었다.

아이는 뭐가 두려운지 남자의 바지를 붙잡고 조심스럽게 도하를 올려다보았다.

"어이구, 우리 사위! 그동안 얼마나 보고 싶었는 줄 아나? 내가 이연이 아비일세. 자네 장인이야, 장인!"

남자의 호들갑스러운 환영 인사를 들으며 도하는 그 소년을 보았다. 소년의 눈을 들여다보는 순간 은이연이 생각났다. 그 아이의 눈이, 표정이, 몸짓이 어딘지 모르게 은이연과 닮아 있었다.

"자, 은이찬! 씩씩하게 매형한테 인사해야지."

이찬이라면……. 귀에 익다. 어디서 들었더라……. 맞다. 이연이 혼자 중얼거렸던 이름. 보고 싶다던 이름이다.

그녀에게 저렇게 어린 동생이 있었나?

"은이찬입니다."

소년이 예의 바르게 꾸벅 인사를 하고는 꾹 입을 다물었다.

"자, 안에 들어가서 우리 그동안 못다 한 얘기나 나누세. 아주 할 말이 많아."

장인이라는 사람이 앞장서 도하의 사무실 문을 호탕하게 열어젖혔다.

"어떻게 할까요? 경비를 부를까요?"

심 비서가 말했다. 진땀을 뺀 비서진들도 도하의 명령을 기다리고 있었다.

"아니에요. 알아서 할 테니 일 보세요."

　도하는 호기심이 생겼다. 이연에 대해 다 안다고 생각했는데 사실 모르는 부분이 태반이다. 일단 장인이라는 사람을 만나는 것이 나쁘지 않은 것 같았다.

　장인의 말은 두서가 없었고 방향이 없었다. 당황한 것처럼 보였는데, 또 오늘 하고 싶은 말을 모두 다 쏟아붓겠다는 태도로 그동안 우여곡절을 겪으며 살아온 자신의 인생 역정을 풀어놓더니 그다음은 하기만 하면 대박이라는 사업 아이템을 늘어놓기 시작했다. 장인이 숨쉬기도 잊은 사람처럼 말하고 있는 동안에 아이는 조금 떨어져 앉아 비서가 내온 따뜻한 우유를 조금씩 마시기만 할 뿐이었다.

"근데 왜 집에는 한번 오지를 않나? 자네 장모가 씨암탉이라도 잡을 기세로 얼마나 기다리고 있는 줄 아나? 이연이나 자네나 몸이 두 개라도 모자랄 정도로 바쁘다는 거 알기는 한다만, 그래도 이러면 섭섭하지."

　이연은 이혼에 대해 아직 집에 말하지 않은 것 같았다. 비로소 이연에게 전화를 걸어야 마땅한, 당위성이 있는 용건이 생겼다. 통화 대기 음이 흐르는 동안 똑똑똑똑 손가락으로 테이블을 쳐 댔다.

　첫 대사는 뭐라고 할까. 당장 이 두 사람을 데리고 가라고 할까?

　하지만 통화 대기 음만 반복되다가 음성 메시지로 넘어갔다. 어젯밤 그 일을 겪고도 여전히 내 전화는 받지도 않겠다는 건가? 짜증스러운 마음이 가뿐하게 두 배로 증가한다.

　미팅이 있다는 비서의 전갈이 들리고 눈치를 보던 장인이라는 사람이 주섬주섬 늘어놓았던 옷을 챙기며 일어났다. 조용하던 아이도 덩달아 일어났다.

　두 사람이 나가고 한 번 더 이연에게 전화를 걸어 보았지만 이번엔 전원이 아예 꺼져 있었다.

　“저기⋯⋯.”

　막 화가 치밀어 오르려 하는 순간 아이가 다시 방으로 들어왔다. 망설이다 아이가 입을 열었다.

　“감사합니다.”

　“뭐가?”

　아이는 자그마한 손으로 가방 지퍼를 열더니 하얀 편지 봉투를 꺼내 내밀었다.

　“이게 뭐야?”

　“누나가 그랬어요. 매형 때문에 내가 건강해졌다고요. 만나게 되면 꼭 감사합니다 하고 인사하라고 했어요. 절 구해 주셔서 감사합니다.”

　무슨 소린지 몰라 앵무새처럼 되물었다.

　“내가 너를 건강하게 만들었다고? 널 구했다고?”

　“네.”

　“언제?”

　“다섯 살 때요.”

　“지금 몇 살이지?”

"열두 살요."

7년 전이다. 7년 전 그들은 결혼했다. 그리고 이 아이는 그가 자신을 구해 줬다고 한다.

"이건 뭔데?"

"편지요."

아이가 쥐여 준 편지 봉투를 바라보았다. 겉봉에 '매형에게'라고 쓰여 있다.

"그리고 이거."

아이가 상자 하나를 테이블에 둔다.

"내가 만든 거예요. 매형 생각하면서."

이 상황은 뭐지? 은이연이 계획한 어설픈 시나리오?

너무 뜻밖이라 잠깐 이연을 의심했다.

그런데 도하의 마음을 눈치채기라도 한 듯 아이는 방을 나서기 전에 문 앞에서 결연한 눈으로 뒤돌아본다. 그리고 차분하게 덧붙였다.

"오늘 아빠랑 온 거 누나는 몰라요. 아빠가 그냥 막 혼자 온 거예요."

아이가 나가자 도하는 편지를 읽고 상자를 풀어 보았다. 로봇인가 싶은데 잘 모르겠다. 한참을 바라보다 편지의 마지막 문장에 시선이 갔다. 감사의 문장들 끝에 '매형은 나한테 옵티머스 프라임이에요.'라고 적혀 있다.

옵티머스 프라임? 아이들이 열광하는 할리우드 영화의 변신 로봇?

파악이 전혀 안 되는 상황이다.

하지만 이상하게 웃음이 났다.

"이게 도착했습니다. 보셔야 할 거 같아서요."

심 비서가 뭔가를 내밀었다. 서류 봉투와 반지 케이스다.

"변호사 사무실에서 왔다 갔습니다. 사인한 이혼 서류가 도착해서 카피본을 보냈답니다."

"이혼 서류요?"

"네. 먼저 하시고 보내신 모양입니다."

도하는 화가 치밀어 질끈 눈을 감았다 떴다. 말도 없이 집에서 나가고 이제 이혼 서류까지 알아서 착착 작성해 보내셨다 이건가?

"반지가 든 봉투도 함께 도착해서 보내 드린다고. 어제 오후에 택배로 변호사 사무실에 온 모양입니다. 법원에 신청서 내러 가는 날은 오프로 약속을 잡아 달라고 요청을 덧붙이더랍니다."

도하는 반지를 꺼내 보았다. 반지의 안쪽에는 'made by seo do ha'라고 새겨져 있다.

그가 만든 목련 꽃잎이 든 반지를, 습관 같다던 반지를 이연이 보내왔다.

좌절감이 온몸을 뒤덮는다. 하지만 차분히 나머지 서류 봉투를 열었다. 서류들 중 눈에 띄는 것이 있었다.

"위자료 포기 각서? 재산 분할 포기 각서?"

"아무래도 강 여사님이 쓰게 하신 거 같습니다. 서류를 미리 강 여사님께서 가져갔다고 하니."

"쓰게 한다고 맹추처럼 받아 적고요?"

순간 꼭지가 돌았다.

도하는 양복 재킷을 입었다.

"어디 가십니까? 곧 미팅 있으십니다."

후다닥 따라나서는 심 비서의 목소리가 들렸지만 도하는 곧장 엘리베이터로 향했다.

그냥 지금 당장 은이연을 만나야만 했다.

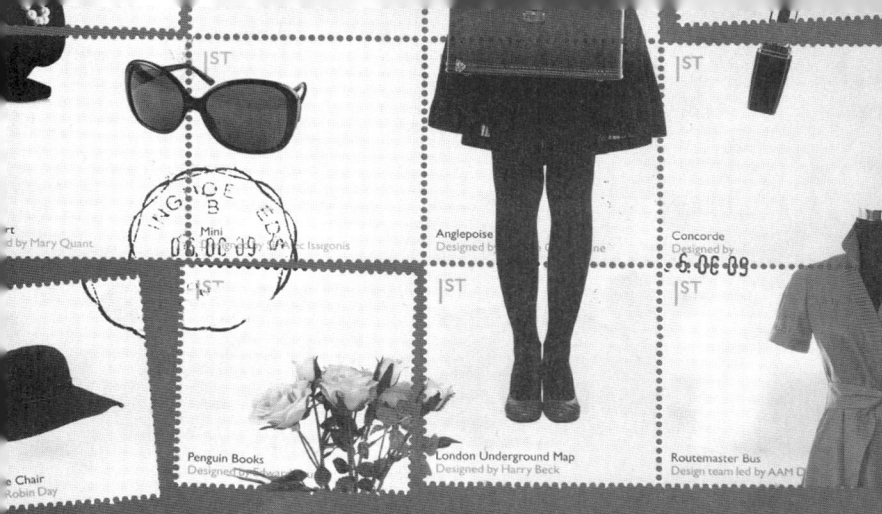

도깨비불

기쁨도 슬픔도

모든 것은 도깨비불의 소행

　몸과 마음의 상관관계란 참 이상하다. 어떤 때에는 정반대로 돌아간다. 마음은 축 처지는데 손은 점점 빨라지고 머리는 두 배로 더 잘 돌아간다.

　해가 쨍쨍하게 대지를 뒤덮은 아침, 의국 안의 공기가 텁텁하다. 아무래도 낮에는 좀 더워질 거 같아 얇은 반팔 티셔츠와 반바지도 한 개 챙겨 넣었다.

　이연의 손이 다시 빨라진다. 이연은 의료 봉사를 떠나기 위한 짐을 챙기는 중이었다. 그러다가 로커에서 얼룩이 진 파티 드레스를 발견했다.

　자, 이제 또 과거로 갈 시간.

　이연은 도하의 연락을 일부러 받지 않았다. 그를 보는 것 자체가 두려워서다. 완전히 마음을 닫았는데도 도하만 보면 흔들린다. 정부가 되어 달라는 말이나 하는 남자가 아닌가. 아무것도 모르면서 다 아는 척하는 남자이기도 하다. 그런 이에게 흔들릴 마음이 남아 있다니, 아무래도 병이 깊다.

우울함이 사그라지지 않는다.

며칠 전 이연은 우연히 도하의 여자를 보았다. 병원 카페테리아에서 발견한 신문 연예 면에 최유리의 사진이 실려 있었다.

그의 진짜 여자, 최유리가 지난 몇 년간 가수와 배우로 엄청난 성공을 하고 스타가 되었다는 건 알고 있었다. 그리고 1년 전쯤에 그녀가 외국으로 떠났다는 기사를 접했다. 슬럼프로 인해 잠적했다고 했다. 그런데 며칠 전의 신문에서 최유리의 근황과 함께 파파라치 사진을 볼 수 있었다. 컴백 초읽기! 스타 최유리의 이중생활. 이 기사의 헤드라인이었다.

연달은 흥행 실패로 잠적했던 영화배우이자 가수 최유리의 모습이 경기도 한 보육 시설에서 포착되었다. 그녀는 이 보육 시설에서 2주째 봉사 활동을 하고 있는 것으로 알려졌다. 본지가 그녀를 찾아내기 전까지 누구도 그녀를 배우 최유리로 알아보지 못했다. 그녀는 지난 몇 개월 동안 외국의 오지를 돌면서 철저히 스타임을 숨기고 수수한 모습으로 봉사 활동에 전념해 왔다고 한다.

최유리의 등장이 무엇을 의미하는지 이연은 모른다. 하지만 도하는 이제 서울에 있고 최유리가 수면 위로 올라왔다.

도하도 알고 있을까?

아니, 어쩌면 그들은 벌써 만났을 수도 있다.

시나리오가 착착 머릿속에 써진다. 도하는 진짜를 찾기 위해 그녀에게 이별을 선언한 것이 아니었을까?

"다 쌌어?"

의국에 들어선 방희가 물었다.

"거의."

"아, 나 진짜! 진짜 의료 봉사 갈 기분이 아닌데."

방희가 의자에 털썩 앉았다. 방희는 울상을 하고 세상 가득 고민을 한 아름 안은 채 멍하니 창밖을 본다.

"그렇게 별로라면 시작을 말지 그랬어."

보다 못해 한마디 거든다. 담담한 은이연의 포지션이 되어.

"시작도 안 했다니까. 그냥 시작 없이 진도를 나가 버려서 마음이 지옥인 거지."

덥석 달려드는 방희. 얘기하고 싶어 죽겠는 얼굴.

그래, 짐도 거의 쌌으니 속 시원하게 얘기나 들어 주자 싶어 맞은편 의자에 앉았다.

"그렇게 별로야, 그 사람?"

"말도 마. 완전 짱구 아빠같이 생겼어."

방희의 말에 이연이 미소 지었다.

"키는 크겠네."

"키만 멀대같이 크지. 서른셋이라는데 여드름 작렬이야."

"나름 귀엽겠는데?"

"아, 몰라. 모친끼리 친구 관계라 어쩔 수 없이 한 번 보고 말라 그랬는데…… 그랬는데…….”

방희가 땅이 꺼질 듯 한숨을 쉬어 댄다.

"모든 엄마 친구 아들이 꽃다운 건 아니었어. 내 이상형은 스마트한 홍무석 샘인데 왜 현실은 여드름 박사 짱구 아빠냐고? 어이구 술이 원수다 원수야.”

"그렇게 싫었음 첨부터 연락을 받지 말지.”

"그래도 어떻게 그러니? 병원 로비까지 와서 전화하는데.”

"그래서 세 번이나 만난 거야?”

"어제까지 하면 네 번이지. 거기다 완벽하게 코가 꿰였고.”

"야, 진도 빠르다.”

"진도 같은 소리 하지도 마. 이건 진도가 아니라 완전 재앙이야. 아으, 그놈의 만리장성!”

소개팅 상대에 대해 푸념을 늘어놓지만 방희는 그 '짱구 아빠'를 짬짬이 세 번이나 만났단다. 거기다 어젯밤에는 술에 취해 호텔 룸에서 후회할 일을 저지르고 만 모양이다.

방희처럼 호텔 정도는 가 줘야 멘붕이든 후회든 할 게 있는 거 아닐까? 그런데 왜 난 그 단발성 키스 한 번에 기분이 이런 건데?

이연은 한숨을 푹 쉰다. 도하는 그날 그녀의 입술에 깊은 문신을 남겼다.

"너희 인연인 거 같다.”

"뭐어?”

"통하는 게 없었다고 하더라도 인연이니까 그렇게 네 번이나 만나진 걸 거야."

"이제 그만! 더 이상 짱구 아빠 얘기하지 말자. 이사한 집은 어때? 내가 그날 짱구 아빠랑 약속만 없었어도 가서 도와주는 건데. 그날 낮에 짱구 아빠가 한 번만 만나 달라고, 만나 달라고 통사정을……."

"다시 짱구 아빠 얘긴데?"

"어으, 미치겠다. 이놈의 주둥아리."

방희는 심각한데 이연은 웃음이 나려 했다. 마음이 좀 풀어지는 기분이다.

"짐이랄 것도 없었어. 책이랑 옷이 전부야."

"그래도 마지막인데 챙길 건 확실하게 챙겨야지."

"가구를 들고 나올 순 없잖아? 원룸에 옵션으로 웬만한 건 다 있어서 필요도 없고."

새로 옮긴 집은 병원 근처의 원룸이었다. 혼자 살기 딱 좋게 적당히 아담하고 적당히 편리하게 구성된 공간.

"남편은 연락 없고?"

"남편이라 그러지 마. 이혼까지 하는 마당에. 그리고 우리가 언제 부부였던 적이 있니?"

부러 태연하게 말했다.

"귀신을 속여라. 이 방희 님을 속이려 들지 말고. 남편이라 부르지 말라면서 잔뜩 회한이 담긴 그 표정은 뭔데?"

"그러니?"

인정하며 웃어 버렸다. 자연스럽게 평창동 본가를 나오던 날 수란이 떠올랐다.

"너희가 언제 부부였던 적이 있니?"

그렇게 수란이 말했다. 이연은 수란의 말에 동의했다. 남편이라는 호칭이 낯설 정도로 도하는 완벽한 타인이었다. 좀 알아가는 거 싶더니 여전히 이연은 그를 착각하고 있었다.

"그러니 정리할 것도 없겠고, 너희들이 만나기 이전처럼 완전무결하게 각자의 위치로 돌아갈 수 있을 거야."

어쩔 수 없이 상처 받은 얼굴이 되었다.

"말은 얼마든지 다정할 수 있어."

그런 그녀를 보고 수란이 냉정하게 말했다. 처음 도하를 따라 집에 왔을 때의 눈빛을 하고.

"하지만 나는 널 위해 다정하게 에둘러서 말하지 않을 거야. 그건 너한테 좋을 게 없으니까. 위자료는 알아서 잘 챙겨 주마. 네가 욕심만 부리지 않는다면."

"욕심이라뇨?"

"도하랑 잘해 볼 욕심, 서진 안주인으로 살아갈 욕심, 세간에 위자료 같은 문제를 우스꽝스럽게 공개할 욕심 같은 거."

서운했다.

수란은 그녀를 알고 있었다. 이연이 그런 욕심을 부릴 줄 모른다는 것쯤 알고도 남을 사람이다. 그런데 왜 저런 말로 상처 주는 걸까. 이연은 아프기보다 수란의 속내가 의아했다.

"그런 거 없다 그러겠지. 아무것도 필요 없다고 할 거 알아. 근데, 사람 맘이 맘대로 안 되는 거야. 너도 모르게 네 마음이 갑자기 돌변할 수도 있단다. 장담할 수 있는 게 아니야, 마음이라는 게. 그래서 나는 다짐이나 결심, 그런 건 믿지 않아. 아무리 너라고 해도 말이다."

수란이 이연의 손을 잡았다. 그건 무척 절박해 보였고 진심처럼 느껴졌다.

"상황이 달라졌어. 예전의 도하가 아니야. 도하는 서진의 오너가 돼. 비극이 기회를 만들었어. 무슨 짓을 해서라도 난 도하를 그 자리에서 지킬 거야. 그러려면 너로는 안 된다. 이런 내 입장을 네가 이해해 줬으면 좋겠다."

수란이 손을 놓았다.

"옛날에 나랑 약속했던 거 기억하니? 네 동생이 다시 아팠을 때 말이다."

무슨 말을 하려는지 알 것 같았다. 결혼한 후 이찬이는 수술을 받고 좋아지는 듯했지만 몇 개월 후 다시 나빠졌다. 이식 수술은 결과적으로 실패였고 다시 수술이 필요했다. 그때 수란이 이찬의 일을 알게 되었고 도하와 어떻게 만났는지부터 전부 솔직하게 털어놓으면 동생을 무슨 수를 쓰든 살려 놓겠다고 했다. 그리고 한 가지 조건을 달았다. 도하가 돌아왔을 때 깨끗하게 물러나라고.

"넌 도하랑 먼저 약속했으니 안 된다고 했어. 근데 도하도 너와 헤어지길 원하잖니? 이런 상황이면 내 부탁을 들어줄 수 있는 거잖아?"

"알겠습니다. 들어 드리죠."

수란이 서류 몇 장을 내밀었다.

"너한테 줄 것들이야. 거기 삼성동 건물도 있어. 위자료 서류에 사인하고 다시는 도하와 사적으로 얽히지 않겠다고 각서 한 장 써 줬으면 좋겠다."

"그러니까 다시 새로운 계약을 하잔 건가요?"

"말하자면 그렇지."

"그래서 이렇게 많은 걸 챙겨 주시는 거고요?"

"맞아."

절망스러웠다. 수란과의 관계에 조금의 진심은 있었다고 믿었다. 7년이라는 세월을 옆에 있었다. 그런데 여전히 수란은 이연을 아무것도 아닌 사람으로 대하고 있었다.

"저, 자존심은 지키고 싶어요. 자존심 지키고 살라고 훈육하신 건 어머니이시니까요. 약속드릴 수 있어요. 절대로 도하 씨와 시작하는 일 없어요. 걱정하시는 일 일어나지 않을 거예요. 도하 씨가 안 그럴 테니까요. 그러니까 지금 괜한 걱정 하시고 계신 거예요."

도하와 헤어졌던 그 어둑한 저녁 무렵을 떠올렸다. 도하는 흥분한 듯 보였지만 냉정하게 그녀를 정리했다. 일말의 자책을 느꼈을지도 모르지만 모욕을 주는 데 거침이 없었다.

"물론 도하는 그럴 테지. 그래도……."

"저는 예전의 그 은이연이 아니니까, 지금은 뭐든 저 혼자 알아서 잘할 수 있어요. 위자료 같은 거 필요 없어요. 그래서 어머니 제안 유감이지만 거절할게요. 대신 위자료 포기 각서는 써 드릴게요. 나중에 재산 분할 소송 같은 것도 걱정하실지 모르니까 그 각서도 써 드리고요. 거기까진 해 드릴게요. 근데 또다시 계약 같은 거 하라 그러지 마세요."

단호하게 말하자 수란도 더는 이연에게 청하지 않았다.

후련하다라고 생각하고 싶었다. 그런데 후련한 기분은 아니었다.

각서를 쓰고 평창동 집을 나서는 발걸음이 무거웠다. 긴 시간 동안 손때가 묻은 집 안의 이곳저곳이 앞으로 다시 못 볼, 거대하지만 가끔은 그리울, 오래된 친구 같았다. 그래도 마음을 비우고 지나온 것들에 대한 미련은 버려야 한다고 다짐했다.

그래서 평창동 집에서 가지고 나온 건 다락방에 있던 물건들뿐이다. 결혼반지도 이혼 서류와 함께 돌려보냈다.

"슬슬 나가 보자. 버스 올 때 됐잖아?"

방희와 짐을 챙겨 밖으로 나섰다. 섬으로 의료 봉사를 나가는 인턴과 레지던트들이 버스에 짐을 싣고 있었다.

"빠지지 말고 마지막으로 체크 잘해. 섬에 들어갔다 없는 거 나오면 각오하고."

애꿎은 아래 연차를 다그치고 있는 방희를 보며 피식 웃었다. 나도 저렇게라도 마음을 드러낼 수 있으면 좋을 텐데 생각했다.

"아으. 더워. 하늘 보니 완전 찌겠다. 아이스커피가 생각나는데 카페 갔다 오면 늦으려나……."

생수 마시고 좀 참으라는 말을 할 참에 방희를 부르는 소리가 들렸다. 어쩐지 시원한 기운과 함께.

"고 선생."

오늘 내일 1박 2일 코스의 의료 봉사팀을 이끌 무석이 얼음이 가득 담긴 커피 두 잔을 들고 다가왔다.

"뭐예요? 이거 저희 주시는 거예요? 우와, 완전 텔레파시!"

방희가 무석의 손에 든 커피를 낚아채고는 후다닥 마셨다.

"으앗! 써! 시럽 안 넣으셨어요?"

"응."

"시럽 안 넣은 건 못 먹는데. 어이, 김 선생아, 설탕 같은 거있어? 좀 꺼내 봐."

방희가 호들갑을 떨며 1년 차에게 간 사이 무석은 나머지 커피 하나를 이연에게 내밀었다.

"저 주시는 거예요?"

"응."

어색한 반말. 왠지 무석도 이연도 쭈뼛쭈뼛, 이상한 기분이다.

"선생님은?"

"난 마시고 왔어. 두 사람 주려고 사 온 거야."

이런 다정한 면이 있었나? 하긴 차를 얻어 탄 이후 무석은 다른 수련의와 똑같이 이연을 대하고 있었다. 이전의 어색한

귀빈 대접은 사라졌다.

이연은 커피를 받아 들고 한 모금 마셨다.

"맛있어요."

숏이 하나 추가된 짙은 아이스 아메리카노. 일부러 시럽은 넣지 않았다.

무석이 알기로 분명히 저번 주까지만 해도 이연은 카페라테를 마셨다. 그것도 시럽이 듬뿍 든. 그런데 일주일 전부터 커피 취향이 바뀌었다.

날씨가 더워져서인지, 아니면 그녀의 신상에 변화가 생겨서인지 무석은 궁금했다.

"은 선생"

"네."

"이제 독신이야?"

자기가 생각해도 어이없는 돌 직구. 무석의 얼굴이 살짝 붉어진다. 그러나 뻔뻔스럽게 이연과 눈을 맞췄다. 지금 그만두면 원래대로 돌아가야 하니까.

"숙려 기간 있으니까 1개월쯤 후에는 그렇게 될 거 같은데요."

이연은 담담하게 대답하고 왜 그런 걸 묻느냐는 얼굴로 그를 보았다.

"왜 묻느냐고?"

뭐야, 독심술까지 있나. 이연은 낯선 무석을 보며 대답을 기다렸다.

"네. 왜……?"

"내가 좀 친하게 지내도 되나 싶어서."

"저랑요?"

"응."

"안 될 거야 없죠……. 뭐 시키실 일 있어요?"

"아니. 아직은."

"콘퍼런스 준비든, 학회 준비든 저 시키세요. 저 이제 시간 많아요. 그러고 보니 이혼녀는 시간이 많은 거군요."

머쓱하면서도 주절주절 말하고 있는 그녀를 보며 무석이 빙그레 웃었다.

"왜 웃어요?"

"어?"

무석은 당황했다.

"웃긴 얘기가 아닌데 웃으시니까 섬뜩한데요. 제 이혼이 기분 좋으세요?"

'아니, 그게 아니라…….' 하다가 '싱글 레지던트 한 명 더 부릴 생각하니 좋아서.'라고 대답했다.

"내가 못 했던 것을 은 선생이 해 부러워서 그런지도 모르고."

아, 홍무석 선생 역시 집안의 이단아였지.

오래전 홍세미가 말했다. '오빠는 우리가 재벌 딱지 붙이며 사는 걸 어떤 때는 되게 부끄러워해요.'라고.

"아, 그런 집안을 거침없이 박차고 나올 수 있는 건 저 같은 며느리뿐이군요. 선생님은 못 그러시죠? 안되셨네요."

"응. 안됐어."

이전의 무석이 맞나 싶었다. 그와 이렇게 편안하게 대화하는 사이가 되어 버리다니. 이연은 어리둥절하면서도 마치 지금껏 그렇게 지내 온 것처럼 자연스러워 한편으론 놀라웠다.

"밝아 보여 좋다. 은 선생."

그는 이연에게서 돌아서며 덧붙였다.

"밝은 척하는 건지도 모르겠지만."

이연의 마음을 꿰뚫어 보는 듯했다.

"자, 짐 다 실었으면 출발하자."

버스로 멀어지는 무석의 뒷모습이 이상하게 경쾌하다. 그의 발걸음이 깃털처럼 가벼워 보인다.

버스가 출발하자 남은 커피를 마시며 앞에 앉은 무석을 흘긋 보았다.

갑자기 왜 수련의를 독려하는 바람직한 전문의의 모습이 되어 버린 거지? 이젠 내가 좀 불쌍해 보이나?

어쨌든 이전처럼 대하지 않는다니 다행이라면 다행이다.

이연은 휴대폰 음악을 플레이 시키고 편안하게 눈을 감았다. 배를 타기 위해 선착장까지 가려면 족히 1시간은 가야 한다. 섬에 내리면 그때부터 눈코 뜰 새 없이 바빠질 테니 잠이나 좀 자 둬야겠다 싶어 눈을 감았다.

얼마쯤 갔을까, 갑자기 버스가 급정거를 했다. 벌써 다 왔나 싶어 눈을 떴는데 버스 안의 사람들이 웅성거린다.

이어폰을 뺐다. 고래고래 소리를 지르는 운전사 아저씨가 눈에 들어왔다. 사고가 났나 싶은 순간, 이연은 믿을 수 없는 광경을 보았다.

　버스의 문이 열리고 도하가 성큼성큼 걸어 들어왔다. 버스 안의 사람들을 휘 훑더니 이연을 발견하고는 그녀에게 곧바로 걸어온다.

　"미안하지만 좀 내려 줘야겠어. 할 얘기가 있어."

　외곽 도로를 탄 버스를 강제로 세웠으면서 참 당당도 하다.

　"저 지금 일하는 중이에요."

　"알아. 병원 원장님한테 양해 구했어. 너 좀 빼내 가겠다고. 그럼 됐잖아?"

　어이가 없었다.

　"난 할 얘기도 없고 더욱이 지금은 시간도 없어요."

　"못 내리겠다고?"

　"네."

　그러자 어쩔 수 없다는 듯 도하가 이연의 손목을 잡고 끌어당겼다.

　"뭐 하는 거예요?"

　"이래야 대화가 가능할 거 같아서."

　이연은 계속 도하를 무시하고 싶었지만 버스 안의 사람들이 모두 그들을 주시하고 있었다. 더 이상 민폐를 끼칠 수는 없어서 이연이 일어났다.

　"죄송합니다. 선생님. 1분이면 돼요. 아니다, 그냥 먼저 가세요. 저는 금방 택시로라도 따라갈게요."

　무석에게 말했다.

"여기서 어떻게 택시를 잡는다 그래? 기다릴게, 얘기 끝내고 와, 은 선생."

무석의 말에 도하가 그를 돌아보았다. 까딱 인사를 하더니 이연의 손목을 잡고 문 쪽으로 이끈다.

"이거 놔요."

버스에서 내리자마자 이연은 도하의 손을 뿌리쳤다.

"요즘 대체 왜 이래요?"

"그냥 저 버스 보내면 되잖아. 너, 그 섬인가 어디 안 가도 된다고. 내가 다 처리했어."

"왜 내 일을 당신이 처리해요?"

"내가 알고 싶은 게 있으니까."

이연의 어이없다는 눈빛에 도하는 점점 열이 오르는 것을 느꼈다.

신경질적으로 앞머리를 쓸어 올리고 눈을 동그랗게 뜨면서어서 용건을 말하라 하는 은이연. 7년 전 클럽에서 거칠게 악다구니하던 그녀의 업그레이드 버전 같다. 차분하지만 뜨겁고 단호하다.

"내 전화는 안 받기로 작정했어?"

"작정했어요. 앞으로도 안 받아요. 이런 미친 짓 해 봐도 소용없어요."

고고하던 은이연이 거센 언어를 사용한다. 예상외로 세게 나오니 갑자기 할 말을 잊었다. 그래서 조용히 물었다.

"이사 나갔다면서?"

"그래요. 했어요."

"서류 봤어. 아주 기다렸다는 듯이 작성했더라. 빨리 이혼 끝내고 소개팅이라도 하려고?"

"그건 당신이 상관할 게 아니고요."

"근데 왜 반지까지 보내? 포기 각서는 또 뭐고?"

투정 부리는 아이처럼 우둘투둘 엉성한 물음들.

"그걸 물어보려고 버스까지 세우며 쫓아온 거예요?"

"반지 같은 건 날 만나서 줘야지. 변호사한테 택배로 보내면 내가 뭐가 돼?"

"반지 돌려준다고 만나자 했으면 무슨 속셈 있는 거 아니냐 의심부터 했을 테니까요. 반지는…… 우리 비즈니스가 끝났으니까 갖고 있기 부담스러운 소품은 반환해야 하는 거여서 그랬고. 아, 또 그 각서는 내가 필요하지 않아서 쓴 거뿐이에요. 자, 더 할 말 있어요? 대체 왜 그렇게 화가 난 건데요?"

대체 나는 뭐가 마음에 안 드는 걸까? 뭐에 홀린 거 같이 이연을 쫓아왔을까?

도하는 화드득 정신을 차렸다.

"더 할 말 없으면 갈게요. 제발 정신 차리고 돌아가세요."

그녀가 돌아서 버스로 향했다. 하지만 이연은 몇 걸음 못 가 다시 손목을 도하에게 잡혔다.

"가지 마."

이연을 보낼 생각이었다. 이런 미친 짓을 벌인 것을 후회하고 있었다.

"나는 더 들을 말이 남았어."

그런데 도하의 입에선 다른 말이 흘러나온다. 그녀를 붙잡고 싶어 한다.

"혹시 동생이 아팠나?"

"어떻게 알았어요?"

"더 듣고 싶어."

"그때 사정 구구절절 설명하라고요? 그럼 뭐가 달라지는데요? 당신 마음이 변해서 이혼 안 할 거예요? 아니잖아요?"

"오늘 장인어른이랑 이찬이란 아이가 날 만나러 왔어."

처음으로 이연의 얼굴에 당황한 빛이 어린다.

"소동, 피웠어요?"

"네가 충분히 미안해할 만큼."

그녀가 얼굴을 찌푸린다.

"그거 사과할게요. 아직 말하지 못했어요."

"웨딩드레스 보러 갔잖아? 왜 그랬어?"

"네?"

"파티 날, 웨딩 숍에서 너 봤어."

"어머니가 입어 보라고 하셨어요. 그래서 입은 거뿐이에요."

별걸 가지고 다 시비냐는 듯 얘기한다. 하긴, 어머니가 시키면 뭐든지 하는 여자니까.

"그럼 아무런 사심도 없었던 거야?"

"그게 중요해요?"

어이없다는 듯 웃는 은이연.

그래, 언젠가부터 알고 있었다. 수란에게 완전히 당했다는 걸. 여전히 완벽한 바보였다는 걸.

인사도 없이 그녀가 멀어진다. 망설임 없이 버스에 올라탄다. 갑자기 마음이 급박해진다. 하지만 멍하니 보기만 했다.

뭐가 달라지느냐 말에 할 말이 없었다. 육중한 버스가 굉음을 내며 떠나고 허탈하게 서 있는 도하에게 심 비서가 다가왔다.

"가시죠. 지금 출발해야 전략 기획실 미팅과 그다음 회의 시간에 맞출 수 있습니다."

그룹 이미지 향상을 위한 전략 회의. 리조트 확장 사업 마무리에 대한 중역 보고. 두 개의 회의가 릴레이로 잡혀 있었다.

차들이 쌩쌩 지나쳐 가는 4차선 도로, 뜨거운 햇살 아래 알싸한 먼지가 도하에게 날아든다.

잠시 고민하던 도하는 마음을 정했다. 그러자 왠지 모를 조급함으로 들끓던 마음이 마법처럼 가라앉는다. 폭풍 전야일지는 몰라도 일단은 조용해진 머리, 그런데 심장은 격하게 뛰는 게 좀 두렵기도 한 기분.

"안 되겠는데요."

"네?"

"이대론 안 되겠다고요."

도하는 스윽스윽 머리를 쓸어 올리곤 이연을 쫓느라 뜨겁게 과열된 차로 향했다.

콧수염을 기르고 있다면

오, 가여운 외로운 남자들이여

절망에 굴하지 말지어다

살아 있는 한 기회는 늘 있으니

　선착장에서 배를 타고 30분, 의료 봉사를 가는 낙도에 도착한다. 하늘을 나는 갈매기들에게 새우깡을 던져 주는 사람들 틈에서 벗어나 이연은 배 뒤편으로 자리를 옮겨 방희와 나란히 앉았다.

　"괜찮니?"

　방희가 걱정스레 묻는다. 억지를 부리는 도하를 남겨 두고 버스에 올라탔다. 가슴이 철렁하고 뒤통수가 따끔거리는 기분이었지만 나름대로 깔끔한 처리를 했다고 자부하고 있었다. 필요 이상의 화를 내지도 않았고 비이성적으로 흥분하지도 않았다.

　그런데 얼마 안 가 후배가 내민 김밥 하나를 먹고 이연은 체해 버렸다.

"체했다면서?"

가슴을 두드리며 체기가 가라앉기를 기다리고 있는데 불쑥 무석이 나타나더니 뭔가를 내민다. 이연이 체할 때마다 먹으면 빠른 효과를 보이는 마성의 음료 사이다.

"고맙습니다. 근데 아까 손 따서 좀 괜찮아요."

"의사 맞아?"

"사이다 내미는 선생님은요?"

방희가 웃으며 한마디 한다.

"근데 이거 어디서 나셨어요? 이 코딱지만 한 배에 매점이 있어요? 저도 음료수 하나 사다 주시지."

"매점 없어. 저기 할머니들한테."

무석이 할머니 서너 명이 옹기종기 모여 있는 자리를 가리킨다.

"어머, 선생님이오? 어머! 어머! 어떻게 받으셨어요?"

"혈압 재 드리고 건강 상담 해 드렸어."

방희의 입이 떠억 벌어진다.

"선생님, 그런 붙임성도 있으세요?"

무석이 머쓱한지 헛기침을 한 번 하고 물었다.

"몇 분이나 남았지?"

"한 15분쯤 더 가면 돼요. 근데 조기 할머니들이 자꾸 선생님을 부르시는 거 같은데요."

무석은 이연이 사이다를 마시는 걸 흘긋 보고는, 할머니 그룹에게로 가 진료 상담을 시작했다.

다행히 이연은 자신의 친절을 별스럽게 생각하진 않는 것 같다. 누구보다도 강하게만 보였던 이연이었는데 언제부턴가 연약하고 다치기 쉬운 아이처럼 느껴진다. 그래서 보호하고 싶고, 보살피고 싶은 마음이 불쑥불쑥 올라온다.

아까 도하가 손목을 낚아채 갈 때는 하마터면 중간에서 브레이크를 걸 뻔했다. 그 정도로 정신이 없었다.

"선생님, 별일이네. 저렇게 시골 할머니들이랑 폭풍 사교를 하실 줄이야!"

"그르게……."

이연은 달라진 무석이 조금 이상했다. 그냥 후배를 챙기는 친절한 선배로 변했다고 보기엔 행동 수준이 평범함을 넘어섰다. 디테일 해진 친절.

이연은 갸우뚱한 마음으로 조금 상기된 것 같은 무석을 바라보았다.

"진짜 끝난 거 맞아, 너희? 버스 세우고 득달같이 달려 들어온 품이 영 끝난 사람 같아 보이지 않던데?"

도하 얘기다.

"모르겠어. 대체 왜 저렇게 흥분하면서 쫓아온 건지. 뜬금없이 이찬이 얘기나 묻고."

"어, 그거…… 네 동생 일 안 거 아냐? 7년 전에 이찬이 수술비 때문에 계약 결혼 했던 거. 그때 너 제정신 아니었잖아?"

"그럴지도 모르겠어. 그래도 달라지는 거 없어."

"네 남편 얼굴 아까 대박이었어. 네가 야멸치게 돌아서서 가는 걸 보는 모습이 그 자리에 뿌리 박힌 고목 같더라."

"고목?"

"근데 멍 때리는 고목. 마지막 얼굴이 그랬어. 멍 때리는데 또 피로가 덕지덕지 붙은 얼굴이랄까."

멍 때리다라. 도하와 얼마나 안 어울리는 표현인가.

"한 대 쾅 얻어맞은 사람 같더라니까. 너한테 필시 미련이 있는 거야."

"미련? 미련도 뭐가 있어야 남는 거지. 우리 사이 아무것도 없다니까."

정말 일말의 남은 마음이 있기는 할까? 하지만 우리는 시작도 하지 않았는데, 온전한 마음 같은 것도 없었는데 마음에 남는 것이 생길 수 있나? 곰곰이 논리적으로 결론을 도출해 내려다 그만 포기했다.

세미의 파티를 떠올렸다. 그의 행동이 갈피를 잡을 수 없는 건 맞지만 그가 원하는 건 이혼이다. 아니면 그의 정부가 되거나.

틈만 나면 그녀의 마음을 힘들게 하는 남자. 그러니 그런 그와의 감정을 가늠해 보는 건 쓸데없는 짓이다.

나직한 한숨이 푸욱 나왔다.

"설사 있다고 해도 금방 없어질 미련이야. 그 미련에 다칠 수는 없으니까."

"뭐야? 그러니까 너도 여전히 마음이 있다는 거야?"

돌아온 도하는 예전의 그가 아니었지만, 그럼에도 언뜻언뜻 캠퍼스에서 우산을 내밀던 과거의 그가 가슴속을 스치고 지나갔다.

"마음, 있었어."

하지만 그와의 마지막 장면들은 좀 뼈아팠다. 그렇게까지 안 해도 깨끗하게 물러나 줄 수 있는데.

"그런데 없던 것이 되었어."

"무슨 말이야?"

그 생각을 하니까 이연은 좀 슬퍼졌다.

"나 울었다, 그날. 정말 오랜만이었는데 울었어."

방희에게조차 태연한 척했다. 근데 갑자기 봇물 터지듯 속마음을 털어놓고 싶다. 그래서 이연은 그날의 감정을 주저리주저리 풀어 놓았다. 무석의 차에서 도망치듯 내려서 아무도 없는 병실에 들어가 눈이 붓도록 펑펑 울었던 밤에 대하여.

"그 사람 있잖아. 내가 짝사랑했어."

"뭐? 그런 얘기 없었잖아."

"짝사랑도 첫사랑으로 쳐준다면, 어쩌면 내 첫사랑이기도 해, 그 사람."

"옛날 얘기야? 너희 처음 만났을 때?"

"응."

"그때부터 좋아했던 거야, 그럼?"

"운명의 장난인지 내가 딱 죽을 거 같았을 때 내 앞에 나타났잖아. 계약 결혼이라는 걸 하자면서 재수 없게 굴긴 했지만 그래도 마음이 떨렸어. 내가 학교에서 몰래 훔쳐보던 사람이었으니까. 그래서 조금 설레었고 좋았나 봐. 다 가짜고, 그 사람은 나에게 여자로서의 호감 같은 거, 아니, 인간적인 호감조차도 없는 거 아는데도. 글쎄 7년 동안 그 사람 부인으로 살아서 그런가. 가끔은 말이야, 그 옛날 그 사람 떠올리면서 짝사랑하고, 그리워하면서 산 기분이야."

"그런데 그 자식이 널 그렇게 막 대했단 말이지?"

"막 대하다니?"

방희에게는 그날 도하에게 당한 일을 말하지 않았다.

"Ms. 홍이 그러던데? 양평에서 너랑 싸운 후에 데려다 주지도 않고 막 대했다고 자기가 흥분하더라."

"그 사람 입장에서는 이 결혼을 원점으로 돌려놓을, 꽤 적절한 타이밍이니까."

"그럼 방식이 무례해도 된다는 거야? 이해해 줄 걸 해라."

"이해하는 게 아니라, 원래대로 일적인 관계로 우리를 정리하는 거야. 우리는 딱 그만큼이 맞는 사람들이거든."

"우이씨. 담에 만나면 무슨 수를 써서라도 내가 복수해 줄게. 아깐 좀 멋지다고 생각하고 있었는데 나쁜 놈이네."

"나쁜 놈이야. 그러니까 미련 어쩌고 하지 마."

흥분하던 방희가 슬그머니 하나 더 묻는다.

"근데 그 나쁜 놈이 버스 막아서면서까지 진행하고 싶었던 게 뭔지 궁금하지 않아? 그 사람이 왜 그러는지?"

"아니. 안 궁금해."

거짓말이다. 하지만 그와 집에서 지낸 며칠……. 그 온화한 공기에 매혹되어 잠깐 단꿈을 꾸어 버렸고, 결과는 어마어마하게 돌아왔다. 다시 상처 받고 싶지 않다.

"그 사람은 자꾸 날 울려. 그러니까 우린 아닌가 봐."

"아이, 진짜! 내가 너 내릴 때 같이 내려서 뭐라고 막 퍼부어 줬어야 했는데!"

방희가 불끈 주먹을 쥐다 이연 너머를 보고 눈이 휘둥그레졌다.

"어? 저거! 저거! 네 남편 아냐?"

"뭐?"

"남편이다. 네 남편."

말도 안 된다고 생각하며 돌아보았다.

도하의 뒷모습이 거기에 있었다. 그녀들에게서 얼마 떨어지지 않은 난간에 서서 바다를 바라보다 힐긋 이쪽을 봤다. 눈이 마주쳤고 그가 방희에게 까딱 고개를 숙이며 인사했다. 그러고는 다시 바다로 시선을 돌렸다.

세상에, 완전히 정신이 나간 게 틀림없다.

이연은 마시던 사이다를 두고 일어섰다. 도하에게로 걸어가는 동안 기이하게도 체기가 가라앉는다. 답답하던 식도가 시원하게 뚫리고 들끓던 속이 차분해지는 기분이었다.

만류하는 심 비서를 뿌리치고 배에 올라탔다. 기밀 작전을 수행하는 국가 요원처럼 날렵하게 이연의 시선에서 모습을 감추었다.

저기 멀리 이연이 보인다. 하지만 어쩐지 다가설 수가 없다. 자신이 왜 그녀에게 다가서지 못하는지, 무슨 말을 건네야 할지 몰라 망설이고 있는지.

어이가 없었다. 아까운 시간을 낭비해 가며 이게 무슨 짓인가 싶었다.

"나 참⋯⋯."

흘긋 낯익은 사람이 눈에 들어왔다. 무석이다. 이연에게 음료를 권하는 무석의 눈빛이 복잡 다정 하다. 무석의 뒷모습을 보는 이연의 눈빛 또한 단순하지 않다.

그때였다. 마음의 확신보다 더 빨리 발이 움직인 것은.

하지만 몇 걸음 안 가 다시 멈추었다. 아팠던 동생 이야기를 엿듣게 되었다. 예상대로 7년 전 태연하게 돈을 원한다 했던 이연은 사실 아주 다급한 상황에 놓여 있었던 모양이었다.

다시 몇 걸음 그녀에게 다가섰다. 그러다 급하게 이연에게서 돌아섰다. 뜻밖의 고백을 들었기 때문이다.

심장이 쿵 내려앉았다. 다가서지도, 멀리 갈 수도 없다.

도하는 그 자리에 얼음 조각상이 되어 버린 것처럼 꼼짝도 못 한 채 이연의 마음을 듣고 있었다.

'이연이 나를 좋아했다고 말하고 있다. 짝사랑, 혹은 첫사랑이라는 단어를 말한다.'

내가 고백하는 것도 아닌데, 고백을 듣는 입장인데 왜 가슴이 두근두근 뛰는가.

도하는 뛰는 심장에 어쩔 줄을 모른 채 이연을 훔쳐봤다.

"저, 저 사람! 네 남편이다!"

그러다 들켰다. 속삭이며 말하는 표정인데 너무나 또렷하게 들리는 여자의 음성. 잠깐 당황했으나, 곧 이성을 찾았다.

다가오는 이연의 표정이 꽤 볼 만하다. 뭔가 잔뜩 작심한 것 같은, 꾸중을 하고 싶은 여선생님 같은 얼굴이다.

"이 상황 어떻게 이해해야 해요?"

"나도 오랜만에 휴가 좀 가려고."

어이없는 대답을 해 버렸다.

"하필 내가 가는 섬으로요?"

"응."

할 말이 없어 도하는 입을 다문다.

"자기가 생각해도 영 웃기는 상황이죠, 이거?"

"휴가라니까."

"심 비서님은 어쩌고 혼자 왔어요?"

"혼자 휴가야."

머쓱해서 대답하고 이연에게서 고개를 돌려 바다를 보았다. 오랜만에 맞는 바닷바람이 진했다. 짠맛이 나는 거친 야생의 느낌.

어쩐 일인지 기분이 점점 좋아진다.

"원하는 게 뭐예요?"

어떻게 말을 꺼내야 할지 몰라 묵묵히 생각했다. 근데 생각이 다 끝나기도 전에 이연이 돌아선다.

"가는 거야?"

"네, 굳이 물어볼 필요 없는 거 같아서. 당신은 당신만의 휴가를 즐겨요. 나 방해 말고."

그녀가 가 버렸다. 돌아서는 그녀의 등이 단호하다.

이연이 말한 '없어져 버린 마음'이란 저런 단호한 등을 말하는 걸까 잠깐 생각했다. 그리고 다시 그녀의 고백에 생각이 미쳤다.

고백을 들으려 한 게 아니다. 예상 밖의 일에 부딪힐 줄은, 이렇게 엿듣고 들키는 상황이 되리라고는 생각 못 했다. 우스꽝스러운 상황에 잠깐 멍했지만 꽤 유연하게 대처했다고 생각했다.

가슴에 열이 오르고 기분이 이상했다.

그녀가 나를 좋아했다니. 짝사랑이라고 했던가. 어쩐지 그 감정은 아득하고, 또 다가갈 수 없을 정도로 순결해 보였다.

그녀의 하얀 낯빛처럼.

"언제까지 저럴 거래?"

잠깐의 휴식 시간, 방희가 멀리 보이는 도하를 가리켰다. 이연은 섬 주민들을 진료하면서도 계속해서 도하가 신경이 쓰였다. 그건 방희를 비롯한 모든 스태프들도 그런 것 같다.

"글쎄 말이다."

이연은 힐긋 도하를 보았다. 노트북을 보던 그가 그녀의 시선을 느꼈는지 고개를 들어 그녀를 봤다.

다시 눈이 마주친다. 얼마간 그녀와 눈을 맞추다가 도하는 시선을 돌린다.

휴가를 보내러 왔다는, 말도 안 되는 이유를 댄 도하는 무료 진료소가 세팅된 분교 운동장 벤치 구석에 앉아 자신의 일을 하고 있었다. 장소에 어울리지 않게 양복을 입은 채 노트북을 하고 있는 모습이 흥미를 끌기에 충분했다.

노트북 옆에는 수북한 서류 더미가 쌓여 있었다. 우습게도 서류가 바람에 날릴까 운동장에서 굴러다니던 돌덩이로 지그시 서류를 누르고 있었다.

황당해선지 이연은 웃음이 나왔다.

"어! 네 남편 축구하는데?"

진료가 어느 정도 막바지를 향해 갈 때쯤이었다.

"축구?"

양복 재킷은 벤치에 걸쳐져 있고 서류 더미와 노트북은 정리되어 놓여 있다. 그들의 주인인 도하는 운동장을 뛰어다닌다. 신 나게 섬 아이들과 축구를 하고 있는 도하는 마치 다른 사람 같다.

주인 없는 전화가 울렸다. 벨 소리가 멀리 떨어져 있는 이연에게까지 들렸다. 방희가 이연을 보았다.

"뭐, 받으라고?"

"응. 급한 전화일지도 모르잖니?"

"알아서 하겠지."

"그래도 한번 받아 봐."

방희가 억지로 이연을 떠밀었다. 이연은 도하의 벤치로 가서 휴대폰을 받았다. 수신자 이름에 '강 여사'라고 찍혀 있었다. 수란이다.

―대체 지금 어디야? 바쁜 사장단들, 중역들 모아 놓고 너 뭐 하는 거야?

날카로운 수란의 음성이 휴대폰을 타고 날아들었다.

"어머니, 저 이연이에요."

―이연이?

"네."

―네가 도하 부른 거야? 회의 주재해야 할 애가 왜 네 옆에 있어? 병원이니, 그럼?

"병원 아닙니다."

―그럼 대체 어딘데? 이연아, 믿으라면서? 도하 옆에서 얼쩡거리지 않는다면서!

수란의 며느리 타이틀을 벗어 버렸기 때문일까? 이상하게 예전처럼 불안하거나 초초하지 않았다. 이연은 태연하게 대답했다.

"얼쩡거린 건 도하 씨예요. 단속은 어머니가 하세요. 전 이 사람한테 아무것도 하지 않았으니까. 여기 병원 아니라고 말씀드렸죠? 그러니까 병원으로 사람 보내지 마세요. 도하 씨가 막무가내로 절 쫓아와서 둘 다 섬에 갇혀 버렸어요."

―뭐? 섬?

"네, 서울에서 3시간은 떨어진 섬요."

어둑해져 가는 전경을 보다가 덧붙인다.

"오늘은 이 섬에서 못 나갈 거 같은데요. 배 아마 끊겼을 거예요."

아슬아슬한 출항 시간에 대해 비관적으로 추측해 전달했다. 수란이 멋대로 오해해서 무례하게 대하는 것에 대해 더 이상 참지 않기로 했다. 속이나 좀 타시라고 독한 은이연이 되어 거짓을 말한다.

—도하 바꿔라.

"지금 애들이랑 운동 중이라 못 바꿔 드려요."

—뭐?

목소리가 높아졌다.

"끝나면 전화 드리라 그럴게요. 저도 진료가 있어서 이만 끊을게요, 어머니."

이연은 휴대폰의 종료 버튼을 시원하게 눌렀다.

여전히 아무렇지도 않았다. 이연은 거추장스러운 허물을 벗은 나비가 된 것 같았다.

이연은 멀리 도하를 보았다. 수란이 펄쩍 뛸 상황을 만들어 놓고 왜 저 사람은 여기까지 쫓아온 걸까?

운동장의 먼지 속에서 아이들과 공을 주고받는 도하에게 다가갔다. 도하도 어느 순간 걸어오는 이연이 보였는지 공을 아이들에게 패스하고 그녀를 기다린다.

"어머니 전화 왔어요."

휴대폰을 내밀었다. 땀이 흐르는 손이 휴대폰을 건네받는다.

거친 호흡을 하고 얼굴에 열이 오른 도하. 어쩐지 차분했던 마음이 다시 조금씩 뛰는 거 같다.

"빨리 얘기해요."

이연이 가운에 손을 넣고 비스듬히 선다. 꼭 반항하는 불량 청소년 같은 포즈다.

"뭘?"

"할 얘기 있으면 하시라고요. 저도 피곤해요. 일을 너무 많이 해서 토할 거 같거든요."

"토할 거 같아? 의료 시설이 전무한 낙도에서 봉사 중이잖아? 그러면서 할 말은 아닌 거 같은데?"

"말장난하고 싶지 않아요. 단도직입, 당신 좋아하잖아요? 어물쩍 시간 끄는 거 그만하시죠."

이연의 태도가 거슬렸지만 도하는 본론을 꺼냈다.

"내가 죄책감 느끼길 바랐던 거야?"

"알아듣게 말해요."

"왜 동생 수술 얘기 안 했어?"

"우리가 그런 얘기 할 사이는 아니었잖아요? 그리고 이찬이를 거래의 이유로 대고 싶지 않았어요. 당신 그때 찔러도 피 한 방울 안 나올 거 같았던 거 기억 안 나요?"

무슨 참견이냐는 표정으로 그녀가 말한다.

이연의 말이 맞았다. 그 당시 도하는 인정을 베풀 여유도 없었고 모든 이들에게 차가웠다.

"부탁할게요. 제발 좀 사라져 줘요."

그녀가 나직하게 말했다.

"이건 사실, 업무 방해나 다름없어요."

"내가 신경 쓰인단 거야?"

"난 상관없어요. 근데 다른 선생님들은 신경이 쓰이나 봐요. 당신 덕분에 내가 민폐 캐릭터가 되고 있어요."

이연의 첫사랑이 자신이라는 걸 들은 시점에서 몇 시간도 지나지 않았다. 이렇게 차가운 이연의 태도는 짝사랑을 말하던 여자의 것이라고 할 수 없었다.

그러고 보니 자신을 향한 짝사랑이 '과거형'인 것을 미처 생각지 못했다.

기분이 나빠진 도하는 괴팍하게 대꾸했다.

"말했잖아, 휴가라고."

말도 안 되는 소리라는 걸 아는 이연이 크게 한숨을 쉰다.

그녀는 그를 속였고 아버지와 거래를 했다. 하지만 여전히 도하는 그녀를 원한다. 그래서 회의가 몇 개나 잡혀 몸이 두 개라도 모자랄 판에 그는 낯선 섬에서 한가한 거짓말 놀이를 한다. 단지 이연을 보기 위해, 그녀 옆에 있기 위해, 이대로 끝내고 싶지 않아서.

"그럼 맘대로 해요. 가든지 말든지."

가든지 말든지라니. 이 얼마나 무성의한 말인가?

도하는 기분이 상해 인상을 잔뜩 찌푸렸다. 누구에게도 그런 말을 들어 본 적 없었다. 자존심이 뚝 소리가 나며 부러졌다.

그러나 시선은 이연을 향해 있다. 운동장의 부연 먼지 너머로 아득히 멀어지는 은이연.

"어이구, 이 미친!"

자괴의 소리가 나지막하게 나왔다. 그럼에도 도하는 그녀가 뒤돌아보기를 소원했다. 하지만 이연은 벌써 도하를 잊은 사람처럼 다른 세계로 건너갔다.

"네, 심 비서님. 이제 들어갑니다. 선착장에서 기다리시면 됩니다. 아, 들어오실 거 없다니까요. 저 지금 배 탔습니다."

도하는 전화를 끊고 배가 출발하기를 기다리며 바다를 바라보았다. 결국 발길을 돌려 육지로 돌아가는 배에 승선했다. 자신을 냉대하는 여자에게 매달리고 싶지 않았다. 이연의 고백에 좌지우지하는 자신을 다잡아야 했다.

'그래, 사랑 고백이 뭐라고? 너한테 반한 여자, 추파 던지는 여자, 한둘이었냐? 서도하! 정신 차려!'

사실 그가 받은 고백의 역사는 유구했다. 외형적으로 어른의 몸을 가지게 된 중학교 시절부터 러브레터나 선물을 주는 여자아이들이 늘 주변에 있었다. 대학 때에도 그를 쳐다보는 눈빛을 지겨울 정도로 느꼈고, 그래서 조금쯤 여자에 대해 오만한 마음을 가졌다.

이연 역시 그런 여자들 중 하나일 뿐이다. 아무것도 변한 것은 없다. 동생에 대한 오해는 풀었으니 자책감으로 마음을 쓰지 않아도 된다.

무엇보다 그녀가 그와의 관계를 원치 않는다. 이연의 치맛단을 붙잡는 남자는 절대로 되고 싶지 않으니 가뿐하게 몸을 돌려 서울로 돌아가 헤어질 준비를 하면 그만이다. 이런 감정의 너덜거림보다 백배는 중요한 회의가 그를 기다리고 있다.

배가 서서히 움직이기 시작했다.

"돌겠네!"

도하가 머리를 거칠게 쓸어 올리고 배의 난간을 걷어찼다. 그 어떤 이유를 갖다 붙여도 감정은 정리되지 않는다. 끓어오르는 욕구가 한없이 그를 뒤치게 한다.

"은 선생."

"네."

"이따 저녁 먹고 얘기 좀 할 수 있을까?"

"무슨 얘기요?"

"자세한 건 나중에."

무석이 쑥스러운 듯 말을 흘린다.

"알겠습니다."

"근데…… 도하는 갔어?"

이연은 무석의 질문에 대답을 할 수 없었다.

"안 보이는 거 보니 서울 갔나 봐요."

진료가 끝나고 노을 풍경이 끝내준다는 섬의 바닷가로 모두들 산책을 나온 참이었다. 이연은 도하와의 마지막이 개운하지 않아 그저 모래사장 구석에 앉아 바다만 바라보고 있었다. 일부러 도하를 모른 척했는데, 진료가 끝나 둘러보니 정말 섬을 나가 버렸는지 보이지 않았다.

"야, 여기 진짜 완전 청정 지역이다. 물이 대박 깨끗해!"

방희가 호들갑을 떨며 달려왔다.

"아직 해수욕하긴 일러. 감기 들면 어쩌려고?"

"그냥 엄지발가락만 담갔다. 흐흐. 너도 손이라도 담가 봐. 선생님도 한번 보시라니까요. 해수욕장 와서 이렇게 물이랑 떨어져 있는 사람이 어디 있어요?"

방희가 억지로 무석을 끌고 갔고, 혼자 남은 이연은 그저 애꿎은 모래만 손가락 사이로 흘려 보낸다. 저녁이 되어 가자 조금씩 스산한 기운이 감돈다. 조금 추워 어깨를 움츠렸다. 아무 생각도 하지 않기 위해 이어폰을 귀에 꽂고 음악을 플레이 시켰다.

"어?"

어깨가 덮이는 생경한 느낌에 올려다보자 도하가 서 있었다. 그녀의 어깨에는 도하의 검정색 양복 재킷이 얹어져 있다.

"안…… 갔어요?"

이연은 양복 재킷을 다시 도하에게 주었다. 하지만 도하는 받은 재킷으로 다시 그녀의 어깨를 덮어 준다. 꼼짝 말라는 것처럼.

묵직하지만 순식간에 서늘한 기운이 없어진다. 다시 벗어 주기도 귀찮아 그냥 있기로 했다.

"못 갔어. 배 출발 직전에 내렸어."

도하가 그녀의 옆에 털썩 주저앉았다. 나란히 앉으니 그의 얼굴을 읽을 수가 없다.

"왜요?"

"회의보다 더 중요한 일이 여기 있어서."

"대체 원하는 게 뭐예요?"

도하는 잠시 말이 없었다.

"나도 몰라."

"한 번 자 주면 되겠어요?"

"뭐?"

"원하는 거, 그거 아니었어요?"

"날 뭐로 보고!"

도하의 인상이 험악해졌다. 그녀의 태도가 거슬렸다.

"그럼 대체 왜 이러는 건데요?"

"널 원해."

그가 진지하게 말했다.

"너와 밥을 먹고, 너와 수영을 하고, 너와 시장을 걷고, 너와 정원을 산책하고 싶어. 널 안고, 널 만지고, 널 내 것으로 만들고 싶어."

이연이 의문이 가득한 얼굴로 그를 보았다.

"내 말은 한 마디도 믿을 수 없다면서, 나랑 뭘 하고 싶다고요?"

이연은 어이가 없어 웃음이 나오려 했다.

"그래. 난 여전히 널 못 믿어. 근데 네가 그런 여자라 해도 내가 널 원한다는 사실은 변함없어."

"내가 만약에 당신이 이렇게 쫓아올 상황까지 다 계산하고 연극을 하고 있다면 어쩔 거예요? 서진의 영원한 안주인이 되기 위해 짜 놓은 마스터 플랜이라면요? 정말 괜찮겠어요? 이런 여자라도? 이런 나라도?"

그가 이연을 담담하게 보았다.

"상관없어. 난 이미 선을 넘었어."

이연의 마음이 한 번 크게 들썩였다.

"그리고 난 이제 널 알 거 같아졌어. 지금 얘기는 거짓이야."

그녀를 꿰뚫어 보는 듯한 도하의 눈빛에 마음이 흔들렸다. 이연이 벌떡 일어섰다. 도하가 따라 일어나 마주 서자 이연은 그의 재킷을 내밀었다.

하지만 도하는 그걸 바닥에 내동댕이치고 오로지 이연만 바라본다. 그가 바지 주머니에서 뭔가를 꺼냈다.

"자, 이거."

그가 반지를 내밀었다. 이연이 돌려보낸, 그들의 결혼반지였다.

"돌려준 거잖아요?"

"너한테 소중한 거 아니었어?"

이연은 이 반지를 도하에게 받았던 7년 전을 떠올렸다. 반짝반짝 황홀하던 그 순간, 온통 무지갯빛이었던 별장의 아침 정원이었다. 그가 무릎을 꿇고 온통 가짜 속에서 진짜 하나를 주었다. 그것이 이 반지였다.

도하의 변호사에게 보낼 때도 사실 못내 아쉬웠다. 부적 같기도 했고 분신 같기도 했기에……. 하지만 이연은 아직 반지 자국이 선명한 손가락을 힐긋 바라보다 말했다.

"아뇨. 유통기한 지났어요."

"그럼 네가 버리면 되잖아? 너한테 준 거니까 네가 버려."

"당신이 만든 거잖아요?"

맞다. 이 반지는 '메이드 바이 서도하'였다.

"그래서 버릴 순 없고 나한테 돌려준 거지? 넌 이게 내가 만든 거라는 걸 알았으니까. 나한테도 꽤 소중하다는 거 알고 있었으니까."

이연이 대답을 찾고 있는 사이, 도하가 순식간에 그녀의 손을 잡고 반지를 끼웠다.

"왜, 왜 이래요? 이건 그냥 소품일 뿐이면서……."

그녀가 반지를 빼기 위해 안간힘을 쓴다.

"이거 한 번 들어가면 안 빠진단 말예요! 아이, 진짜."

이연은 신경질을 부리는 건지, 당황스러운 건지 허둥대며 반지를 빼내려 했다. 하지만 역시 빠지지 않는다.

"이건 너한테 주는 선물이었어."

차분한 그의 말에 이연은 도하를 보았다.

"은이연이라는 여자는 잘 몰랐지만, 네 손가락은 우아하고 아름다웠거든."

갑자기 눈물이 떨어지려고 해 이연은 우악스럽게 다시 반지를 빼기 위해 힘을 주었다. 그러자 약지가 반지에게서 해방되었다. 이연은 있는 힘을 다해 눈물을 참고 냉정해지려 애썼다.

아무래도 뭔가 보여 줘야 할 거 같았다.

"좋아요. 내 거라니까 그럼 내가 처분하죠."

이연은 있는 힘껏 바다를 향해 반지를 던져 버렸다. 조금의 망설임도 없이 단호하게.

"자, 이제 됐죠. 내 마음은 이래요. 그러니까 이제 우리 이만 안녕 해요."

말이 없는 도하를 스치며 지나갔다. 그는 충격을 받은 듯 아무런 반응 없이 그녀가 반지를 던진 쪽만 바라보고 있다. 황망한 그의 마지막 표정에 잠깐 흔들렸지만, 이연은 이게 정리를 위해서 옳은 길이라 애써 자신을 다독였다.

몇 걸음 걸었을 때 뭔가 이상한 느낌에 뒤돌아보았다.

"뭐, 뭐 하는?"

도하가 어느새 차가운 물속으로 들어가고 있었다. 5월의 저녁 바닷가는 아직 차갑다. 벌써 잠수했는지 물속으로 사라져 버린 도하.

"뭐야! 네 남편 갑자기 나타나서 왜 저래?"

어느새 방희가 다가와 있었다. 바다로 뛰어든 도하를 보기 위해 사람들이 모여들고 있었다.

"나도…… 모르겠어…….'

한참을 안 보이다 무슨 사고 나는 건 아닌지 싶을 때 한 번씩 수면 위로 올라왔다.

"야, 벌써 저러고 있는 거 20분이 다 되어 간다. 가서 좀 말려. 저러다 오뉴월에 얼어 죽어."

안 그래도 그럴 참이었다. 1초가 더디게 흐르고 바싹 속이 타들어 간다.

이럴 바엔 내가 들어가 끌고 나오는 게 낫겠어. 이연의 바닷물을 향해 한 발 내딛기 직전, 그가 물에서 나왔다.

"야, 나, 나온다. 완전 물귀신 돼서 나오는데. 표정이 완전 썩었어."

온몸이 젖어서 도하가 그녀를 향해 다가왔다.

"이게 무슨 미친 짓이에요? 그러다 무슨 일 나면 어쩌려고 그래요?"

"여기 인공호흡에 CPR까지 해 줄 사람들 널렸잖아."

"당신 정말!"

이연은 아주 오랜만에 가슴에도, 머리에도 열이 오른다. 이 이상하고, 나쁘고, 신경질 나는 남자 때문에.

"손 줘."

"네?"

"손."

손 같은 소리 하고 있네!

이연은 아는 욕은 모두 끌어모아 한바탕 퍼부어 주고 싶었다. 마음은 그랬다. 하지만 도하의 젖은 눈이 모든 생각을 정지시켰다. 단순하게 화가 난 것도 같고, 어떤 갈망이 담긴 것도 같았다.

그녀는 에라, 모르겠다 눈을 질끈 감고 그에게 손을 내밀었다. 도하가 물이 뚝뚝 떨어지는 차가운 손으로 그녀의 손을 잡고 반지를 끼운다. 그러곤 얼마간 그녀를 바라보며 숨을 몰아쉰다.

여전히 그녀의 손을 잡은 채다.

그녀는 그의 말을 기다렸지만 도하는 아무 말도 하지 않은 채 바닥의 재킷을 잡더니 그녀를 떠났다.

그의 젖은 뒷모습 역시 어떤 말도 하고 있지 않았다.

"나 늘 궁금했는데, 그 반지 가운데에 있는 보석이 뭐야?"

방희의 질문에 이연은 도하가 끼워 준 반지를 보았다. 화이트골드 링이 감싸고 있는 반지의 중앙에는 투명한 알이 박혀 있다.

"이거, 보석 아니야. 캐노피."

"캐노피? 텐트 지붕?"

"아니. 비행기 조종석 앞 유리에 쓰이는, 아주 투명하고 단단한 거."

"그걸로 만들었단 거야?"

"응, 군대에서."

"군대?"

"원래는 어머니한테 드리려고 했대. 도하 씨가 아무도 모르게 군 입대 신청을 하는 바람에 어머니가 두고두고 서운해하셨다고 해. 아주버님들은 어찌어찌 다 군대를 건너뛰셨거든."

"그 알 속에 있는 하얀 건?"

캐노피 속에는 작은 꽃잎 조각이 있다.

목련이라고 했다. 너를 닮으니 준다고도 했다.

그러니까 7년 전 그들의 결혼식을 올린 다음 날이었다.

이연과 도하는 별장으로 갔고 하루 동안 수란을 피해 여기 지낼 거라며 자유 시간을 주었다. 그는 1층에서, 그녀는 2층에서 시간을 보냈다.

이연은 긴장이 풀렸는지 침대에 앉아 있다 어느 순간 잠이 들었고, 저녁이 으슥해 그가 깨우러 왔을 때까지 죽은 듯이 숙면했다.

근데 좀 아팠나 보다. 스트레스와 몸의 피로가 겹쳐 뜨겁게 열이 오르고, 편도가 붓고, 오한이 들어 으슬으슬 추웠다. 독한 감기 몸살이었다.

도하가 병원에 가자고 했지만 괜찮다고 고집을 부렸다. 저녁 식사고 뭐고 그냥 내버려 두라고. 그런 말도 안 되는 일을 시켜 놓고 이제 와 걱정이냐고 거칠게 대꾸했다.

그는 1층으로 내려갔고 그녀는 다시 쓰러져 밤을 보냈다.

아마도 그때였을 것이다. 그저 단순한 호감이었던 도하를 향한 감정이 감당할 수 없는 지경에 이른 것은. 이연은 그 밤, 도하에게 완전히 마음을 빼앗겼다.

새벽이 밝아 올 즈음 힘겹게 눈을 떴을 때 침대 옆 의자에 앉아 꾸벅꾸벅 조는 도하를 보았다. 그녀의 이마에는 젖은 물수건이 놓여 있었다. 마음대로 하라며 냉정하게 나가 버렸던 그가 밤새 그녀 곁에서 뜨거운 열을 내리게 했다는 걸 알았다.

순간 눈물이 핑 돌았다.

고개를 떨구던 그가 갑자기 그녀의 위로 쓰러졌다. 도하의
몸은 무거웠지만 말할 수 없이 이상한 기분이었다. 천천히 손
을 들어 그의 머리를 쓰다듬었던 것 같다. 그리고 마음 안의 뾰
족한 것들이 순식간에 허물어지는 걸 느꼈다.

"근데 알이 좀 상했네."

이연은 캐노피 알을 티셔츠로 쓱쓱 닦기 시작했다.

"이거 되게 신기해. 이렇게 놔두면 그냥 플라스틱 같잖아? 근
데 닦으면 닦을수록 반짝인다. 정말 보석처럼."

7년 전부터 도하를 향한 마음을 차곡차곡 닦아 왔는지도 모
른다. 그래서 그 마음의 힘이 세서 자꾸 미련이 남는 건지도.

"그러네. 좀 반짝인다!"

"근데 이 남자 어디로 간 걸까?"

백사장을 올라와 한적한 도로까지 나왔지만 그는 보이지 않
았다.

"어, 저기. 벤치에 있는 사람 네 남편 아니니?"

길게 벤치에 누워 있는 도하가 보였다. 여전히 젖은 양복 차
림이었다.

"이제 어떻게 할 거야?"

방희가 물었다.

"잘…… 모르겠네."

"그냥 알았습니다 하고 돌아설 폼은 아닌데? 완전 작정한 거

같아. 그 액션에도 끄떡 안 하는 걸 보면 말이야."

　이연은 노을이 펼쳐진 하늘을 올려다보고 있는 도하에게 천천히 다가섰다. 어떻게 해야 할지는 정하지 않았다. 그저 저 축축한 옷을 벗게 하고 싶은 마음뿐이었다.

　—7년 전 결혼할 당시 받은 돈, 이찬이라는 아이 수술비에 썼습니다.

　기분이 꿉꿉하다. 몸이 젖은 것도 모자라 심 비서의 보고를 듣다 보니 마음까지 습기로 가득 찬다. 이연에게 반지를 끼우고 나와 이제 어디로 갈까 생각하다가 벤치에 앉았다. 그때 심 비서에게 전화가 걸려 왔다. 이연의 버스를 쫓으면서 도하는 심 비서에게 몇 가지 조사를 부탁했다.

　—동생이 꽤 많이 아팠습니다. 이식 수술이 급했고. 남은 돈으로는 대부 업체에 빌린 돈을 갚았어요. 사모님……. 아니, 은이연 씨 어머니가 동생 병원비 때문에 돈을 빌렸나…… 그랬습니다. 아주 곤란한 상황이었습니다."

　7년이나 지났지만 그녀와 만나 계약서를 썼던 레스토랑의 일을 어렴풋이 기억하고 있다. 왜 돈이 필요하냐는 물음에 동생이나 집안 애기는 하지 않았다. 그녀는 그냥 그가 마음껏 오해하도록 내버려 두었다. 아니, 거짓말까지 하면서 수술비 때문이라는 사실을 숨겼다.

　그가 나쁘게 오해해도 아무런 상관이 없었던 걸까.

점점 더 그녀가 마음에 안 든다. 예상과 어긋난 그녀가 그를 당황스럽게 만들고 죄책감이 들게 하고 있다.

"심 비서님께 조사를 부탁드렸죠. 굉장히 빠른데요. 오늘 조사하신 거예요? 아니면 이미 아시는 걸 브리핑하시는 겁니까?"

─알고 있었습니다. 7년 전에 회장님께서도 시키신 일이니까요. 좀 전까지 다시 한 번 체크하고 보고드리는 겁니다.

"근데 왜 지금까지…… 숨기신 거예요?"

─알고 계신 줄 알았습니다. 묻지도 않으셨고……. 죄송합니다.

하긴 심 비서의 원칙에 맞는 행동이었다. 입이 무겁고 묻는 말에만 대답한다. 지시한 일만 처리한다. 심 비서는 해당 사항에 대해서만 적확하고 객관적인 일 처리를 하는 사람이다.

"죄송할 사항은 아니네요. 제가 바보 같았어요. 당연히 알고 있어야 하는 것들인데 7년이나 지나서……."

이연에 대해서 그는 무신경하고 무관심했다. 어쩌면 그 대가인지도 모르겠다.

"심 비서님, 그럼 아시는 거 모두 솔직하게 제게 말씀해 주실 수 있으세요?"

─질문하시면 아는 한 대답하겠습니다.

"계속해서 궁금했던 게 있었어요."

─네.

"왜 이연이가 아버지랑 가까워졌을까 하는 거요. 내가 아는 아버지는 나쁜 분은 아니지만 인정이 많은 분도 아니세요. 그러기엔 너무 바쁜 사람이죠."

—사모님은, 아니, 은이연 씨는.

"편한 대로 하세요."

　—사모님은 생명의 은인입니다.

"네?"

　—두 분이 결혼하시고 두 계절쯤 바뀔 때였을 겁니다. 양재동 공연장 개관식 즈음이었습니다. 건물 준공식 전에 늘 가까운 가족과 이사들을 불러 건물을 돌아보시는 걸 알고 계실 겁니다. 그때 작은 사모님도 처음 참석하셨는데……. 야외 공연장 지붕을 올라가 보시겠다고 하시더니 사고가 일어났어요. 돔형 철제 구조물이 미완인 상태여서 한쪽이 무너졌거든요. 회장님이 그때 심장 발작을 일으켰어요. 구급 대원이 오기엔 상황이 다급했고, 사모님이 혼자 올라가셔서 응급 처치를 하셨습니다. 보통 남자라도 하기 힘든 일이었습니다. 사모님이 아니셨으면 아마도 뇌사 상태가 되셨거나 돌아가셨을 거라더군요. 그 높은 곳에서 응급 대원들이 도착하기까지 긴 시간 동안 회장님 곁에서 돌봐 드리고 안정시킨 사람이 바로 작은 사모님입니다. 그 이후 회장님이 사모님을 각별히 보신 것으로 알고 있습니다.

　그때 이연과 아버지는 아마도 처음 이야기를 나누었겠지. 위급한 상황에 그들은 무슨 이야기를 했을까?

"그럼 생명의 은인이라 그 여자한테 이것저것 해 주신 겁니까?"

　—글쎄요. 한정식 가게를 내주신 게 아마 그 사고 이후이기는 했습니다. 오후에 보셨던 은왕배라는 사람이 회장님을 만나겠다고 찾아온 적이 있었죠. 오늘처럼요. 그때 조치하신 것으로 압니다.

　그럼 거래 같은 건 없었던 걸까? 점점 진실을 둘러쌌던 거짓이 벗겨진다.

하지만 역시 풀리지 않는 의문도 있었다. 이미 받을 거 다 받았으면서 왜 이혼 서류에는 사인하지 않았을까? 수란의 곁에서 자유가 그리운 게 너무나 당연한데…….

—그리고 이것도 모르실 거 같아 말씀드립니다. 회장님이 돌아가셨을 때 도련님께 연락하려고 마지막까지 애쓰신 분 역시 작은 사모님입니다. 회장님과 마지막 작별 인사라도 나누게 해야 한다고 하시면서. 물론 제 아랫사람이 중간에 일 처리를 잘 못 하는 바람에 도련님을 놓쳤지만요.

그녀가 완전히 수란의 꼭두각시는 아니었다는 건가?

—회의는 모두 연기했습니다. 큰 사모님께서 화가 많이 나셔서 돌아가셨어요.

"네, 전 아무래도 내일 섬에서 나가야 할 거 같습니다. 오전에 선착장에 차 대기시켜 주세요. 오늘 못 한 일들 처리하죠."

심 비서와의 통화가 끝나자 도하는 벤치에 길게 누워 붉은 하늘을 올려다보았다.

아주 오랜만이다. 이렇게 누워 하늘을 보는 것은. 목적지를 정하지 않고 세상 여기저기를 여행할 때의 기분이 되살아났다. 갑자기 이 양복이 무척 어색하게 느껴진다.

사실을 다 알고 나니 허무하기도 했지만, 무언가로 복잡한 머릿속이 차츰 정리되고 있었다. 아버지와 이연의 관계, 어머니의 방해 공작, 그리고 7년 전 그녀의 이상한 태도까지.

결국 수란의 말만 듣고 이연에게 못 할 짓을 했다. 도하는 자신이 멍텅구리 같았다.

그래도 그녀에게 다시 반지를 끼워 주어 다행이다. 그것마저 이연이 거부했다면 도하는 정말 지옥을 걷는 심정이었을 것이다.

반지는…… 원래는 수란의 것이었다. 입대 영장이 날아왔을 때, 그리고 논산 훈련소로 떠날 때 길길이 뛰다가 제풀에 지쳐 쓰러져 버린 어머니를 기억하고 있다.

"네가 왜 지금 군대를 가? 이 중요한 때에 왜?"

하지만 도하는 대학을 휴학하고 군대에 갔다. 공군에 입대했고, 선임들과 동기들이 캐노피 조각으로 애인 준다며 반지며 목걸이 펜던트를 만들 때 그는 수란을 떠올리며 반지를 만들었다. 물론 수란은 구경도 하지 않은 채 거절했지만.

결국 반지는 이연에게 주었다.

7년 전 결혼식을 하는 내내 그는 그녀에게 친절하지 않았다. 어쩌면 많이 무례했다. 하지만 그녀에게 친절할 만큼 마음의 여유가 없던 때였다. 온갖 독기와 짜증스러움과 허탈과 분노만 남은 자신이었다.

별장에 도착하자 그녀가 말했다. 그래도 일정 기간은 당신과 부부여야 하니, 뭔가 실제임을 느낄 수 있는 것을 하나만 달라고.

'다이아 반지 같은 걸 원하는 거야?' 라고 물었는데, 이연은 그때 식탁에 놓인 노란 고무줄을 하나 잡아서 그의 손에 쥐여 주었다.

"다이아도 좋겠지만 그건 사러 가야 하고 귀찮으니까…….
그냥 이걸로 주세요."

농담인지, 진담인지 파악이 안 되는데 그녀의 눈은 굉장히
진지했다. 도하는 그녀의 뜻대로 고무줄로 그녀의 약지에 감아
주었다.

"이거면 족해요."

어이가 없어 피식 웃었는데 그녀는 웃지 않는다. 농이 아니
란 얘기였다.

"이걸 계속 그렇게 끼고 있겠단 거야?"

"네."

사무적으로 대답을 하고 2층으로 올라간 그녀는 그날 밤 매
우 아팠다. 식은땀으로 뒤덮인 그녀의 손에는 여전히 고무줄
반지가 있었다. 그저 그런 여자라 생각했는데, 그날 밤엔 하나
도 모르겠고 까마득하게 느껴졌다.

미지근한 수건을 물에 적셔 이연의 이마에 올려 주며 생각
했다. 목련을 닮았으니 그 반지를 주어야겠다고.

그가 만났던 여자들은 늘 반짝이되 값비싼 것만을 원했다.
이 여자 역시 진짜 보석을 선호할지는 모르지만, 그 순간만큼
은 그녀가 반지의 주인처럼 느껴졌다.

다음 날 별장을 나오면서 앞으로 그녀가 겪어야 할 결혼에
대해 말해 주었다. 아무 말도 안 하고 떠나는 건 예의가 아닌
것 같았다.

"나는 이 길로 공항으로 갈 거야. 어쩌면 미국에 꽤 오래 있

을지도 모르겠어."

그녀는 좀 놀란 것 같았다.

"너도 알다시피 우리 결혼식은 서프라이즈용이었어. 넌 내가 없는 집에 있어야 하고, 그다지 편하지 않은 시부모와 같이 살아야 해. 할 수 있겠어?"

"내가 할 수 있을 거라 생각해서 결혼한 거잖아요?"

"응. 근데 어젯밤 네가 그리 강해 보이지 않아서."

"난 돈을 받았잖아요. 그러니 일을 해야죠. 이제 열도 내렸으니까."

그녀가 씩씩하게 말했다.

"뭐 하는 거예요?"

도하는 그녀에게 무릎을 꿇었다.

"이 반지 받아 줘. 이거면 진짜 같은 게 하나는 있는 거야."

그렇게 그는 그녀의 약지에서 고무줄을 빼고 목련 반지를 끼워 주었다. 그때 살포시 떠오른 그녀 얼굴의 홍조를 기억한다.

어쩌면 그 홍조는 그를 향한 마음이었을까?

심 비서는 그녀가 아버지의 장례식에 참석할 수 있도록 그를 찾았다고 했다. 수란의 말을 거역하면서까지.

만약 그때 그녀가 부탁한 누군가가 나를 찾았다면 우리의 시작이 달라졌을까? 그렇다면 사라져 버렸다던 그녀의 마음은 그대로였을까? 그 마음은 대체 언제 시작된 걸까?

의문이 꼬리를 물고 이어졌다.

"일어나요."

그의 생각을 방해하는 익숙한 목소리가 들렸다. 눈을 떠 보니 이연이 그를 내려다보고 있었다.

꽉 다문 입술과 안개 같은 눈.

도하는 충동적으로 그녀의 팔을 확 끌어당겼다. 순식간의 그의 몸에 그녀가 겹쳐졌다.

"숨은 쉬어도 돼."

그때서야 이연이 숨을 토해 낸다. 그녀가 몸을 일으키려 하자 두 손으로 그녀를 붙잡았다.

"잠깐만."

"나까지 적실 셈이에요?"

"잠깐만."

간절한 눈빛이 통했는지 그녀가 조용히 그의 말을 따른다.

복잡한 많은 생각들이 사라졌다.

왜 자신이 이연에게 매달리는지 의문을 품지 않기로 했다. 이미 가슴에 수많은 말들이 있는데 생각을 더 해서 무엇하나. 노력해 봐도 누군가를 지울 수 없는데 노력해 봐 무엇하나.

그녀의 눈을 마주 보며 도하는 인정했다.

전력투구는 진심이어야 하겠지. 내 앞의 아름다운 그녀를 얻으려면.

"잠깐 지났으니까 일어날게요."

그녀가 몸을 일으켰다. 그녀가 멀어지자 서늘한 기운을 실감한다. 좀 춥다.

"이러고 계속 있을 거예요? 옷 갈아입어야죠."

　홍조를 띤 그녀가 도하를 보고 있다. 그녀의 불타는 뺨이 이렇게도 감사하다니.

　도하는 벌떡 일어났다.

　어디선가 시원한 바람이 불어왔다.

"자요, 수건."

"30분 넘게 물속에서 헤매느라 손가락 까딱할 힘도 없어. 환자가 된 기분이야."

"그러니까 왜 물에 들어가서!"

　이연이 원망스러운 얼굴로 그를 보았다. 화를 내는 말투지만 걱정도 들어 있다.

"좀 닦아 주지그래?"

　물 맞은 생쥐 꼴이 되어 버린 장본인은 느긋한데 옆에서 이연은 애가 탔다. 에휴. 한숨을 크게 쉬고 이연은 수건으로 도하의 머리를 닦았다. 멀리서 광경을 지켜보는 눈들이 꽤 많았지만 꼼짝하지 않는 도하를 그대로 둘 순 없었다.

"좋네."

　도하가 한마디 하며 그녀를 올려다봤다. 어쩔 수 없이 다시 가까이한 두 사람.

　눈빛이 마주쳤다.

"무슨 말이에요?"

"그냥."

　머리를 닦다가 이연이 수건을 거두고 그에게서 떨어졌다.

"머리만 닦아 주고 끝인가? 어쨌든 너 때문에 벌어진 일 같은데."

목소리에는 초조함도, 질척거림도 없다. 그저 그녀를 바라보는 느긋한 미소가 전부였다. 물에 들어가더니 사람이 어떻게 되어 버렸나 보다.

"나 때문이 아니라, 당신이 여기 쫓아오지만 않았어도 일어나지 않았을 일이에요. 그러니까 당신이 닦아요."

이연은 수건을 그에게 주고 물러섰다.

"맞아. 그건 그래."

또 곧바로 인정하고 얼굴과 목을 닦는 도하. 그는 마치 순한 양 같다.

"갈아입을 옷, 방희가 빌려 놨대요."

"어디서 갈아입어야 해?"

"따라와요."

이연이 앞장서 걸었고 도하가 뒤를 따랐다.

멀리 노을이 지고 있었다.

이연에게 안내된 곳은 가까운 마을 회관이었다. 여자 숙소인 2층으로 따라 올라갔다.

"여기가 숙소야?"

"남자들은 1층에서 잘 거예요. 당신도 거기 껴서 자든지 말든지 맘대로 해요."

또 '자든지 말든지'다. 정말 마음에 안 드는 말이다. 그래서 도하는 당당하게 요구하기로 했다.

"그 말 하지 마."

"네?"

"자든지 말든지, 가든지 말든지……. 그런 말 좀 하지 말라고."

"왜요?"

정말 모르겠다는 듯 이연이 묻는다. 왜 금지어가 되어야 하냐는 눈빛이다.

"하여튼 하지 마. 하지 말아 줘."

"부탁하는 거예요? 단어 선택 잘하라고?"

"응. 은이연한테 그 말을 들으면 내가 중요하지 않은 사람인 거같이 느껴져."

"중요하지 않은 사람?"

"응. 난 중요한 사람이야."

이건 또 무슨 초등학생 같은 대화인가? 이연은 별걸 다 간섭하는 그에게서 돌아선다.

"좀 기다려요. 옷 올려 보낼 테니."

그런데 도하가 멀어지는 이연의 손을 잡았다.

다행히 반지가 있었다.

그는 비로소 조금 안심한다.

"우리 결혼이 끝나더라도 이건 진짜야. 이건 네 거라고. 이걸 버린다고 해도 달라지는 건 없어. 그러니까 반지에 화풀이하지 마."

"화풀이가 아니에요. 그냥 해 본 게 아니에요. 난, 나는……."

"확신할 수는 없지만 이제 조금 은이연이 보여. 네가 진심을 말하지 않아도 보이고, 네가 거짓을 말하면 더 잘 보여. 그러니까 너답지 않은 건 그만하라고."

"난 확신할 수 있어요. 아무리 당신다운 일을 해도 내 마음은 안 변할 거라는 거. 그리고 이 반지는……. 이 반지는 당신 말처럼 내 거니까요. 버리든 살리든……."

"부디 살려 주길 바라."

이연이 근심이 가득한 얼굴로 한숨을 길게 내쉰다.

"당신이 이 손을 놓으면요."

도하가 손을 놓자 도망치듯 이연이 멀어졌다.

"어떻게 하면 사과 받아 줄 거야?"

"사과하면요."

그의 표정이 멍했다.

"내가 사과 안 했어?"

"네."

"이런 바보같이."

붉어진 도하의 얼굴. 그 얼굴이 좀 수줍어 보였다. 수란의 방에 걸린 가족사진 속의 어린 도하가 떠오른다.

"근데 뭘 사과한다는 거예요?"

"그냥 다. 미친놈 같았던 내 행동에 대해서. 내가 널 많이 오해했어."

"알았어요. 사과 받을게요. 이제 됐죠?"

"사과 받은 사람 표정이 왜 그래?"

"내 표정이 어떤데요?"

"사과하기 전이랑 똑같아."

"맞아요. 기분이 달라지지 않았으니까."

"뭐?"

도하가 더 따지고 들 틈도 없이 1층에서 이연의 동료가 그녀를 부르는 소리가 들렸다. 이연은 휑하니 가 버렸다.

도하는 몸이 축 처지는 기분이었다. 사과를 하든 안 하든 달라지지 않는 마음. 얼어붙어 움직이지 않는 이연의 마음.

'너의 사정을 잘 몰라서, 너의 마음을 오해해서'라고 변명했지만, 세상에서 제일 나쁜 놈이었던 건 분명했다. 그에게 화가 난 상태가 아니라, 화도 나지 않는 상황이라는 게 마음을 무겁게 만들었다.

이연은 완벽한 타인이 될 준비를 하고 있었다. 도하는 처음으로 너무 늦은 건 아닐까 하는 두려움에 휩싸였다.

이연이 나가고 갈아입을 옷을 기다리는데 노크 소리와 함께 누군가 들어왔다. 문을 연 것은 뜻밖에도 무석이었다.

그의 손에는 옷이 몇 벌 들려 있었다. 도하에게 옷을 빌려 줄 사람이 무석이었던 모양이다.

약간 동요했으나 도하는 옷을 건네받고 말끔하게 인사했다.

"고맙습니다."

"뭘……."

정체 모를 긴장이 흘렀다. 뭔가 할 말이 있는 사람처럼 무석이 머뭇거린다. 그러다가 진지하게 도하에게 질문을 던졌다.

"은 선생과는 이혼 절차를 밟고 있는 중이라던데, 아니냐?"

"그걸 왜 물으시죠?"

날카로운 반응이 나와 버렸다. 숨기려고 해도 이연과 얽힌 일이라면 이제 어떤 것도 태연하게 받을 수 없다.

"왜? 대답이 힘들어?"

질문에 질문으로 받고 다시 질문으로 되받는, 이 애매모호한 대화법.

"그게…… 어려운 질문이 되어 버렸습니다, 이제는."

도하는 솔직하게 대답했다. 혹시 무석이 선수를 칠 거라면 자신도 그저 '네, 네, 알겠습니다.' 해 버릴 수는 없으니까.

"더 할 말이 있습니까?"

무석이 골몰하다 결단을 내린 듯 그를 보았다.

"나는 은 선생을 좋아해."

역시 선수를 치셨네. 도하는 그러나 당황하는 모습을 보이지 않기로 했다.

"압니다."

"이혼하면 정식으로 교제를 생각했어."

당당하기도 하네. 그들이 헤어지면 바로 달려들 기세다.

"교제는 혼자 합니까?"

"물론 은 선생이 오케이 해야 하겠지."

"이연이 마음속에라도 들어갔다 오신 거 같네요. 그 여자 그렇게 호락호락하지 않아요. 내가 남편이어서 아주 잘 알거든요."

"난 인내심이 많아. 지금껏 해 온 대로 은 선생을 기다리면 되니까 그런 걱정은 안 해도 돼."

"지금껏이라고 하셨습니까?"

"응. 처음 봤을 때부터 좋아했어. 혼자가 아니었으니 다가갈 수 없었지."

도하는 기분이 조금씩 엉망이 되어 간다.

"그런데요?"

"곧 너랑 헤어진다면 나한테 자격이 생기니까."

"제가 왜 형의 가상 플랜을 듣고 있어야 하는지 모르겠지만……."

듣기 싫은 말들을 억지로 듣고 있자니 화가 난다.

"이미 들었으니 충고해 드리죠. 저 이혼 안 할 생각이에요."

"은 선생은 다르게 말하던데. 은 선생과도 상의된 얘기야?"

무기를 빼 들었는데 무석은 별 타격이 없는 듯 태연하다. 잔뜩 약이 오른다.

"그건 우리 부부 문제입니다. 이제 옷 좀 갈아입게 나가 주시죠."

무석에게서 돌아서서 젖은 옷을 벗기 시작했다. 그러자 문이 열리고 무석이 나가는 소리가 들렸다.

젠장.

애써 태연한 척했지만 마음 밑바닥에서 부글부글 화가 끓어 오른다. 그의 아내에게 교제 신청을 할 거라는 선언이나 듣고 있어야 하다니.

이 상황을 어떻게 해결해야 할까? 도하는 고민에 휩싸였다.

마을 회관 밖으로 나서니 어둠이 내려앉았다.

마을 회관 마당에서 고기를 굽고 찌개를 끓이며 식사를 준비하는 사람들 속에 이연이 보였다. 동료들과 얘기하며 활짝 웃는 그녀를 보니 도하는 또 가슴 깊은 곳이 들썩거렸다.

그것은 사랑인걸

잔뜩만 가까이 다가오는 그대가

그리워 그리워서 가슴 태우네

캠프파이어? 바비큐 파티?

여하튼 정체 모를 의사들의 모임이 밤이 깊어 시작됐다. 지극히 옛날 분위기다. 다양한 종류의 소소한 게임이 장시간 이어지더니 마지막 순서로 〈석별의 정〉이라도 부를 기세다.

술에 취해 아무 얘기나 뱉어 내는 사람들을 가볍게 스킵하고, 도하는 멀리 떨어져 앉은 이연을 보았다.

홍무석이 이연의 곁에 다가가 종이컵에 술을 따르고 소곤소곤 귓속말을 나눈다. 마치 이 떠들썩한 사람들 무리에서도 단 두 사람만은 고요를 즐기는 것 같다. 자연스럽게 주먹이 불끈 쥐어졌다.

"자, 자! 그럼 노래자랑을 시작하겠습니다. 어마어마한 상품이 기다리고 있는 건 아시죠? 바로 오프 2회 사용권입니다! 이장님 댁에 있는 노래방 기기도 준비가 되었고요, 또 라이브 반주도 가능합니다. 홍무석 선생님께서 웬만한 기타 반주는 다 되신다니까 신청곡 받겠습니다!"

이연의 친구가 마이크를 잡고 소리를 질렀다. 바야흐로 게임이 끝나고 장기 자랑이 시작되려나 보다. 무슨 대학 엠티도 아니고. 나 참.

모르는 사람들 사이에서 노래 부르는, 말도 안 되는 짓을 피할 생각으로 도하는 동그란 원에서 물러나 앉았다. 구석 벤치에서 별이 반짝이는, 어둡고도 환한 밤하늘을 보다가 다시 이연을 한 번 보고 맥주를 마신다.

아무것도 실현된 것이 없지만 꽤 멋진 일이라고 생각한다. 그녀를 바라보고 또 이 정갈하고 근사한 자연 속에 있으며 맹맹하지만 알코올의 기능을 하는 맥주가 있으니.

모닥불에 반짝이는 그녀의 홍조를 보니 자연스레 미소가 지어진다.

이연이 이토록 아름다웠나? 아님 정말 달짝지근한 풋사랑에라도 빠진 것일까? 이연에게 머문 시선이 길어지고 그녀가 그와 시선을 맞출 때쯤 다시 하늘로 시선을 돌린다.

웃기는 숨바꼭질이다.

의사들 몇 명이 노래방 기기를 이용해 가요와 팝송을 번갈아 부르고, 점점 지루해지고 있을 즈음 이연이 자리를 옮겨 앉는 걸 보았다. 이연의 차례가 되었나 보았다.

그녀는 무석의 옆에 앉아 잠시 가사를 헤아려 보는 듯 주저

하더니 곧 노래를 시작했다. 가을 하늘로 시작하는 노래였다. 가을에 하는 사랑의 노래인가? 봄밤인데, 아니 여름이 다가오는 후끈한 밤인데, 이연은 꼭 가을밤같이 쓸쓸하게 부른다.

눈을 뜨기 힘든 가을보다 높은 저 하늘이 기분 좋고, 휴일 아침이면 나를 깨우는 전화가 있고, 바람 한 점에도 사랑은 가득하고, 널 만난 세상이라 더 이상은 소원 없다는, 더 바라면 죄가 된다고, 또 가끔은 두려워진다 노래한다. 꿈처럼 사라질까 기도한다며 너의 손을 잡고 내 곁에 있는 너를 확인한다고, 살아가는 이유도, 꿈을 꾸는 이유도 모두가 너라고 노래한다.

밤공기 사이를 조용하고 나긋하게 가르는 그녀의 목소리가 찬찬히 가슴속으로 들어왔다. 사랑의 세레나데를 부르고 난 이연은 부끄러운지 살짝 고개를 숙이며 자리로 종종종 걸어 들어간다.

그 모습을 보는데 또 가슴이 들썩였다. 고개를 든 그녀와 눈이 마주친다. 이번엔 그녀를 바라보고만 있었다. 몰아치는 듯, 서성이는 듯.

이연은 도하의 눈빛을 받고 고개를 갸웃했다. 꼭 무슨 말을 퍼부을 것 같은 눈빛이었다.

오래 시선이 붙잡혔다. 누군가 술이 모자란다며 주위가 왁자지껄 시끄러워질 때까지. 모닥불 때문에 화끈거리는 뺨을 숨길 수 있었다. 다행스러운 일은 곧 도하에게서 벗어날 기회가 생긴 거였다. 무석과 술 배달 당번으로 정해졌다.

"어, 은이연 선생님! 잠깐만요!"

무석과 일어나려는데 사회를 보는 방희가 그녀를 막아섰다.

"답가가 있어야죠. 여기 부인이 무려 노래까지 부르셨는데? 어이, 거기요, 서도하 씨."

방희가 구석에 있는 도하에게 다가갔다. 무리한 요구를 들어 줄 생각이 없는지 도하는 난색을 표했다.

그럼 그렇지. 그가 이런 자리에서 노래를 부를 리가 없다. 이연은 무석과 함께 회관 밖으로 나섰다.

"비켜 주십시오."

멀어지는 이연을 뒤늦게 보고 도하가 일어섰다.

"그럼 노래는 됐고요. 대신 저랑 대화 좀 하고 가시죠."

방희도 더는 권하지 않고 다음 사람에게 마이크를 넘겼다.

"이따 합시다."

도하는 마음이 급했다. 방희와 실랑이를 벌이는 사이 이미 이연은 무석과 나란히 사라졌다. 두 사람이 보이지 않자 째깍째깍, 공포 영화의 과장된 사운드가 귀 옆에 달라붙어 자꾸 도하를 귀찮게 한다.

"아, 거참, 노래도 패스시켜 줬는데 이러실 거예요?"

방희가 적반하장이라는 것처럼 성질을 부린다.

"그럼 빨리 합시다. 용건이 뭡니까?"

어쩔 수 없이 도하가 응했다.

"어쩔 심산이세요?"

"네? 무슨? 아, 노래……. 노랜 안 합니다. 제가 여기서 노래 한다는 게 좀 웃기잖아요?"

"노래 말고 이연이 말이에요."

방희의 눈빛이 강렬했다.

"전 이연이랑 아주 어릴 때부터 친구니까 이런 질문을 할 자격이 충분한 거 같아요. 지난 7년을 수절 과부에 힘든 시집살이 시켰으면 됐지, 또 뭘 어쩌시려고요? 왜 이유 없이 괴롭히세요?"

"제가 이유가 없는 거 같아요?"

도하가 급한 마음을 가라앉히고 진지하게 말했다.

"아니 뭐, 이유가 없지는 않겠죠? 생각이 있는 분이시니까."

"그럼 방희 씨 생각엔 제가 왜 이렇고 있는 거 같습니까? 불편하고 우스꽝스러운 남의 옷을 입고 모르는 사람들 사이에 끼어 앉아 김빠진 맥주 마시면서 이 금쪽같은 시간을 왜 여기서 사용하기로 결정했겠습니까?"

"음……. 혹시 이연일 좋아하세요? 정말로?"

"네."

"아."

방희가 대단한 진리라도 깨달은 듯 고개를 끄덕인다.

"그럼 이제 가도 되겠습니까? 한참 뒤처져서 빨리 따라잡아야 할 거 같아서요."

"그럼 뭐……."

방희가 옆으로 물러섰다. 도하의 표정이 바위처럼 단단했다.

"방희 씨라고 했죠? 절 좀 도와주시겠어요?"

도하가 한 걸음 내딛다 멈춰 돌아보며 말했다.

"이연이한테 다 미안하고 잘못했다고 했는데도 맘을 안 돌릴 모양이에요."

"맞아요, 이연이 한번 화남 무서워요. 돌아서면 칼 같은 여자고요."

좀 고소해하는 듯 그녀가 덧붙였다.

"방희 씨가 절 도와주면 큰 힘이 될 거 같습니다."

"도하 씨가 이연일 행복하게 해 줄 수 있는지 잘 모르겠는데요."

"제가 나쁜 사람이서요?"

"그건 잘 모르겠고……. 예전에 이연이가 그랬어요. 재벌 며느리 그거 별거 없다고. 재미도 없고 감동도 없는 거라고. 무엇보다 무지 피곤하다고요."

방희의 말에 도하는 미간을 찌푸렸다. 해결해야 할 숙제가 산더미처럼 막막하게 다가왔다.

"우린 의사예요. 몸도, 정신도 늘 피곤에 찌들어 있는 사람들이죠. 한 달에 단 며칠은 피로감이 없는 공간에서 피로하지 않은 사람과 쉬고 싶어요. 근데 도하 씨와 잘된다 하더라도 이연이는 두 배로 피곤할 거 같단 생각이 드네요."

방희가 하는 말이 모두 일리가 있어서 도하는 어떤 반박도 할 수 없었다.

"그럼 거절입니까?"

"그럼에도 불구하고."

"불구하고?"

"도와 드리고 싶은 마음이 드네요, 이상하게."

순간 도하가 천군만마를 얻은 것처럼 활짝 웃었다.

"그럼 뭐부터 도와 드릴까요?"

"정보 제공이 좋겠습니다. 술 구하러 어디로 간 겁니까?"

"이장님 댁요. 거기 몇 병 있대서."

"이장님 댁이 어딘데요?"

"저 길로 쭉, 한 20분쯤 걸어가면 나와요. 빨간 대문이에요."

방희의 말이 채 끝나기도 전에 도하는 달리기 시작했다. 응원군을 뒤로하고 가슴이 뜨거워지는 그녀에게로.

밤의 섬, 그 안의 시골길. 이연은 무석과 걷는 길 속에서 이상한 편안함을 느꼈다.

어째서일까? 어쩌면 저기 술판이 벌어진 곳에 있는 한 남자 때문인지도 모르겠다. 그 장소보다는 여기, 무석의 곁이 더 편안하다.

일부러 이장님 집까지 갔다 와야 하는 길을 자청했다. 레이저 광선이라도 쏘아 대는 것 같은 도하의 시선을 피하고 싶어서.

"죄송해요"

"뭐가?"

"공적인 일에 개인적인 일이 끼어들게 만들어서요."

이번 낙도 진료에서 팀을 이끌고 있는 무석은 도하의 태도에 대해 아무 말이 없었다. 좀 신경이 쓰였다. 그러니 사과라도 해야 마음이 편할 거 같았다.

"근데 절대 의도적인 일이 아니었어요."

"알아."

"이해해 주시는 거예요?"

"친하진 않았지만 도하를 어릴 때부터 봐 왔어. 평소엔 안 그런데 가끔 불같을 때가 있다는 건 알아. 지금이 불같은 때고. 물론 이유는 모르지만."

무석은 다급한 본심을 숨기고 느긋한 제3자의 목소리를 냈다.

"말해 줄래? 어떻게 돌아가는 사정인지?"

그는 덧붙여 물었다. 진심으로 궁금했기 때문에.

"아, 그게…… 저도 잘 모르겠어요. 저 사람이 뭘 하기 위해 여기 남은 건지……. 전 그냥 다 덮어 두고 싶은데 그 사람은 자기 감정이든, 옛날 일이든, 뭐든 다 미적지근한 건 못 참나 봐요."

"앞으로 은 선생을 귀찮게 할 수도 있을 거 같던데, 은 선생은 어쩔 거야?"

"못 하게 할 거예요. 내일 일찍 내보낼 거고요. 내일은 진료에 방해받지 않을 거예요."

'오늘 진료에는 방해를 받았단 얘기군.'

도하를 의식하는 이연이 훤히 보여서 입맛이 쓰다. 무석은 괜히 물었나 뒤늦은 후회가 든다. 이연의 시선이 종종 도하에 머문다는 건 오늘 저녁 술자리에서만 봐도 알 수 있었다.

가슴이 서늘해졌다. 바라보는 마음이란 어찌 이리도 아프고 시린가. 나긋한 섬 밤바람이 매섭게 느껴진다.

이연의 그 시선이 아니었더라면 무석은 이렇게 나란히 같이 걷는 길을 도하 얘기나 하면서 날려 버리진 않을 것이다.

하지만 여전히 이연은 준비가 안 됐다. 여전히 서 진 그룹의 며느리, 도하의 아내였다. 급하게 덤벼들면 도하와 함께 세트로 폐기 처분 될 가능성도 있다. 무석은 지금까지처럼 조금 더 인내를 발휘하기로 했다.

"일요일에 집으로 좀 올래?"

"아? 네."

"이유 안 물어?"

"학회 준비 때문에 그러시는 거 아니에요?"

"어, 맞아."

"몇 시까지 갈까요? 밤새워야 하는 거예요?"

"오프인데 그렇게까지 안 잡아먹어."

"아뇨, 제 시간은 이제 널널하니까 선생님 맘대로 갖다 쓰셔도 돼요."

"그럼 계속 좀 쓰자. 학회 준비도 그렇고, 이것저것 은 선생 도움이 필요해. 괜찮아?"

"네, 괜찮아요.

그녀의 말에 순식간에 무석의 가슴이 온기로 가득 찼다. 그저 일적인 관계일 뿐이지만 이렇게라도 그녀와 한발 가까워질 수 있다는 사실이 좋았다.

"어?"

불쑥 어둠 속 어딘가에서 도하가 나타났다.

"어떻게 왔어요?"

도하에게 멍하니 이연이 물었다. 하지만 그는 질문은 무시하고 무석에게 말했다.

"잠깐 이연이랑 할 얘기가 있어서 그럽니다. 거의 다 왔으니 술 배달은 형 혼자 해 주세요."

이연이 손에 들고 있던 술이 든 봉투를 뺏어 억지로 무석에게 안겼다. 그리고 무석의 곁에 서 있던 이연을 보고 후다닥 손목을 낚아챘다. 이연이 순식간에 도하의 힘에 이끌려 그의 품에 안기는 듯했다. 당황해 뒤로 물러나며 이연은 손목을 빼려 했다. 하지만 도하는 꽉 쥔 채 놓지 않는다.

"선생님 혼자 무거우실 텐데……."

"혼자 감당 안 되겠습니까? 겨우 몇 병인데."

도하가 무석을 쏘아본다. 그게 문제라도 되냐는 듯이.

"괜찮아. 근데 은 선생은 괜찮아?"

"이연인 괜찮습니다."

도하가 대신 자신만만하게 대답하고는 이연을 보았다. 마치 그에 반하는 말이라도 했다가는 뭔가 소동을 일으킬 태세다.

"잠깐 얘기 좀 하고 가겠습니다, 선생님."

"그래, 그럼."

무석이 터벅터벅 길 속으로 사라졌다. 어쩐지 그의 어깨가 속절없이 축 처졌다.

"둘이 무슨 얘기했어? 언제부터 저렇게 친해졌어? 둘이 돈독한 선후배 사이라도 된 거야? 일요일에 가서 뭐 하려고?"

"하나씩 물어요."

"하나씩 물어보면 대답해 줄 거야?"

"당신 스토커예요?"

이연은 대답은 않고 도하를 비난한다.

"응. 그거라도 해야 하면 하려고."

그녀의 비난에 익숙해져 버린 도하는 이제 꿈쩍하지 않는다.

"홍무석이 뭐라고 하는데? 사귀재?"

이연은 어이가 없었지만 도하의 얼굴이 사뭇 진지했다.

'홍 선생님과 날 의심하는 건가? 애매모호하기로 둘째가라면 서러울 우리 사이를? 말도 안 돼.'

하지만 잔뜩 긴장해 그녀의 대답을 기다리는 도하를 보자 놀려 주고 싶어졌다. 그는 두 사람의 관계에 꽤 약이 오른 것처럼 보이니 말이다.

"그렇다면요?"

"진짜 시작했다고? 네 마음이 정리됐다고 해도 아직 우리는 이혼 전이야. 그런데 뭘 시작해?"

도하의 얼굴이 급속하게 롤러코스터를 탄다. 강렬하게 신경이 곤두서 있는 얼굴에서 순식간에 모든 걸 상실한 얼굴로.

이유는 모르겠지만 정말 실망한 것처럼 보인다. 더는 거짓말 하면 안 될 것 같았다.

"농담이에요."

"농담?"

"무슨 그런 웃기지도 않는 농담을 해?"

도하가 그 말을 듣고 갑자기 그녀에게서 돌아섰다. 푸욱 길게 호흡하는 소리가 들린다. 그의 표정이 보이지 않아 잘 모르겠지만, 그녀의 장난이 그에게는 치명타인 것처럼 느껴진다.

"타."

다시 말끔한 얼굴로 돌아선 도하가 어디선가 자전거를 가지고 왔다. 그리고 그녀에게 뒤에 타라 권한다.

"야밤에 무슨 자전거예요? 달밤에 체조도 아니고."

"부녀 회장님한테 빌렸어. 따라잡으려면 어쩔 수가 없더라고. 안 타?"

"얘기한다면서요?"

"그러니까 타라고. 타면 얘기할게."

어쩔 수 없이 그의 뒤에 올라탔다.

"안 잡아?"

그의 허리를 살며시 잡았다. 마음에 안 드는지 그가 그녀의 손을 우악스럽게 잡더니 끌어당겨 그의 허리를 두르게 만든다.

"이렇게 잡아야 안 떨어지지."

어둠과 빛이 공존하는 섬의 밤, 돌담길을 따라 자전거가 나아간다. 그들의 숙소와는 반대 방향으로.

"다신 그런 농담 하지 마."

대화의 시작은 단호한 명령이었다.

"돌아 버리는 줄 알았어."

도하의 음성이 오만하다. 당신이 뭔데 이래라저래라냐 따져 물어야 하는데 이연은 그럴 수가 없다.

그의 등에서 묵직한 진심이 느껴진다.

"거짓말 같은 거 하지 말라고 했잖아. 다 보인다고……."

"……."

"벌써 까먹은 거야?"

"그냥 농담이었어요."

"그냥 농담, 나는 싫어."

"알았어요."

서운한 기색이 잔뜩 묻은 목소리에 그냥 순순히 알았다고 해 주었다.

"이혼 서류는 폐기 처분 할 거야."

도하가 작심한 듯 말했다.

"왜…… 멋대로?"

이연이 그의 허리를 두른 팔을 슬며시 빼려 했다. 그러자 그 가 다시 그녀의 손을 붙든다.

"그래, 솔직하게 말할게. 나는 네가 좋아. 지금 마음이 그래. 은이연이 자꾸 생각나. 알고 싶어. 그러니까 이대로 있어 보자, 좀."

홍무석 옆에 있는 것도 못 보겠고, 다른 남자 선생들이 네 옆 에서 얘기하는 것만 봐도 부글부글 짜증이 끓어오르고, 더더 군다나 그녀가 자신을 피하는 건 말할 수 없이 기분이 바닥이 라고, 다 내보일 수 없어서 최대한 건조하게 말했다.

"일단, 나는 내가 원하는 때에 은이연을 볼 수 있는 것을 원 해. 그걸 못 하니 정말 살 수가 없어."

그가 무언가를 시작하려 한다. 이연은 갑자기 두려워졌다. 아무렇지도 않은 척 본심을 숨기기로 한다.

"지금도 그러고 있잖아요?"

"힘들게 찾아야 하잖아? 찾아도 넌 찬바람만 쌩쌩 불고, 도망 갈 생각으로 꽉 차 있고."

"맞아요. 난 이제 우리 결혼에서 줄행랑을 칠까 해요. 그러니 당신도 그만해요. 사과도 다시 받아 줄게요. 당신은 누군가한 테 나쁜 인상을 남기는 게 싫은 거 같으니까. 됐죠? 마음의 짐은 벗어도 좋아요. 이제 우리 갈 길 가자고요."

"내 갈 길은 당분간 은이연이야. 그래서 앞으로 너와의 관계 회복에 총력을 다할 생각이야."

"세워요."

이연의 말에도 그는 묵묵히 앞으로 나아갈 뿐이다.

"세우라고요."

소리가 높아졌다. 더 이상 끌려다니고 싶지 않았다. 오늘 하루로 충분하다.

마침내 등대 근처에 가까이 오자 도하가 자전거를 세운다. 둘은 자전거에서 내려 마주 보았다. 등대와 달빛이 친구처럼 다정한 풍경을 연출하는 밤이다.

"나 당신이랑 아무것도 안 한다고 계속 말하고 있는데, 모르 겠어요?"

"알아."

"근데요?"

"안다고 해서 마음이 접어지나?"

마음? 이연이 한숨을 쉬었다. 제발 그런 말 좀 함부로 하지 말라고.

"어떤 마음요? 단순 호기심, 어머니에 대항할 파트너십. 아님 이제야 내가 훌륭한 아냇감이란 생각이라도 들어요?"

그가 또 깊은 생각을 하는 듯 말이 없다.

"사랑."

그가 내뱉은 두 글자의 말이 이연의 가슴을 쳤다.

"뭐라고요?"

"사랑이 시작된 거 같아."

이연은 멍했다. 그가 지금 고백을 하고 있는 건가?

"그래서 이제 멈출 수가 없어."

"……."

"이제 돌아가자."

도하가 자전거에 올랐고 그녀가 뒤에 타기를 기다렸다. 혼이 나간 사람처럼 이연이 터벅터벅 자전거로 가 올라탄다. 두 사람이 탄 자전거는 그렇게 조용한 섬의 밤바다를 배경 삼아 앞으로 앞으로 나아갔다.

이연과 마찬가지로 도하 역시 약간의 충격을 입었다. 예상치 못했던 말이 자신의 입에서 나왔다.

사랑.

사랑이라니.

아무 예고도 없이, 사랑이라는 단어가 불쑥 튀어나올 줄은 몰랐다. 가슴에 열이 오른다. 그리고 모든 뒤죽박죽이던 그간의 심리 상태가 깨끗이 종결된다.

더 이상 시간 낭비는 하지 말고, 위대한 것 한 가지를 인정하기로 한다.

이것은 사랑. 이연에 대한 사랑이다.

도하와 이연이 마을 회관에 도착하자 노래자랑이 막바지로 향하고 있었다. 사람들이 반 정도로 줄어 있었다. 도착하자마자 도하는 방희와 뭔가 얘기를 나누더니 무석의 기타를 집어 들었다.

"드디어 은이연 선생님의 남편 되시는 서도하 씨께서 답가를 하시겠답니다. 자, 오늘의 마지막 순서가 되겠네요! 모두 박수!"

도하가 이연의 맞은편 자리에 앉아 기타 연주를 시작했다. 아주 익숙한 반주가 흘러나왔다.

도하가 노래했다. 그녀의 웃는 모습은 활짝 핀 목련꽃 같다고. 그녀만 바라보면 언제나 봄날이라고.

도하의 노래 실력은 수준급이었다. 그는 노래를 끝내고 쑥스러운 듯 머리를 긁적이다가 맥주를 홀짝였다.

"헐! 완전 대박! 은이연 선생! 남편분 실력이 보통 아니십니다! 완전 가수!"

"제가 좀 못하는 게 없습니다."

30분 전까지만 해도 홀로 떨어진 섬처럼 굴었던 사람이 넉

살 좋게 농을 하며 사람들 사이에 털썩 주저앉아 웃는다.

대체 이 흐름을 어떻게 파악해야 하는 거지?

이연은 도하의 감정이 가늠이 안 되어 혼란스러웠다. 그리고 다시 그가 말한 단어를 생각했다.

사랑. 사랑이라고 그가 말했다.

노래자랑이 끝날 때까지 이연은 멍한 채 자리를 지켰다. 이장 님과 마을 어르신들의 심사로 결국 노래자랑의 우승은 도하가 가져갔다. 당연히 오프 사용권은 이연에게 돌아가게 되었다.

그 후엔 다시 유치한 게임이 시작되었고, 몇 명이 더 자리 들 어갔다. 이연이 제일 자신 없는 '369 게임'에서 꼴찌를 했고, 게 임의 룰조차 모르는 도하 역시 꼴찌였다. 둘은 TV 프로그램을 흉내 낸 잠자리 복불복 게임의 희생자가 되었다.

"자, 이제 두 분은 제가 유일하게 챙겨 온 텐트 안에 들어가 시면 되겠습니다. 밤엔 좀 쌀쌀하니 침낭 두 개를 준비해 드리 겠습니다."

방희가 억지로 두 사람을 텐트 안으로 몰아넣었다. 순식간에 모임은 해체되고, 술을 더 마실 사람은 실내로 들어갔다. 그리 하여 회관 앞마당은 이연과 도하가 갇혀 버린 텐트만 덩그러니 남아 있었다.

"야, 고방희! 이거 뭐 하는 짓이야? 이런 게임 룰 없었잖아?"

"뭐든 사회자 맘인 거 몰라? 두 사람은 합법적인 부부이니 스 캔들 날 일도 아니고, 법에 저촉되는 것도 아닌데 유난 떨지 말 고 얌전히 주무셔."

밖으로 잠금장치가 된 텐트 속에서 이연은 도하를 난감한 시선으로 보았다. 도하는 어느새 침낭 속에 들어가 누워 있었다. 얼굴은 더없이 말끔하다.

"지금 이 상황이 어이없는 건 나뿐이에요?"

"네 친구잖아. 못 말리는 사람이라는 거 나보다 더 잘 알지 않아?"

"그래서 이렇게 후다닥 거기 들어가 있는 거예요?"

"룰이라는데 지켜야지."

"룰은 무슨."

"너도 그냥 자는 게 어때? 난 오늘 너무 많은 일들을 해서 졸려 죽겠어."

평온한 얼굴로 이연을 보더니 그녀에게서 시선을 돌린다.

"방희한테 무슨 말을 한 거예요? 대체 뭐라고 했길래 쟤가 저래요?"

"뭐라고 한 건 그 친구야. 제일 못하는 게임이 뭐예요라고 뜬금없이 묻더라고. 그래서 다 못 한다 그랬지. 369는 할 줄 알아요? 해서 그게 뭐냐고 물었지. 그러니까 씩 웃으면서 그러더라 그거 똑똑한 은이연이 젤 못하는 게임이라고."

"하, 어이없어, 진짜."

이연이 포기하고 침낭 속에 들어가 최대한 그와 떨어져 누웠다. 하지만 텐트는 좁았고 도저히 멀어지기 힘든 넓이였다.

갑작스럽게 도하가 몸을 돌렸다. 바로 앞에 그의 얼굴이 다가왔다.

"뭐, 뭐예요?"

"은이연. 너, 친구 하나는 참 잘 둔 거 같아."

"……."

"은이연."

그의 목소리가 착 가라앉았다.

"방희 씨가 그러더라. 내가 없는 7년…… 하루하루가 10년 같았을 거라고."

"……."

"하루를 10년처럼 보낸 네 시간을 보상하려면 동해 물과 백두산이 마르고 닳도록 아주 오래오래 네 곁에 있어야 할 거 같은데……."

"……."

"그리고 그 백만 년의 시간의 끝에는 은이연이 보우하사 서도하 만세를 외치게 하고 싶은데……."

"……."

"너무 꿈이 큰가?"

몸은 침낭 안에 갇힌 채 시선만 상대와 닿아 있는 텐트 안. 뜨거운 공기와 호흡과 긴장이 흐른다.

"이건 두 번째 실험."

그가 조용히 내뱉었고 그의 숨이 그녀의 뺨에 닿았다.

아무것도 할 수 없었다. 심장이 빠르게 뛰었다.

어쩌지, 어쩌지? 피해야 하는데, 그를 밀어내야 하는데…….

"저기, 우리 이러지 마……."

"하루 종일 아무것도 안 보였어."

"……."

"너밖에는."

순간 이연은 마음을 훅 놓아 버렸다. 그 틈을 타 도하가 그녀에게 다가와 입술을 부딪쳤다. 타는 듯 열이 오르고 머리가 하얗게 변하는, 온 마음을 온몸을 흔드는 키스. 물러나려 하면 다가오고, 닫으려 하면 열어 버린다.

'아아, 우린 이제 어떻게 될까…….'

그의 입술이 멀어지고 이연은 몽롱해져 눈을 떴다. 눈앞에 그가 보였다. 그녀처럼 그도 좀 멍한 것 같았다.

'다시 한 번 키스를 하려나? 아, 어쩌지……? 어쩌면 좋지?'

그가 다시 다가와도 피할 수 없을 것 같았다. 고민스러워 살짝 미간을 구겼다. 그러자 그가 피식 웃더니 그녀의 미간을 엄지손가락으로 살살 만지작거린다. 마치 다림질을 하는 것같이.

"은이연, 두려워 마. 막 사랑을 시작한 사람에 대한 예의를 보여 줘."

"어떻게요?"

"나에게 시간과 기회를 줘."

"……."

"이혼 서류를 접수해도 내가 동의 안 하면 숙려 기간이니 뭐니 더 만나야 하고 이런 대화를 나눠야 할 거야. 나에게 시간을 준다면, 그러고도 나랑 헤어지는 걸 택한다면 다시는 귀찮게 하지 않을게."

"제 말에 따른다고요?"

"응, 맹세해. 대신 우리의 현재와 미래를 생각해 보는 동안…… 이왕이면 좋은 기억을 떠올려 봐. 온통 나쁜 기억투성이겠지만 그래도 하나쯤은 좋은 게 있지 않겠어?"

이연이 깊은 생각에 잠겼다. 그리고 곧 결정을 내렸다.

"일주일이면 되겠어요?"

"좋아."

그녀가 생각해 볼 시간을 단 하루만 준다고 해도 그는 오케이 할 거였다.

"조건이 하나 더 있어. 홍무석이랑 아무것도 안 할 것. 그 시간 동안에."

"저기요, 뭘 오해하는 모양인데……."

"오로지 내 생각에만 집중할 것."

못 말리는 남자다 정말.

"알았어요."

"은이연."

"왜요?"

도하가 그윽하게 그녀를 바라본다.

"널 좋아해."

"……."

"너도 날 좀 좋아해 주면 안 되겠어?"

서도하 인생을 통틀어 가장 가슴 떨리고 조마조마해하면서 고백을 했다. 이번엔 제정신이었다. 자신의 입에서 나오는 말을 정확하게 인지하고 있었다.

도하는 '다시 좋아해 줄래?'라고 하지는 않았다. 다시 좋아하는 게 더 어렵다는 걸 그는 경험을 통해 잘 알고 있다. 그래서 그녀의 대답을 떨리는 가슴으로 기다렸다.

하지만 이연은 말이 없이 그를 마주 볼 뿐이다. 그녀의 눈에 깊은 수심이 가득하여 그는 또 한 번의 거절의 말을 들어야 할 거 같은 두려움이 밀려들었다.

"오늘은 여기서 끝. 여기서 그만."

이연이 조용하게 내뱉고 그에게 돌아누웠다.

그에 대한 마음을 접었다. 다시 복잡해지는 건 싫었다. 그와 아무것도 하지 않겠다고 수란과도 약속했다.

이연은 자신의 입술을 천천히 만진다. 찌르르르 소리가 나는 것 같다.

우리는 이제 어떻게 될까, 자신에게 물었다. 아마도 지금 이 기분으로는 절대 정답을 찾을 수 없을 거라 생각하면서.

내 마음

내 마음은 낙엽이오

잠깐 그대의 뜰에 머무르게 하오

예전에는 커피 하면 이런 것들이 떠올랐다.

휴식, 카페, 아메리카노, 화이트 초콜릿 모카, 카푸치노, 그리고 거리의 수많은 커피 전문점 이름들.

그런데 이번 주, 커피 하면 떠오르는 단어는 '자정'이다.

"시간 날 때 커피 한잔 하러 가도 되겠어?"

그렇게 시작되었다. 이렇게 진행될 줄은 꿈에도 모르고.

매일 자정이 넘으면 커피를 들고 도하가 병원으로 찾아왔다. 이연과 그는 커피를 마시고, 얘기를 나누고, 평범한 연인 코스프레를 한다. 이혼 서류니, 헤어짐이니 하는 말들은 마음속에 꽁꽁 숨겨 놓고.

"갑자기 당신이 다른 사람 같아져서 두려워요."

세 번째 날이 되었을 때 이연이 말했다.

"이전의 나는 잊어도 좋아, 그럼."

도하가 시원스레 말한다.

"그리고 두려울 게 뭐야? 착한 남자가 되려고 하는데."

"어디가 많이 아프면 사람이 급작스럽게 변한다는데, 혹시 당신 아픈 거 아니에요?"

"의사가 그게 할 말이야?"

"아니, 갑자기 다정하게 굴고, 이상하게 사랑, 사랑 그러니까."

이연이 우물쭈물 중얼거렸다.

"사랑. 그거 내가 말할 수 없는 단어야? 나는 금지냐고?"

"언제 봤다고 사랑이냐고요? 그리고 당신이 사랑을 알아요?"

"사랑이 별거야? 너란 여잘 궁금해하고, 너의 삶이 마음 쓰이고, 너의 안녕이 늘 머리에 붙어 다니고 그럼 사랑인 거지."

이연은 말을 이을 수가 없었다. 도하는 담담하게, 하지만 거침없이 솔직하게 사랑을 말한다. 그녀를 꼼짝할 수 없게 만든다. 그는 밤에 찾아와 스산한 공기의 온도를 높이는 남자다.

"널 만나기 전에는 사랑이란 게 엄청 별거인 줄 알았는데…… 아니었어."

사랑을 정의하는 것. 이것도 연인들의 통과 의례 중 하나다. 그와 이연도 신비한 두 글자에 대해 목하 대화 중이니 그들은 천천히 연인이 되어 가는 걸까?

그 생각에 머물자 도하는 뿌듯한 미소가 지어졌다. 자신이 대견한 일을 한 것 같았다.

"왜 소아외과야? 동생 때문에?"

"그냥 알아졌어요. 내가 돌봐야 할 환자들은 아이들이고, 내가 아이들의 심장을 만져야 한다는 거. 난 세밀하고, 조밀하고, 촘촘한 작은 세계에서 침착할 수 있거든요. 평정심을 잃지 않을 수 있는 사람이거든요."

"은이연 적성에 딱이군."

"아니, 근데 나 위험했어요. 교수님들 어시스트하다가 한 소리 들었어. 당신이랑 헤어졌을 때 실수할 뻔했어. 그래서 내가 자진해서 당직 서고 수술실에 들어가지 않았어요."

그녀의 실수를 좋아해선 안 되지만, 헤어져 있는 동안 이연도 그처럼 혼란스러웠다니 도하는 마음이 푸근해졌다.

"심정적으로 많이 힘든 전공 아니야?"

"그게 맹점이었어요. 바보처럼 간과한 거죠. 세상의 때 하나 안 묻은 순수한 어린아이일 뿐인데……. 아무 잘못도 없는 아이들이 아픈 건 정말 불공평한 거 같아요. 가슴 아픈 전공과목이란 걸 너무 늦게 깨달아 버렸어요."

"그래도 행복한 얼굴인데?"

"가끔은 내 보잘것없는 손으로 치유란 걸 하기도 하니까."

"어릴 때부터 꿈이 의사였어?"

"아뇨."

"그럼?"

"빵집 주인."

"응?"

"막 나온 빵이 전시되는 아침 시간에 늘 빵집 앞을 지나갔어요. 곰보빵, 노란 크림빵, 단팥 빵, 크로켓, 꽈배기, 찹쌀 도넛, 카스텔라. 먹고 싶은 게 아주 많았어. 실컷 배가 터지도록 먹고 싶었어요."

"근데?"

"빵보다는 쌀을 사야 했어요. 그래서 빵집 앞에서 늘 후회를 했죠. 내일은 뒤로 돌아가야지 하고. 근데 또 다음 날이 되면 냄새라도 맡고 싶어서 꼭 빵집 앞을 지나쳐 학교를 갔어요. 어른이 되면 빵을 실컷 먹을 수 있는 빵집 주인이 되어야지 생각했죠."

"곰보빵, 크림빵, 단팥 빵, 또 뭐였지? 크로켓? 찹쌀 도넛, 카스텔라……. 그중 제일은 뭐야?"

"음……."

이연이 눈을 살며시 감는다. 마치 과거의 그 시절로 돌아가 빵 내음을 맡는 것 같았다.

"찹쌀 도넛. 또 크로켓."

이연이 눈을 떴다. 얼굴이 온통 미소로 반짝였다.

"그때 내가 있었더라면 좋았을 텐데……."

도하가 따스하게 말했다.

"부잣집 도련님이니까 나한테 빵 사 주게요?"

"아니. 같이 빵집 앞에서 냄새 맡아 주려고. 그럼 네가 덜 외로웠을 텐데……."

모든 걸 다 받아 줄 듯한 곱고 너른 시선과 다정한 말에 녹아 버릴 것 같은 기분이 든다. 커피 타임이 계속될수록 이연의 마음은 두려움과 떨림 속에서 혼란스럽다.

"당신 꿈은 뭐였어요?"

"아버지처럼 되는 거."

"아."

"처음엔 나한테 아빠가 없는 줄 알았어. 그런데 어느 날 갑자기 생겼어. 멋져 보였지. 나한테도 아빠가 있구나. 모두에게 자랑하고 싶었는데, 그러면 안 된다, 아무한테도 말하면 안 된다 하셨어. 일정 기간 나는 서진에서 없는 사람이었어."

도하의 오래된 고뇌가 얼굴에 서렸다.

"결국 아버지 집에 들어갔는데…… 역시나 전혀 행복하지 않았지. 아빠 대신 엄마를 잃었거든. 큰어머니라 부르는 분이 내 새로운 엄마였고 날 볼 때마다 불행한 얼굴을 했어. 원망스러운 눈빛을 대할 때면 여전히 나는 없는 아이였어야 한다는 생각이 들었지. 큰어머니는 병이 깊어 곧 돌아가셨고 엄마가 집으로 들어왔어. 하지만 엄마도 큰어머니랑 비슷하게 변했지. 나는 엄마도 아빠도 다 잃은 기분이었어. 엄마라고 부르는 것도 어색해질 만큼."

"……."

"배부른 투정처럼 들리나?"

그녀가 그를 보았다.

"왜?"

"어린 시절 당신 사진을 본 적 있어요. 그래서 늘 울 것 같은 얼굴로 사진을 찍었군요."

그 순간 문득 이연의 가슴이 찌르르 아파 왔다. 달동네 쪽방촌 가난한 소녀가 부잣집 도련님을 걱정하는 게 웃기지만.

진심을 숨긴 마음도 슬그머니 샘솟는 저릿저릿한 감정을 어찌할 수 없는 것.

아프다. 이 사람을 만날 때마다 아파.

"대학에서 나랑 만난 적 있어?"

"많이 봤죠. 축제 때……. 또 강의실……. 음……. 그리고 도서관에서……. 그때 당신은 행복한 얼굴을 했는데."

"특별히 행복하지도, 불행하지도 않은 시간이었어. 그리고 그땐……."

그가 말을 잇지 못했다. 최유리를 떠올리고 있는 건가? 그 가능성을 생각하니 이연은 또 가슴이 아렸다.

"난 근데 대학에서 왜 널 못 봤을까?"

"인연이 아니었나 보죠."

"아니, 인연 직전이었을걸……."

도하가 과거를 거슬러 올라가 이연을 기억해 내려 애쓰고 있었다. 말이 없는 거 보니 우리의 순간을 찾아내는 데는 실패한 것처럼 보였다.

"이제 가야겠다."

"그래요."

"다시 회사 들어가 봐야 해. 일이 아주 뭉텅이로 쏟아져."

"힘내요."

도하가 비서가 운전하는 차에 올라 병원을 떠나면 이연은 스산한 냉기에 몸을 떨곤 했다. 그러면 그와 함께 있던 짧은 시간이 한낮 꿈처럼 느껴졌다.

부부가 되고 7년이 지나 처음 데이트를 한다. 연애라 부르는 것을 하고 있다. 꽤 열렬한 구애를 받고 있다. 그가 나를 귀한 존재로 여겨 다정하고, 넉넉하고, 푸근한 눈길을 준다. 그가 오는 자정은 그녀의 생에서 가장 행복한 시간이고, 새벽이 시작되었고, 가장 맛있는 커피가 있었다.

사랑받고 있다는 느낌이 이토록 황홀할 줄 몰랐다.

그래, 우리는 부부이지만 연애를 하고 있다.

내 첫 연애.

하지만 일주일 만에 끝나 버린다.

마지막 날, 그녀는 그에게 '거절'을 고할 거였다. 기껏해야 일주일간의 커피 타임일 뿐이다.

자정엔 도하를 기다린다.

아침엔 이별의 말을 준비한다.

이연은 두 개의 마음을 넘나들며 아득한 혼란으로 걸어가고 있었다.

이연은 간이침대에서 일어나 꼬깃꼬깃한 가운을 주섬주섬 입었다. 이른 아침인데 뭔가 개운하지가 않다. 창밖을 보며 한숨을 푸욱 뱉어 낸다.

창가에는 그와 같이한 테이크아웃 커피 컵들이 한 줄로 늘어서 있다. 2일 후면 약속한 시간이 끝난다. 그날까지만 전시해 두고 깨끗하게 버릴 것이다.

"어젠 도하 씨 안 왔지?"

방희가 세수하고 나오며 물었다.

"응."

맞다. 그가 어젯밤엔 오지 않았다. 연락도 없었다. 응급 콜도 없길래 2시까지 기다리다 잠을 잤다.

좀 힘이 빠졌다. 이제 겨우 2일밖에 남지 않았는데…….

"바쁜가 보네. 곧 취임식이라면서?"

"……."

"왜 서운해?"

"서운하긴. 어차피 시한부인데, 뭐."

"그래도 요 며칠 너 참 행복해 보였는데. 야, 솔직히 말해 봐? 도하 씨 만나면 어땠어? 첫사랑의 감정이 막 새록새록 그랬어?"

"예전에 나 어렸을 때 가끔 엄마가 장사 나가면서 밥에다가 김만 주고 점심이랑 저녁 먹으라고 그랬거든. 그럼 쪽방촌 애들 다 불러 놓고……. 나 열쇠 딸 줄도 알았거든. 방에 갇혀 있던 쪽방촌 애들이랑 다 같이 아무것도 안 든 주먹밥 만들어 먹으며 놀았어. 그때 행복이 이런 기분이구나 처음 알았어. 조물 조물 밥을 쥐던 느낌. 그때 기분이 들었어."

"어? 조물조물?"

"그 사람이랑 자정에 커피 마시면서 이런저런 얘기를 나누는데 그때 생각이 나더라고. 그 애들이랑 이 남자는 천만 배쯤 차이가 나는데 왠지 초라한 주먹밥이라도 조물조물 만들어 먹이고 싶다고 말이야."

"그 감정, 초비상인데?"

"맞아."

"나 고방희 여사도 어린 시절 무수한 짝사랑을 겪으며 일찍이 깨달았지. 사랑은 즐겁고, 포근하고, 날아갈 것같이 좋은 게 아냐."

"응. 동감. 따뜻한 게 아니고. 내 사랑은 그냥 그 사람 생각하면 아프고, 그래서 눈물 나고, 또 가슴이 뜨거워지는 거야."

"아흐. 왜 네 말을 듣는데 내 눈이 뜨거워질까. 야……. 오늘 하늘 화창하다, 참."

늘 아침에 일어나 창을 열고 병원의 정원을 바라본다. 저 앞의 정원에서도 며칠 전 자정에 커피를 마셨다. 이제 병원 구석구석에 도하와의 추억이 깨알처럼 저장되었다.

"근데 어젠 그 비서도 안 보이더라."

도하가 고용한 비서를 말하고 있다.

도하는 회장 취임 준비로 몸이 열 개라도 모자란 상황이라 했다. 그래서 섬에서 돌아온 다음 날부터 비서라는 남자를 그녀에게 붙여 주었다. 절대 감시가 아니라면서. 일단은 아직 서진의 일원이기도 하니 이 정도는 해야 한다며 고집을 부렸다. 그저 운전기사 겸 개인 비서로 생각하라 했고, 그녀의 병원 생활에 방해가 되지 않는 선에서 오케이 했다. 어차피 일주일이면 끝날 일이기에.

엘리베이터에서도, 졸다가도, 산책 길에도 그가 고용한 젊은 개인 비서를 통해 메시지를 전했고, 전화를 건네받았다.

"돈 많은 사람들은 좋겠어. 러브레터도 사람 시켜서 하고."

방희가 그렇게 부러워했다.

"그 남자 〈시라노 연애 조작단〉 출신이래."

"진짜? 하긴 완전 날쌔게 생겼잖아? 좀 연극배우스럽기도 하고."

"농담이야."

"아, 뭐야? 믿을 뻔했잖아? 앗! 근데 뭐야, 저거?"

방희가 창밖을 가리킨다. 좀 전까지는 몰랐는데, 눈앞에 못보던 나무가 서 있다.

"저 나무 뭐야? 공사했어? 근데 영어로 나무에 뭐라고 써 있는데?"

이연이 창문을 열었다. 방희도 같이 얼굴을 밖으로 내밀었다.

"사모님 이름이 영문으로 적힌 겁니다."

익숙한 목소리가 불쑥 끼어들었다.

"으허헉!"

방희가 놀라 넘어질 뻔했다.

"안녕히 주무셨습니까?"

비서였다.

"닌자도 아니고 제발 좀! 노크를 하시든가, 무슨 기척 좀 하고 다니세요! 이 방엔 언제 들어온 거예요? 독고 비서님 때문에 떨어진 간이 몇 갠 줄 아세요?"

"죄송합니다."

"독고 비서님도 안녕히 주무셨어요? 어제 못 온 거 보고하러 오셨어요?"

남자의 성이 특이하게도 독고여서 이연과 방희는 그 남자를 독고 비서라 불렀다.

"어제는 피치 못할 일로 회장님이 오지 못하셨습니다. 대신 지금 시간이 되시면 저랑 좀 아래층으로 가시겠습니까?"

"무슨 일인데요?"

"저 나무 좀 봐 주셔야겠습니다."

영문도 모른 채 이연은 방희와 아래층으로 내려가 정원으로 향했다.

"어? 뭐야? 진짜 네 이름 쓰여 있잖아!"

"이거 뭐예요?"

"어제 모르게 작업하느라 힘들었습니다."

이연은 갑자기 생긴 나무에 자신의 이름이 달려 있는 것이 어리둥절했다.

"아, 회장님께 전화 왔습니다."

비서가 이연에게 전화를 내밀었다.

─봤어?

도하의 음성이 들렸다. 잔뜩 기대감에 부푼, 열이 오른 목소리였다.

"네. 근데 이런 거 막 심으면 안 돼요. 이거 이사장님 아시면……."

─아내한테 그럴듯한 프러포즈도 못 했다고 하면서 부탁드리니 흔쾌히 허락하셨으니까 걱정 안 해도 돼.

"……."

─듣고 있어?

"네."

─보고 있고?

"네."

─5월의 나무야.

"5월의 나무?"

─스위스 어느 시골 마을에 갔는데, 거기 마을 풍습이 여자한테 구애할 때 친구들과 밤새 여자 모르게 키 큰 나무를 심어 놓는다고 해. 시간만 있다면 캘리포니아에 있는, 지구에서 제일 키 큰 나무를 공수해 왔을 거야. 원래 5월이 되기 전에 심어야 하는 건데……. 4월도 아니고, 내 나이가 20대도 아니지만 그래도 너한테 보여 주고 싶었어. 태승이랑 덕보랑 독고 비서랑 같이 했어. 네가 밤 근무 하는 동안.

"……."

─듣고 있어?

"네."

─여자는 자길 좋아해 주는 남자를 만나야 한대. 그래야 행복하대.

"……."

─날 정 좋아할 수 없다면 친정어머니들 사이에 전해 내려오는, 오래된 이 격언을 떠올려 봐.

“…….”

─일해. 나도 오늘 열심히 일할게. 오늘도 못 갈 수 있어. 알다시피 너무 바빠. 사방이 약속이고 날 기다리는 사람들이야.

“도하 씨.”

─응, 말해.

“당신한테 가는 건 평온한 일상을 깨는 일이에요. 복잡해지는 지름길이에요. 내가 해결할 수 없는 문제가 생겨날 거예요. 나도 그렇지만, 당신도 피곤해질 거예요.”

이연이 일주일간 숨겨 온 말을 꺼냈다. 잠시 도하는 말이 없었다.

─나한테 오는 데 장애가 있다면 그게 누구든, 뭐든 간에 내가 해결할게. 그러니까 날 좀 믿어, 은이연.

“…….”

─응? 이연아.

“생각해 볼게요.”

─그래. 착한 마음으로 생각해 봐. 긍정적으로.

전화가 끊겼다.

그를 믿었지만 도하만을 의지해, 도하 뒤에 숨을 수는 없다.

그녀는 자신이 없었다.

이연은 도하가 새벽에 심어 놓은 나무를 유심히 들여다보았다. 나무 앞 표지판에 쓰여 있는 '은이연'이라는 이름을 만져본다. 그리고 나무에 기대앉았다.

이 남자를 어찌해야 좋을까…….

눈물이 나려 했다.

"도하 씨 좀 괜찮은데. 네가 왜 그 옛날 첫눈에 반했는지 알겠다. 대쪽 은이연이 말이야."

"그건 아니다."

"뭐가?"

"그 사람 성격이 좋아서 반한 게 아니었다고."

"그럼?"

"글쎄 잘 모르겠는데……."

정체를 모르는 감정이었다. 호감이 있었다. 멋있었다. 아름다운 손과 얼굴을 가진 남자였다. 고마움도 있었다.

그래서 좋아했나? 나와는 달라서. 손을 내밀어 줘서.

"잘생겨서 좋았나?"

"어이, 그건 아니다. 그건 내 전공이지."

"난 뭐 얼굴 보고 좋아하면 안 되니?"

"너 우리 과 얼굴 번지르르한 선배들이 대시해도 꿈쩍 안 했잖아?"

"그랬어?"

"이거 봐, 이거 봐, 넌 그때 사는 거 바빠서 누가 널 보는지, 얼마나 침을 흘리는지 하나도 몰랐지? 그런데 도하 씨 얼굴보고 뿅 갔다 이 말이니?"

"그러네. 나 왜 그랬을까?"

"흐흐, 운명인가?"

방희가 바보처럼 웃었다.

"그냥 그 사람에 대해 하나도 모르는데도 눈길이 가고, 그 사람이랑 스쳐 지나가기만 해도 정신을 차릴 수 없었으니까. 근데 나 요즘도 그런 거 같아. 감정이 움직이는 건 특별한 이유가 없는 거 같아. 그냥 그 사람이 이전과는 다르게 느껴지는 거야. 그게 불편함이든, 어색함이든, 떨림이든, 애잔함이든. 마음이 간질간질 이상하기도 하고."

"맞아. 간질간질. 그거 막 가슴팍을 긁을 수도 없고. 참, 근데 이 나무 어쩌나? 네가 거절하면 도하 씨랑 이 나무, 둘 다 엄청 불쌍해지겠다."

"도하 씨 손 잡고 싶어."

"뭐가 문제야?"

"어머니랑 약속했어."

"그건 차차 해결하면 될 일이고."

"쉽게 해결되는 문제가 아니야. 나, 청승 그런 거 하기 싫어. 울 엄마처럼 눈물 짜는 사랑 안 할 거라고 어릴 때부터 생각했어. 비련의 여인 같은 거 절대 싫다고."

"근데?"

"도하 씨랑 같이 있으려면 그거 해야 해. 난 그게 너무 싫어."

이연이 방희와 나란히 앉았다.

"방희야, 나 많이 행복해."

"응."

"놓치고 싶지 않아."

"응."

"이렇게 순식간에 행복해지는 게 사랑인데, 그 사람이 그걸 나한테 준대. 덥석 받아 버릴까?"

"응. 눈 딱 감고, 아무것도 생각하지 말고 받아 버려. 이런 멋진 나무를 선물로 주는 남자, 흔치 않지."

이연이 주머니를 뒤져 저번에 이찬이 준 껌을 꺼냈다. 방희에게 하나 건넨 후 포장을 벗겨 껌을 씹었다.

애플 민트.

풍부한 사과 향이 났다.

조용히 껌을 씹으며 하늘을 올려다봤다. 그러다 나무에 몸을 기대고 눈을 감았다.

마음이 사정없이 흔들렸다. 이 행복한 공간에 오래오래 있고 싶었다. 그의 진심이, 의심할 수 없는 그의 마음이 이연의 안으로 성큼 다가섰다. 하지만 그 마음을 잡을 수 있는 용기가 나지 않아 이연은 슬퍼졌다.

"어쩐 일이니 네가 집엘 다 오고?"

수란은 아침 일찍 집을 찾은 도하와 마주 앉았다.

"미스 김, 저번에 만들어 놓은 거 있지? 홍삼. 그거 내와요."

"차는 됐어요. 회사 나가는 길에 잠깐 들렀어요. 금방 일어나 봐야 해요."

"어미랑 티타임 할 시간도 없다는 거야? 차 마시는 데 얼마나 걸린다고? 미스 김!"

결국 홍삼차가 나온 후에야 도하는 용건을 꺼낼 수 있었다.

"그래, 뭐? 회사 문제니?"

"이연이와 저 평생 같이 갑니다. 이혼 안 해요."

순간 수란의 눈빛이 드라마틱하게 변했다.

"무슨 소리야?"

수란은 모든 것이 해결되었다고 안심하던 참이었다. 이연을 따라 도하가 섬에 들어간 건 마지막 확인 도장을 찍기 위한 절차라고 생각했다.

"중간에서 이간질, 모략 그런 거 그만하세요. 더 이상 품격 놓고 사시지 마세요. 저품격 되는 거 제일 싫어하시잖아요? 어머니 스스로도 피곤해하시면서 왜 이러세요, 자꾸?"

"그 애가 거짓말을 했구나, 그러니까? 맞지? 근데 이연이 말 믿으면 안 돼. 이연이는 널 가지려고 마지막 발악을 하는 거야."

"그건 어머니가 하고 계신데요."

"도하야."

"제가 원해요. 내가 그 여잘 갖고 싶다고요. 이연이는 버티는 중이에요. 난 구걸하는 중이고. 방해 마시란 거예요. 그 여자 건들지 말라고요."

"그 애가 널 배신한 거 잊었니?"

"어머니가 협박하신 거 알아요. 그것도 처남 목숨 가지고. 비인간적이셨어요."

"뭐, 처남? 처남 소리가 잘도 나오는구나."

수란이 콧방귀를 끼었다.

　"내가 그만큼 알아듣게 말을 했으면 정신 좀 차려야지. 또 여자에 빠져서는 이제 어미한테 호통도 치니? 그래, 그 섬에 들어간 게 문제였지. 이연이가 또 어떻게 널 꼬이든?"

　도하는 흥분하는 수란을 두고 일어났다. 더 이상 말을 섞는 건 서로를 상처 내는 일밖에는 되지 않는다. 수란에게 현실을 인정할 시간을 주어야 했다.

　"어머니와 이런 신경전 하고 싶지 않아요. 어떤 일이 있어도 저는 이연이와 헤어지지 않아요. 이젠 인정하세요."

　"인정 못 하면?"

　"제가 그룹 일 잘하시길 원하신다면 저희 건들지 마세요. 이연이한테 그 어떤 나쁜 말도 하시면 안 돼요. 이건 경고예요."

　"그 애가 대단하긴 대단하구나. 네가 나한테 경고를 해? 아들이 어미한테 경고를 해? 이렇게 모자 관계를 콩가루 만드는 애가 무슨 자질이 있다고 네 아버진 감싸고 도셨다니? 아마 하늘에서 후회하고 있을 거야."

　"어머니!"

　"그래 마음대로 해. 마음대로 해 보라고. 내가 널 몰라? 지금 못 보면 죽을 거 같지? 그 애가 떠나면 미칠 거 같지? 그 감정이 얼마나 허무맹랑한 건 줄 아니? 지금이 절정이라면 내려올 일만 남았어. 유리 기억 안 나니? 그 애한테도 너 미쳤잖아. 근데 지금은 생각도 안 나잖아? 이연이도 그렇게 될 거다. 난 인내심만 발휘하면 될 거야."

도하는 수란의 악담을 뒤로하고 집을 나섰다.

도하가 나가자 수란이 앞에 놓인 찻잔을 움켜쥐더니 참지 못하고 거실 장을 향해 던져 버렸다. 괴팍한 소리가 실내를 울렸다. 그래도 분이 풀리지 않았다.

'기어코 일을 이렇게 만들다니. 내가 그만큼 말했는데.'

하지만 수란에게는 이연을 공격할 패가 남아 있었다.

'나를 원망하지 마라. 이연아. 이건 모두 네가 자초한 거니까.'

유리는 재회의 첫 단추를 꽤 잘 끼웠다고 생각했다. 자신의 역할도 충분히 매력적으로 살렸다고 자부했다. 도하 역시 눈빛이 흔들리고 있었으니까. 어떤 고민도 없이 막대한 자금으로 자신을 수렁에서 건져 내 주기도 했다. 필요할 때 언제든 옆에 있어 주겠다고 약속했다.

유리는 자신이 짜 놓은 플랜의 반은 완성했다고 생각했다. 약속을 지키지 못한 다음 날, 도하는 정중한 사과의 메시지와 함께 꽃다발을 보냈다. 기분이 다시 좋아졌다. 지난 밤 그가 오지 않은 것은 피치 못할 사정이 있기에 안심했다.

문제는 그다음이었다. 그 후 지금까지 유리는 도하에게 닿을 수가 없었다.

도하가 바쁜 시기이니 일부러 연락을 자제했다. 혹시 또 한 번 만나자는 약속을 도하가 일 때문에 깨 버린다면, 그녀는 화를 내야 했다. 화를 내야 하는 도도한 캐릭터이기 때문이다. 하지만 그러면 도하가 자신을 싫증 낼지도 모른다고 계산했다. 그래서 일부러 넉넉한 친구인 척 조급하게 굴지 않기로 했다.

하지만 여러 날이 지나도 도하에겐 소식이 없었고 인내가 바닥난 며칠 전 전화를 걸었지만 도하는 받지 않았다. 휴대폰으로 연결이 안 되자, 유리는 회사로 연락을 넣었다. 그러나 비서진들에게서 돌아오는 멘트는 한결같았다. 자리를 비웠다는 말이나 회의에 참석해서 바쁘다는 말뿐이었다.

마사지 숍에 누워 유리는 다시 도하의 비서실로 연락을 취했다.

"내가 전화했단 소리 했어요?"

날카로운 목소리가 튀어나왔다.

—네, 전했습니다.

"물론 전하셨겠죠? 근데 중요한 일이라는 것도 말했어요? 떼어먹은 거 아니냐고요?"

화가 치밀어 참을 수가 없었다. 애꿎은 비서에게 화풀이라도 해야 했다.

—네, 전달했습니다.

"알았어요, 끊어요."

유리는 짜증이 치솟아 휴대폰을 집어 던졌다.

더 이상 참을 수가 없다. 참아지지가 않는다. 기분 그대로, 설정이고 뭐고, 캐릭터고 나발이고, 유리는 본능에 가까운 독한 말을 찍어 보내기로 결심했다.

"휴대폰 좀 주워 주세요."

유리의 갑작스러운 행동에 놀란 직원이 전화를 건네주었다.

나 이제 모르는 사람이니?

개무시해도 상관없는 사람이냐고!

문자메시지를 보냈지만 답은 없었다.

슬그머니 마음이 약해졌다. 이성을 찾아야 한다고, 조금만 더 참아 보자고 자신을 다독였다.

며칠째 연락이 안 되는데…… 나 지금 너 필요해…… 저번에 약속했잖아. 내 옆에 있어 준다고. 이 메시지를 보긴 보는 거니?

참 부질없다, 우리 관계.

문자메시지를 보낸 지 30분쯤 지났을 때 전화가 걸려 왔다. 도하의 비서실 번호가 찍혔다. 좋아서 소리를 지를 뻔했다.

―심 비서입니다. 취임식 전에 일이 많아서 연락을 못 했다고 전하라 하셨습니다. 취임식 후에 시간을 내신답니다. 그때까지 좀 기다려 달라 말씀하셨습니다.

알았다고 답한 후 유리는 전화를 끊었다.

취임식을 잊고 있었다. 그런 자리를 날려 버릴 수는 없다. 정통한 소식통에 따르면 도하 부부는 이혼이 정식으로 진행 중이라 했다. 하지만 아직 이혼 전이라 그 여자가 취임식에 참석할지도 모른다. 유리는 취임식이 그 여자에게 자신을 보여 줄 좋은 기회인 같았다.

바쁘고 초조하게 시간이 지나갔다. 오늘은 그 마지막 날이었다. 이연은 고심하며 하얀 종이를 펼쳤다. 길고 장황하며 변명이 가득 담긴 이별 편지를 쓰려 했다. 하지만 마지막 순간 생각을 바꾸었다. 끝낼 사이에 다 무슨 소용인가 싶었다.

그럼에도 이연은 한참을 종이만 바라보며 한 글자도 적어 나가지 못했다.

스탠드만 밝힌 빈 병실. 이연은 창밖으로 보이는 5월의 나무를 눈에 담는다. 그래도 저 나무가 있어 다행이야. 이연은 마음을 잡았다.

편지는 매우 간단했다.

미안해요.
당신의 제안을 거절합니다.

　　　　　　　　　　　　　　　－ 은이연.

방희는 왜 행복을 놔두고 불행한 길을 자초하느냐 했다. 하지만 이연은 자존심을 지키고 싶었다. 수란에게 약속했고, 그걸 번복하면서 비굴하게 엎드리고 싶지 않았다.

무엇보다 상처가 두려웠다. 그녀는 해피엔드를 믿지 않는다. 도하는 영원한 행복을 약속하겠지만 그건 말처럼 쉬운 일이 아니다. 잘못되었을 때 그녀에게 남을 것은 회복할 수 있는 상처가 아니다.

결국 그녀는 용기가 없어 그에게 이별 편지를 쓰고 있다. 자신이 바보 같았지만 어쩔 수 없었다.

이것이 그녀 자신이다.

심 비서에게 편지를 전달한 후 도하에게는 아무런 연락이 없었다. 그녀의 정떨어지는 손 편지에 아마도 적잖이 실망하고 질렸을지도 모른다.

이별의 후유증은 컸다. 상처를 받은 사람보다 준 사람이 더 오래 가슴에 남는다고 했던가.

이연은 병원을 돌며 동물처럼 일하고 식물처럼 살았다. 얼굴엔 자기 자신도 어색한 가면을 쓰고 웃고 떠들고, 그러다가 혼자가 되면 쓸쓸함이 몰려와 고통이 느껴질 정도로 가슴이 미어졌다. 가끔은 그냥 못 이기는 척 도하에게 손을 내밀었다면 하고 상상해 보곤 했다. 두려웠겠지만 이토록 고통스럽지 않았겠지. 일벌레를 뛰어넘어 일 기계가 되어 가던 어느 날 결국 이연은 저녁 회진을 돌다가 쓰러졌다. 몸은 마음을 이기지 못했다.

이연은 규칙적으로 떨어지는 링거액을 보며 병실에 누워 있었다. 쓸쓸하고 외로웠다. 어쩌면 먼 훗날, 뼈에 사무치게 지금 이 순간을 후회하며 누구와도 사랑하지 못하고 혼자 외롭게 죽어 갈지도 모른다.

　눈물이 흘렀다.

　상처를 준 사람은 자신이다. 도하에게 이별을 선언한 사람은 바로 그녀였다. 그런데 눈물이라니, 참.

　"잘났다. 은이연."

　조그맣게 읊조렸다.

　그러다 크게 엉엉 울어 버렸다.

　그동안 꽁꽁 숨겨 두며 쌓아 왔던 감정의 둑이 한 번에 무너지는 느낌이었다. 넘치는 콧물 눈물 바람에 가운이 온통 젖어 갔다.

　이연은 환자들에게 늘 말하곤 했다.

　"흥분은 안 좋아요. 안정을 취하는 게 중요합니다. 흥분하시면 회복이 느려요."

　하지만 이연은 더 이상 흥분을 참을 수가 없었다. 울고불고 자신을 자책하기라도 해서 이 순간을 견뎌야 했다.

　휴대폰이 울린 것은 그때였다. 믿을 수 없는 이름이 휴대폰 액정 화면에 떴다. 더 크게 터지는 울음에 입을 막고 전화를 받았다.

　—자?

　"아뇨."

　흐트러지고 조금 느려진 도하의 목소리. 휴대폰을 통해 알코올 냄새가 배어 나온다.

　"어디……예요?"

─집에 가는 중.

　"술 마셨어요?"

　─응. 태승이랑 한 잔 했어. 아니다. 한 잔이 아닌가? 나 좀 취했어. 아니, 많이 취했어.

　평소와는 다른 그의 음성에 가슴이 쿵쿵 울리기 시작했다.

　─그래서 술김에 전화한다. 너와의 약속 지키고 싶었는데, 결국 이렇게 전화해 버렸네. 근데 술에 취해서 한 거니까 좀 봐주라.

　"……."

　─술에 취하면 단 하나만 생각해. 너한테 찾아가서 매달리면 어떨까? 화를 내면서 진상을 피우면 혹시 은이연이 날 불쌍하게 여겨 줄까…… 그런 생각…….

　"……."

　─근데 그냥 생각만이야. 난 절대 나한테 오라고 부탁하지 않을 거야. 구걸하는 것 같은 기분이 들거든. 동정까진 받아들일 수 있는데 적선은 싫으니까. 은이연, 내 마음을 들었다 놓았다 하는 유일한 여자인 거 알아? 이건 정말 짜증 나는 일인데……. 서도하에게 일어날 수 없는 일인데……. 근데도 난 왜 이러는 걸까? 어쩔 수가 없어서 더 미칠 것 같아.

　"……."

　─그러니까 다른 생각 따위 하지 말고 그냥 나한테 와 주면 안 되겠어?

　"도하 씨……."

　─……라고 말하고 싶지만 그렇게 안 할 거야. 난 충분히 설명했어. 나한테 오는 데 장애가 있다면 그게 누구든, 뭐든 간에 내가 해결하겠다고. 근데 넌 날 믿고 있지 않아. 그건 돌려 생각하면, 네가 나를 선택할

만큼 날 좋아하지 않는다는 거겠지. 그래, 마음이 움직이지 않는데 어쩌겠어?

긴 침묵이 이어졌다.

─나한테 오는 게 복잡한 일이고 문제를 만든다고 했지? 그리고 그 문제를 해결하기 싫다는 거고……. 그래, 귀찮고 싫다는 사람한테 사랑을 구걸하는 건 좀 모자란 놈 같잖아. 여러모로 모양 빠지고, 폼 안 나고, 구질구질한 남자가 되는 거잖아. 그런 사람으로 마지막 이미지를 남기기는 싫어. 그러니까 더 이상은 너한테 그런 말 안 할 거야. 그러니까 내가 무슨 꼼수를 부리나 고민하지 않아도 돼.

"……."

─근데 만약 조금이라도 말이야. 네 마음 조금이라도, 나에게 오고 싶은데 망설이고 부정하고 있는 거라면, 용기 좀 내 봐. 그건 네가 해결하고 깨서 나와야 하는 부분이야. 난 은이연과 함께면 오래오래 행복할 거 같아. 너도 그렇다면 나한테 와 말해 줘. 나는 네가 많이 보고 싶어. 근데 나한테 와 달라고 말하지 않아, 절대.

"……."

─듣고 있어?

"네."

─풍선 하나를 보냈어.

"풍선?"

─과거를 떠올려 봐. 네가 나에게 준 걸 다시 너에게 주는 거야.

그렇게 예고도 없이 전화가 끊겼다. 뜨거운 전화를 손에 쥐고 이연은 한동안 멍하니 있었다. 도하의 목소리가 들리지 않으니, 주위는 숨이 막힐 듯 조용했다.

쓸쓸했다. 다시 울고 싶어졌다.

그때 똑똑 노크 소리가 들렸다. 방희가 들어왔다.

"괜찮아?"

"응, 괜찮아."

"이거."

방희가 풍선을 내민다.

"독고 비서가 주더라. 너 갖다 주라고. 쓰러졌다는 얘긴 안 했어."

"잘했어."

방희가 나가고 이연은 풍선을 유심히 본다. 초록색 풍선 위에 길게 문장 하나가 있다.

당신의 마음속에 숨어 있는 용기로부터 모든 일이 순조롭게 풀릴 것이다.

과거를 거슬러 올라간다. 의미의 순간에 멈춘다.

7년 전 햇살이 쏟아지던 신부 대기실, 무모한 결혼이 두려워졌을 때 도하와 이연이 함께 나누었던 문장 하나.

문득 깨달음이 왔다. 괴로운 고민은 끝났다.

이연은 황급히 링거주사를 제거하고 옷을 입었다.

이성적인 생각은 하나도 할 수 없었다. 이것저것 따질 겨를이 없었다.

곧바로 병원 밖으로 달려 나가 정차해 있는 택시에 올라 탔다. 무작정 그의 집으로 향했다.

도하의 집에 도착해 현관 벨을 누르자 막 샤워를 끝냈는지 젖은 머리의 도하가 문을 열었다. 그의 얼굴에 놀라움이 가득했다.

"재활용의 달인이에요?"

이연의 손에 초록색 풍선이 있었다. 그녀가 울 것 같은 얼굴로 물었다.

"어쩌다 문득 생각이 났어."

"풍선은 유통 기한이 없나 봐요?"

7년 전 그들이 가짜 결혼식을 올릴 때 신부 대기실 창문턱에 걸려 있었던 풍선 하나. 그 풍선이 여태 살아 있었는지 묻는 것이다.

"특별히 주문 제작 했거든. 그때 풍선은 이미 어딘가에서 무병장수하다 돌아가셨겠지."

"어떻게 이걸 기억하고 있었어요?"

"신기해. 난 미국에서 다 잊었어, 네 얼굴까지도. 그런데 널 만나기 시작하면서 다시 하나둘 떠올라. 다 생각이 나. 사랑의 힘인가?"

"나 행복해지고 싶어요."

"나도 그런데?"

"당신하고 있으면 행복해. 사는 거 같아."

이연의 눈에 눈물이 그렁그렁했다.

"7일, 지났잖아?"

도하가 그녀를 감싸듯 부드럽게 물었다.

"도저히 안 되겠어. 앞으로 7일 더 기회를 줄게요."

"……."

"그리고 그 7일이 끝나면 다시 일주일 동안 기회 줄게. 계속해서 당신한테 줄게."

열에 들뜬 이연의 말에 도하가 갑자기 그녀를 끌어당겨 키스했다. 이연은 그에게 매달려 뜨거운 입맞춤에 마음을 맡겼다. 그의 몸을 껴안고 그리웠던 도하의 냄새를 맡았다.

"기회를 줘서 고마워."

도하가 그녀를 보며 처음으로 웃었다.

나비의 꿈

세상 어느 곳에서 너를 만날 수 있을까

또 세상 어느 자리에

나를 지키는 너를 만날까

전략 기획팀 회의에 참석하기 위해 방을 나서던 길에 문자메시지 하나가 도착했다. 이연이었다.

갑자기 수술이 연기돼서 지금 집에 왔어요.
당신 없는 집, 이상하네.

도하는 회의실로 걸어가며 전화를 했다.
"지금 어디?"
—부엌이에요.
"뭐 하는데?"
—냉장고 들여다보는 중. 당신은 늦을 거죠?
"아마도. 이제 회의 시작하면 언제 끝날지 모르니까."

여름이 시작되는 늦은 오후였다.

—그럼 열심히 회의하고 와요. 나는 책 좀 보다가 좀 졸든지 그럴 게요.

이연의 말에 도하가 걸음을 멈췄다.

"지금 갈까? 회의 땡땡이치고."

—농담이라도 그런 말 마요. 후딱 끝내고 와요.

"그렇게 되지가 않는다니까. 오늘 회의, 특별히 삼촌도 참석하셔서 평소보다 더 길어질지 몰라. 회의 끝나면 직원들하고 밥도 먹기로 했고."

—밥까지 먹고 와요, 그럼.

"전혀 아쉬운 말투가 아니군."

심드렁한 이연의 말에 도하는 서운한 감정이 불쑥 솟았다.

—그럼, 회의고 뭐고 당장 집어치우고 집으로 튀어 와요! 안 그럼 죽을 줄 알아요! 그래요?

이연이 말하고는 자신도 우스운지 하하 웃었다.

—보고 싶어요. 근데 당신 일 방해하는 와이프는 되고 싶지 않아.

도하는 아쉬운 마음에 땅이 꺼질 것 같은 한숨을 내쉬었다.

"저녁 혼자 먹어야겠네?"

—아주머니가 해 주신 나물들이 있어서 비빔밥 먹으려고요. 계란 프라이 하나 해서. 맛있겠죠?

"은이연, 기분이 아주 좋아 보인다. 목소리가 날아갈 거 같네?"

—병원 나오면 몇 시간은 자동으로 기분이 좋아요. 그리고 당신 냉장고 보는데 또 기분이 좋아졌어.

"냉장고?"

—냉장고에 계란이 나란히 일렬로 늘어서 있으면 나는 행복한 기분이 들거든요. 부자인 거 같아서. 당신이랑 결혼해서 좋은 점 중에 하나.

"갑자기 내가 계란보다 뒤로 밀린 거 같은 생각이 드네."

—하하하. 이제 회의 들어가요. 더 전화하다가는 완전 바보 상무님 되겠네.

"알았어."

전화가 끊겼다. 도하는 미온의 휴대폰을 물끄러미 보았다.

그의 집에 이연이 있다.

집에 이연이 있다.

이연이 있다.

도하는 그것으로 되었다고 마음을 다잡으며 아쉬움을 뒤로 하고 회의실로 향했다.

"이상으로 보고를 마치겠습니다."

브리핑을 하던 전략 기획실장의 말이 끝났지만 회의 테이블은 침묵이 흘렀다. 보다 못한 인웅이 도하의 테이블 쪽을 톡톡 두드렸다.

그제야 도하는 정신이 돌아온 사람처럼 좌중을 둘러보았다. 모두들 도하의 한마디를 기다리고 있었다.

"잘 들었습니다. 수고하셨고요. 그럼 의견들 좀 내 봅시다."

도하의 반응에 참석한 직원들은 좀 놀라는 기색이었다. 보통의 회의와 달랐기 때문이었다.

도하는 늘 브리핑 당사자를 괴로울 지경까지 몰고 가는 집요한 질문과 지적을 했다. 오늘의 그는 너그럽게 한발 물러서 회의를 지켜보고만 있었다. 가끔 포인트를 정확히 짚은 질문을 던지고 결정을 내린 후 지시할 뿐이었다.

회의는 8시가 다 되어 끝이 났다. 회식이 예정된 식당으로 향하는 길, 엘리베이터에서 인웅이 물었다.

"너 오늘 왜 그래?"

"왜요?"

"몰라 물어? 왜 정신 나간 놈 같냐고?"

"죄송합니다. 그래도 놓친 거 없어요."

"힘드냐?"

인웅이 염려를 담아 묻는다. 갑자기 쏟아진 업무량이 힘드냐는 얘기겠지? 그리고 곧 닥쳐올 부담감에 어깨가 무겁냐는 뜻일 것이다.

하지만 도하는 이연이 집에 있고, 자신이 함께하지 못함이 지금 이 순간 가장 힘들었다.

"네, 좀 그러네요."

솔직하게 말하면 바보가 될까 봐 슬쩍 넘어가는 대답을 했다.

"쉬엄쉬엄해. 안 그래도 여기저기서 네가 너무 타이트하게 조인다고 말들 있어."

"알겠습니다."

빠른 속도로 저녁을 먹고 건성으로 팀원들에게 수고를 전한 후 도하는 일찍 회식 자리를 떴다. 빌라 지하에 주차하고 성큼성큼 엘리베이터로 향했다.

마음이 다시 조급해졌다. 혹시 급한 수술이 생겨서 이연이 다시 병원으로 가 버린 것은 아닌지 불길한 생각이 들었다.

딩동.

몇 초의 시간이 흐르고 이연이 문을 열었다.

다행이다. 이연이 그를 맞았다.

그 순간, 와락, 행복이 가슴속으로 뛰어든다.

"시기가 안 좋아. 나는 왜 너랑 같이 놀고 싶을 때 일 폭탄을 맞을까?"

"무슨 소리예요?"

"한 1년쯤 전에 우리가 함께했다면 좋았을 텐데……."

"그러면요?"

"같이 여기저기 여행이나 다녔으면 좋았을 거라고. 온전히 하루 24시간 같이 있고 말이야……."

이연이 커피를 건네며 소파에 나란히 앉았다.

"금방 싫증 나면 어쩌려고요?"

"왜? 너 싫증 날 거 같아?"

"아이, 무슨 말을 못 해……. 그냥 하는 말이야."

"그런 말 하지 말라고, 그러니까. 은이연 입에서 자꾸 그렇게 심장 덜컥하는 소리 나오는 통에 죽겠으니까."

이연이 쑥스러운 듯 피식 웃었다.

"나 너랑 게을러지고 싶어. 일하기 싫다고."

"일한 지 얼마나 됐다고요."

"아니면 은이연네 병원에 취직하고 싶다, 회사 그만두고."

이연이 이번에는 깔깔깔 웃었다. 곤란할 정도로 그녀가 보고 싶었다. 이런 도하의 사정을 아는지 모르는지, 그녀는 웃기만 할 뿐이다.

"오늘 외삼촌한테 한마디 들었어. 회의 시간에 딴청 피웠다고."

"아으, 그러지 말라니까."

"그게 맘대로 되냐고? 우리 시간이 너무 없잖아? 넌 늘 병원, 난 늘 회사니까. 그래도 하루 한 번은 얼굴을 봐야 할 거 아니냐고? 넌 내가 병원에 가지 않으면 한번 만나러 오는 일도 없고."

"조용해요. 이제 영화 시작할 시간이야."

"그만 입 닫으라고?"

"네. 이미 선택한 일은 투정해 봐야 소용없어."

이연이 고른 영화가 시작되었다. 영화의 제목은 〈이터널 선 샤인〉.

사랑했던 기억을 지워도 지워도 여전히 다시 제자리로 돌아오고, 사랑은 영원의 힘을 가진다는 이야기.

어느새 이연은 영화에 흠뻑 빠져들었다. 그러나 도하는 영화보다 그녀에게 집중하고 있었다. 이렇게 옆에 있어도 그녀가 그리웠다.

도하가 그녀의 어깨에 손을 올려 조몰락거리다가 허리를 감싸 안아 옆으로 당겼다. 그녀의 손을 잡아 부드럽게 매만진다.

서로의 손바닥을 겹치며 깍지를 꼈다. 그러다가 충동적으로 그녀에게 키스했다. 그의 무게에 놀란 그녀가 소파에 눕혀졌다.

"뭐…… 하려고요?"

"우리 아직 신혼이야. 여기는 신혼집이고."

도하의 눈이 농밀한 욕구로 짙어졌다.

"권태기가 아니고요? 결혼 후 7년이면……."

도하가 이연의 입을 손바닥으로 막았다.

"떼끼! 또 또 훈장질."

입을 가린 이연의 얼굴이 해사하게 웃는다. 눈이 초승달처럼 휘어졌다. 그제야 도하가 손을 거둔다.

"준, 준비가 필요해요."

도하가 말도 안 되는 소리 좀 그만하라는 듯 눈썹만 치켜세운다.

"아, 그러니까…… 여자는 준비가 필요한 법이에요. 그러니까."

"알았어."

"알았어요?"

"응. 은이연은 여러 가지에 준비가 필요한 여자구나."

얼굴이 홍당무가 된 이연이 자리에서 일어났다.

"나 갈래요."

"어딜?"

"화, 화장실."

이연이 갑자기 부끄러워져 화장실로 간다면서 부엌으로 갔다.

"그래, 은이연. 준비 많이 해. 기대하고 있을게."

도하가 껄껄 웃으며 외쳤다.

참을 수 없이 그녀를 안고 싶었지만 이연이 준비가 되었다할 때를 기다릴 참이었다. 고행의 길이 되더라도 이연을 존중해야만 한다.

도하는 잊을 수 없는 전적이 있었다. 파티의 밤, 그녀를 함부로 대했다. 상처를 주려고 했고, 그녀의 마음은 전혀 생각하지 않고 그녀를 가지려 했다. 그녀를 탐하려 했다.

그 과오가 가끔 떠올라 뼈아프게 다가왔다. 그녀는 다 잊은 것 같았지만 도하는 그때 먹었던 나쁜 마음이 미안해 쉬이 사라지지 않았다.

"커피 한 잔 더 만들어 줘."

도하가 외쳤다.

커피 향이 다시 멀리서 몽글몽글 풍겨 오기 시작했다.

이연은 병원 근무가 없는 오후, 도하와의 저녁 식사를 위해 도시락을 쌌다. 늘 도하가 병원을 찾아왔고 그녀는 한 번도 그의 장소를 방문한 적 없었다. 여름의 초입, 날이 뜨거웠다. 시원한 에어컨 바람이 계속해서 온 집을 서늘하게 말려 주고 있는데도, 여전히 공기가 끈적끈적하고 더웠다.

오랜만에 혼신의 힘을 다해 요리를 했기 때문인지도 몰랐다. 불 앞에서 도하가 좋아할 음식들을 만드느라 허둥지둥 서둘렀

더니 마음은 급하고 몸은 땀으로 뒤덮였다.

전을 부치다 남은 달걀 두 개를 다시 냉장고에 넣다가 큭 웃음이 터졌다.

냉장고 안 달걀들이 저마다의 표정으로 웃고 있었다. 눈, 코, 입, 수염까지 그려진 달걀들이 가지런히 그녀를 본다.

도하는 늘 이렇게 리액션이 빠르다. 이런 걸 기대한 것은 아니었는데, 그녀의 말은 단 한 마디도 허투루 흘려보내지 않는 듯했다. 간질간질, 다시 심장 어느 즈음이 그랬다.

드디어 음식들이 완성되자, 커피를 든 보온병과 함께 삼단 도시락을 들고 저녁 6시 도하의 사무실로 향했다.

"어때요?"

이연이 테이블 위에 펼쳐진 도시락의 내용물을 보여 주며 물었다.

"뭔가…… 작품 같은데? 먹기 아까울 정도야."

좀 전 이연이 사무실에 들어선 순간부터 도하의 입가에 웃음이 떠나지 않는다. 오늘은 좀 팔푼이처럼 보인다. 대기업 회장이 아니라. 그저 좋다고 허허 실실 웃어 대는 팔푼이.

"미안하지만 작품이라기엔 창조성이 많이 부족하죠. 인터넷 검색해 보니 파워 블로거 중에 도시락 아줌마라고 있더라고요. 그 아줌마 블로그에서 직장인 도시락 베스트 따라 했어요."

"아무튼……. 와, 전도 부쳤어?"

"먹어 봐요."

그가 전을 시작으로 도시락 내용물들을 흡입하기 시작했다.

"금천댁 아주머니 솜씨만큼은 못할 거야."

"아아, 소스를 준 사람이 있었군. 다 맛있는데 특히 이 주먹밥은 완전 최고야."

"아, 그건 은이연표 주먹밥이에요. 아주아주 어릴 적에 만들었던 내 생애 첫 요리라고나 할까?"

"언제였는데, 그게?"

"음, 네 살? 다섯 살?"

"꼬마 요리사였네?"

"응. 우리 동네 애들 내가 다 주먹밥 먹여 키웠다니까요?"

도시락이 반쯤 비어 갈 때쯤 그녀가 물었다.

"왜 그런 짓을 했어요?"

"무슨 그런 짓? 나 또 뭐 잘못했나?"

"당신답지 않은 짓."

"어?"

"좀…… 귀여운 짓."

아직도 무슨 말인지 몰라 도하는 큰 눈을 더 크게 뜨고 그녀를 본다.

"달걀에 성형 수술 시켰잖아요?"

"아아."

그제야 알겠다는 듯 도하가 크게 웃는다.

"시간 쪼개 가며 사는 사람이 그거 할 시간이 어디 있어서…….
그림 그릴 시간에 잠이나 좀 더 자지."

"마음에 안 들어?"

"마음에 안 들어."

"그거 무지 마음에 든다는 말이지?"

"응."

도하가 호탕하게 웃는다.

식사를 마친 후 이연은 보온병에서 원두커피를 따라 주었다.

"지금까지 맛보지 않았던 새로운 커피예요. 물론 공정 무역 원두를 사용한."

"무슨 요리 방송 하는 거 같다."

"준비 많이 했다니까요."

"근데 좀 무서워진다. 너무 대접받으니까."

"그냥 이제껏 받기만 한 거 같아서. 거기다 밖은 덥고, 귀찮고, 당신은 아주 바쁘고. 다행히 오늘 병원도 쉬고 해서 만든 거예요."

식사를 마친 두 사람은 얼음을 띄운 시원한 커피를 들고 옥상으로 올라갔다. 여름으로 들어서니 더워지는 속도가 빨라지고 해는 부쩍 길어졌다.

"이쪽은 나만 쓰는 공간이야."

"알아요. 아버님과 와 봤어요."

"그래?"

"저기…… 평창동 집에서 못 갖고 나온 게 있어요."

"뭔데?"

"다락에 있는 책상. 그건 좀 아까워요. 그거…… 아버님이 사주신 거라……."

"내가 갖다 놓을게. 근데 언제 집에 이사 올 거야?"

"응? 이사 가야 해요?"

"당연하지. 우린 부부잖아? 화해한 부부는 같은 집에서 생활해야 하는 거 몰라?"

"난 병원에서 생활이란 걸 하잖아요? 어차피 자주 보지도 못할 텐데. 그리고 오프 때는 당신 집으로 가고요."

"그럼 이사 안 들어오겠단 거야?"

그가 펄쩍 뛰며 물었다.

"정리가 필요해서 그래요. 원룸."

"그럼 정리되는 대로 바로 집으로 오는 거다. 알았지?"

"알았어요. 근데 도하 씨."

"어?"

"아버님 얘기 궁금하지 않아요? 왜 안 물어요?"

이연은 도하를 탐색하다가 어렵게 말을 꺼낸다. 서 회장과 모종의 거래를 했을 거라고 도하는 오해했고, 그래서 그녀에게 이혼 서류를 내밀었던 것이 불과 얼마 전이었다.

"응. 안 궁금해. 네가 어떤 대답을 하든 내 마음 변하는 일은 없을 거 같거든."

"난 궁금한데……."

"뭐가?"

"내가 아버님 말을 전했을 때 당신의 반응이."

"……."

"그 녀석을 기다려 주렴……이라고 말씀하셨어요. 아버님이 어떤 생각으로 그런 말씀을 하셨는지 모르겠어요. 당신이 이혼하자고 해도, 일단 당신이 서울에 들어올 때까지 기다려 줬으면 하셨어요. 돌아와 제대로 지내본 다음에 결정하라고요. 그래서 6년 전에 이혼 서류를 서랍 깊은 곳에 넣어 버린 거예요. 도장도 찍었고, 사인도 했고, 완벽하게 작성했던 서류였는데."

"아버지한테 처음으로 감사해야 할 일이 생긴 건가?"

"내가 끼어들 문제가 아니지만……. 주제넘은 말인지도 모르지만……."

"응?"

"아버님은 당신을 많이 사랑하셨어요."

"호부 호형이 허락되지 않았던 홍길동의 마음은 그리 쉽게 풀어지지 않아."

"아버님이 왜 그랬는지 당신 알아요?"

"글쎄…… 흔한 이유겠지. 서진은 곧 아버지고, 그것보다 중요한 건 없으실 테니……. 내가 형들을 제치고 그룹에 문제를 일으키는 게 싫으셨겠지."

"당신을 걱정하셨어요. 아주버님들은……, 고인이 되신 분들이지만……. 특히 큰아주버님은 자기 권력을 위해서라면 당신을 해칠 수도 있다고 하셨어요. 어릴 때 당신을 물에 빠뜨린 것처럼. 당신을 위험하게 하고 싶지 않았던 거예요."

"그건 어릴 때 치기 어린 장난이었을 뿐이야."

"당신 미국 있을 때도 사람 보내서 협박한 거 알아요."

"그걸 아버지가 아셨다고?"

"네."

하버드 2년 차에 접어들었을 즈음 큰형이 찾아왔다.

'네 엄마 좀 말려라. 지금 네 엄마가 무슨 짓을 하고 다니는 줄 알고 여기서 팔자 좋게 후계자 수업 받는 거냐?'

'형도 후계자 될 분의 인품을 뽐내는 말투는 아니네요.'

'네 엄마가 주식을 긁어모으고 있다지? 2인 1조냐? 엄마는 주식 모으고 아들은 여기서 모략을 짜는 중인가? 내가 분명히 경고했거든. 그러심 아들 다칠 거라고. 근데 콧방귀도 안 끼더라고. 그러니 말귀 알아듣는 너한테 경고하려고. 너 자꾸 내 앞에서 얼쩡거리면 네 엄마가 다칠 거다.'

도하는 형들과 평범한 형제 사이에 오가는 정감 어린 대화를 나눠 본 적이 없었다. 하지만 그토록 진심을 꾹꾹 눌러 담은 협박과 비난도 그때가 처음이었다.

"그러니까 아버님의 말이나 행동은…… 모두 당신을 걱정했고 당신을 지키기 위해 했던 거였어요."

"……."

"마음이 상했다면 미안해요. 하지만 이런 말 이제 아무한테도 들을 수 없으니까."

"은이연."

"네."

그가 그녀의 머리를 흐트러뜨렸다.

"알았어."

"……."

"다 알았다고. 마음이 복잡하지만 당신 앞에서 꼴사납게 〈불효자는 웁니다〉 연극 한 편 찍고 싶지는 않아."

이연은 울컥하는 느낌에 고개를 숙였다. 커피 잔이 다 비었다.

"커피 다 마셔 버렸네."

그녀는 서운한 어조로 말했다.

"혹시 오늘 저녁 도시락이 최후의 만찬은 아닌 거지?"

"응? 무슨 말이에요?"

"그냥 때때로 불안해. 네가 다시 날 떠나겠다고 할까 봐. 네가 나한테 온 게 꿈인 것 같기도 하고."

"안 그래요."

"응. 믿어 볼게. 하긴 우리 인연은 꽤 깊다고 그랬어, 용한 점쟁이가."

"점도 봤다고요?"

"응. 나는 못 할 게 없어, 널 다시 얻기 위해서라면."

"맙소사."

"실은 독고 비서가 용하다고 꼬여서……. 하여튼 우리는 전생에도 연인이었대. 그래서 현생에서도 만난 거라 그러더군. 전생에 못다 한 사랑 오래오래 같이 할 거라고."

"점집은 듣기 좋은 소리 해 주는 데잖아요? 그걸 믿는단 말예요?"

"자꾸 너, 우리 인연을 부정하는데?"

"과거를 기억해 봐요. 얼마 전만 해도 우리 관계를 부정한 건 당신이었어요."

"하여튼……."

갑자기 도하가 셔츠 단추를 풀었다.

"나 이거, 맹장 수술 자국 보여?"

"네."

"난 어쨌든…… 내 나이 서른 즈음에 맹장 수술을 하러 네가 일하는 병원에 들렀을 거고, 넌 레지던트였을 거고. 아이들과 장난을 치다가 아이놈 하나가 너와 만나게 해 주었겠지. 설령 우리가 7년 전에 그렇게 시작하지 않았더라도 결국은 몇 년이 지나 이렇게 만났을 거라고. 그러니까 아무것도 두려워 말고, 그냥 나만 믿고 좀 끌려와 주면 어때?"

그의 사랑스러운 말에 마음이 한없이 저 하늘 위로 날아오르려 한다.

"끌려갈게. 됐어요?"

"그럼 그래야지."

도하가 씩 웃었다.

"당신이 선물해 준 그 나무, 옮겨 심어야 할 거 같아."

"왜?"

"내 이름이 새겨진 나무는 많이 부담스러워요. 그것도 병원에. 내가 무슨 슈바이처도 아니고."

"알았어. 모두 네 말대로 할게."

이연이 한숨을 푸욱 쉬었다.

"이제 가야 해. 오후에 병원 나가야 하거든요."

"응."

그가 일어섰다.

"그럼 언제 집에 와?"

"왜요?"

"왜긴? 너랑 자려고 그러지."

도하가 음험한 눈빛을 하고 말한다.

"준비 안 끝났어?"

그녀의 기습 방문은 즐거웠지만 끝날 시간이 다가오니 또 아쉬움이 뭉텅이로 밀려든다. 오늘 이연과 만나서 키스 한 번도 못 했다는 생각이 문득 들었다.

어이구, 멍텅구리 같으니. 명색이 부부이고, 엄밀히 말해서는 신혼인데 밥만 먹고 헤어질 뻔했군.

도하가 그녀의 허리를 잡고 입을 맞추려 했다. 당황한 이연이 손으로 입술을 막았다.

"어허!"

도하가 웃음을 담아 놀리듯 말했다.

"여기 밖이에요. 회사라고요."

그럼에도 그는 여전히 그녀와 밀착해 허리를 껴안고 틈을 노린다.

"에헤! 거참."

도하가 천천히 그녀의 손을 치운다. 이연의 허리를 더 꽉 껴안는다. 그의 입술이 부딪혀 온다. 이연도 에라, 모르겠다, 하며 눈을 감는다.

마침내 후덥지근한 대기의 온도를 높이는 데 톡톡히 일조하는 연인이 된다.

정옥은 처음 와 보는 호텔에 도착해 두리번거렸다. 멀리 한 남자가 그녀를 향해 다가와 섰다.

"송정옥 씨 되시죠?"

"아, 그 비서님?"

"네, 오랜만입니다. 장 실장입니다. 위층 식당에서 관장님이 기다리고 계십니다. 모시겠습니다."

사부인의 전화가 온 것은 오전이었다. 좀 만났으면 한다는 수란의 요청에 정옥은 앞뒤 가리지 않고 나가겠다 했다.

딸 가진 어미는 고개를 숙여야 한다. 집안이 너무 처져서 불러 주기 전까지 감히 만나자는 말도 못 하고 살아왔다. 사부인이 이제는 노여움을 푸셨나, 했지만 왕배는 그래도 말조심하라며 신신당부를 했다.

"사부인 오랜만에 뵙습니다."

수란이 자리에서 일어나 먼저 인사했다.

"아, 네. 처음 뵙겠습니다."

정옥도 고개를 숙여 인사했다.

"아, 맞아요. 우리가 본 적이 없었지요?"

"네, 인사가 늦었습니다."

"아이구, 내 정신 좀 봐. 전 또 예전에 한 번은 뵌 줄 착각했네요. 앉으시죠."

정옥이 수란의 맞은편에 앉았다.

"장 비서 나가 봐요. 차 준비하라고 하고."

장 비서가 나가자 화사하게 밝던 수란의 얼굴이 싸늘해졌다. 마치 가면을 벗은 것 같았다.

"하긴, 우리가 뭐 서로 얼굴 보면서 담소 나눌 입장은 아니니까요."

"네?"

"아시다시피, 걔들 결혼이 완전 엉터리잖아요? 그걸 결혼이라고 부르기도 민망하지요. 어차피 시간 지나면 남남이 될 계약 결혼에 사돈끼리 얼굴 익히면 뭐합니까? 다 부질없는 짓이지요."

정옥의 얼굴이 일순 어두워졌다. 수란이 무슨 말을 하고 있는지 감이 잡히질 않았다.

"무슨 말씀이신지?"

"아아, 사부인은 모르고 계셨나요?"

"무슨……."

"세상에, 이연이가 돈을 받고 우리 아이와 가짜 결혼식을 올린 거 여태 모르고 계셨던 말이에요?"

정옥의 가슴이 철렁 내려앉았다.

"우리 이, 이연이가요?"

"동생이 많이 아팠다지요? 사채도 많았고요? 그거 탕감해 주는 대가로 우리 아이와 거래를 했어요. 그래서 이연이가 도하가 외국에 나가 있는 7년 동안 집안에 들어와 스스로 볼모가 됐지요. 아시다시피 저희 집안 누구도 그 앨 환영하지 않았답니다."

"볼모? 볼모라고 하셨습니까?"

"아, 제가 말이 좀 심했네요. 죄송합니다. 사실 그대로를 말하려다 보니. 그래도 이연이 덕분에 사돈들은 아주 편안하셨지요? 그러고 보면 효녀는 효녀인가 봅니다. 바깥사돈께서 몇 번이나 사업 실패를 해도 저희 양반이 이연이 얼굴을 봐서 다 처리해 주시지 않았습니까?"

정옥이 떨리는 손으로 차가운 물을 마셨다. 수란의 말 하나하나가 가슴에 비수처럼 박혔다. 그 긴 세월을 남편도 없이 이런 여자의 며느리로 살았을 딸을 생각하니 억장이 무너졌다.

"오늘 보자고 하신 용건이 뭡니까?"

정옥은 마음을 가라앉히고 수란에게 단도직입적으로 물었다.

"우리 회장님이 돌아가신 건 알고 계시지요? 그 양반이 가셨으니 저는 이연이를 내치지 못할 이유가 없습니다. 도하도 이제 제대로 된 결혼을 해야 하고요."

"그래서요?"

"이연이가 저와 약속을 했습니다. 동생이 한 번 더 수술이 필요해졌을 때 제가 도와주는 조건으로 도하가 돌아오면 미련 없이 떠나기로요. 그러니 이연이는 정리할 거라 생각됩니다. 사부인도 정리를 좀 해 주시길 바랍니다. 저희 양반이 선물이라며 넘긴 한정식 가게는 다시 돌려주시는 게 좋겠지요. 집은 그대로 가지고 계셔도 됩니다."

"그 용건이셨습니까?"

"뭐 겸사겸사."

"이연이한테 다 맡겨 두셨던 거 같은데 이제 와 저한테 말씀하시는 이유가 궁금합니다."

이쯤 되니 정옥은 수란의 속내가 보이기 시작했다. 이연이 알아서 물러나는 거라면 이렇게 자신을 불러내는 수고는 하지 않아도 됐을 것이다.

"이연이가 맘대로 안 되시는 건가요?"

"무슨……?"

"아니면 아드님이 맘대로 안 되셔서 이러시나요?"

"이보세요."

수란이 언성을 높였다.

"저는 제 딸아이를 믿습니다. 사부인과 달리 말입니다. 그래서 이연이가 말하지 않은 건 묻지도 않고, 알려고 하지도 않지요."

"그래서 그 애가 집안 멍에를 다 짊어지고 사는 거 아닙니까? 가엾지도 않으세요?"

"가엾네요. 사부인과 같이 살았을 7년이 많이 힘들었을 테니."

"뭐라고 하시는 겁니까, 지금?"

격노하는 수란과 다르게 정옥은 차츰 평온을 찾아갔다.

"이연이가 하는 행동에는 분명한 이유가 있을 겁니다. 자식에게 날개는 못 달아 줄망정 폐만 끼치는 부모가 된 지 오래입니다. 그래서 저는 자식한테 이래라저래라 못 합니다. 그저 믿어 줄밖에요. 사부인도 그러시죠. 못난 어미가 충고를 드립니다. 일어나겠습니다."

정옥이 일어나 룸을 나갔다.

수란은 시간을 체크했다. 계산대로라면 아마도 지금쯤 이연이 호텔 로비에 도착했을 거였다.

이렇게까지 하고 싶지는 않았다. 하지만 경고만으로는 꿈쩍하지 않은 두 아이 사이에 어떻게 해서든지 균열이 일게 만들어야 했다.

이연은 그의 어미를 닮았다. 가진 게 없는데도 당당하고 곧았다. 강한 두 모녀를 상대하는 일이 생각처럼 손쉽지 않아 수란은 조금쯤 초조해졌다.

이연이 수란의 문자메시지를 받은 건 점심시간이 가까워 온 오전이었다.

도하 집으로 들어갔다며? 너, 말로 해서는 안 되는 아이구나. 오늘 네 어머니와 처음으로 식사를 하려고 해. 아마도 너에 대해 모르시는 게 많은 거 같아 좀 알려 드리려고.

수란의 문자가 의미하는 것이 뭔지 감이 잡히지는 않았지만, 충분히 위협적이었다. 이연은 점심시간이 되자 방희에게 일을 부탁하고 수란이 알려 준 호텔 레스토랑으로 향했다.

7층 식당에 막 도착했을 때 룸을 나오는 정옥과 마주쳤다.

"엄마."

어두운 낯빛의 정옥은 금방이라도 쓰러질 사람처럼 초췌해 보였다.

"이것아, 왜 말 안 했어? 그 마음고생을 혼자 하고 있었던 거야? 어쩌자고 그런 무시무시한 결혼을 해?"

"엄마……."

이연이 휘청이다 벽에 기대는 정옥을 부축했다.

"미안해요. 말 못 해서."

이연은 웨이터를 불러 남는 룸을 하나 잡아 달라 부탁했다. 정옥을 일단 어디든 앉혀서 안정시켜야 했다.

룸에 들어서자 정옥은 그대로 카펫 바닥에 주저앉았다. 이연이 불안한 마음에 호텔로 향하면서 왕배와 통화했을 때, 정옥이 신이 나서 나갔다 했다. 드디어 사부인을 만난다고 미용실에서 머리도 하고, 옷도 제일 좋은 것으로 골라 입고서.

이연은 가슴이 찢어지는 거 같았다.

"그래도 지금은 좋아, 엄마. 그 사람도, 나도 서로 사랑한다고요. 그러니까 절대 가슴 아파하지 마."

"네 시어머니가 저렇게 나오는데 둘이 좋을 리가 있어? 아이구, 아이구, 다 내 죄다. 자식 하나 살리자고 다른 자식을 저런 집에 팔았구나. 아이구, 아이구."

"엄마……."

"이혼 어쩌고 하던데 너 계속 협박받던 거였어? 그런 거야?"

이연은 화가 나 견딜 수 없었다. 수란의 농간에 넘어가고 싶지 않았지만 그녀의 가장 약한 부분을 건드렸다. 이연은 뭐든 다 부숴 버리고 싶은 심정으로 수란이 있는 방으로 건너갔다.

"왔구나."

"네."

"어머님은 좀 괜찮으시냐?"

"네, 안정되셨어요."

이연은 수란과 마주하자 흥분이 사라지고 차차 냉정을 찾아갔다. 마음은 잔잔해지고 정신은 맑아졌다.

도하에 의지해 수란과의 관계를 잠시 낭만적으로 생각했던 자신이 바보 같았다.

"네가 그랬지? 널 며느리로 받아 주면 뭐든 하겠다고?"

"그랬죠."

"의사 그만둬."

"……."

"그다음은 구질구질한 너희 집이랑 인연 끊어. 할 수 있겠니?"

"……."

"네 금쪽같은 남동생 안 보고 살 수 있어? 칼 안 잡고 의사 안 하면서 살 수 있니? 난 헌신적인 며느리가 필요해. 넌 아무것도 포기하지 않고 도하를 가질 생각인 거잖아? 그건 공정하지가 않지. 너를 병원 다니게 한 건 나중에 도하랑 이혼했을 때 먹고살 걱정 안 하게 하려고 그런 거야. 네 인생 길게 보고 내가 너 잘 살라고 이제껏 봐줬다고. 내가 너무하다고 생각 마. 난 내 나름대로 너한테 배려해 왔어."

“원하시는 게 뭐예요?”

“이거 받아.”

수란이 던지듯 건넨 것은 이혼 서류였다.

아, 지겨워. 이 지겨운 서류 따위 이연은 당장 집어 던지고 싶다.

“내일까지 사인해서 변호사한테 보내, 도하는 모르게.”

“도하 씨가 아는 건 두려우신가 보죠?”

“도하가 알면 또 한바탕 소동이 일어나겠지. 지금 도하는 너한테 미쳐 있으니까. 그 앤 늘 그래 왔어. 내가 하지 말라는 거, 만나지 말라는 아이한테 꼭 미치더라고. 근데 그게 딱 2개월이면 끝나. 자취도 없이 언제 그랬냐는 듯 시들해지고 말더라고. 너도 곧 끝날 거야. 걘 버티는 애한테 매력을 느끼지. 항복한 여자한테 관심이 없어.”

“이제껏 이렇게 하신 거였군요?”

“뭐?”

“도하 씨의 여자들요. 진부하네요. 전 어머니랑 살면서 진부한 사람이란 생각은 한 번도 안 했는데…….”

“실망이다 이거냐?”

수란이 삐딱한 어조로 말했다.

“내일까지 기다리실 거 없어요.”

이연은 심호흡을 하고 물을 마신다.

“뭐?”

이연은 재빨리 이혼 서류에 사인을 했다. 수란은 그런 이연을 보고 적잖이 놀라는 눈치였다.

"대신 조건이 있어요. 이혼이 수면 위로 올라오기까지 시간을 좀 주세요. 저도 도하 씨와 정리할 시간이 필요해요. 어머니도 시끄러워지는 거 원치 않을 거예요. 도하 씨한테도 비밀로 해 주시고요. 취임식이 끝나고 제가 말할 테니까요."

"나도 바라는 바다. 일단 취임식까진 조용히 가는 게 좋겠지."

사인을 하고 나자, 속에 들끓던 것들이 잔잔해졌다. 이연은 스스로 놀랄 정도로 담담한 마음이 되었다. 종지부를 찍었으니 더는 고민할 일이 없는 것이다.

끝은 정해졌다. 다만, 거기로 가는 길이 조금 힘들지 모르지만.

"그동안 고심 많으셨죠, 곧 떠날 것 같은 제가 계속 도하 씨옆에 있어서? 근데 괜한 걱정 하신 거예요. 저만큼 이 집안을 떠나고 싶은 여자는 없을 거예요."

"떠나는 마당이라고 막말하니?"

"어머니한테 방금 배웠는걸요. 그리고 어머니는 도하 씨가절 데리고 논다 생각하시죠. 아니에요. 도하 씨를 잠시 사용하는 건 바로 저예요. 놓는 것도 저고요. 그러니까…… 제가 마음만 먹으면 어머니가 반대해도 도하 씨를 제 옆에 붙어 있게 할수 있어요."

"뭐? 너 감히!"

수란이 당황한다.

"근데 안 해요. 싫어요. 어머니랑 인연은 이걸로 끝내야겠어요. 다시는 우리 식구 건드리지 마세요."

　이연이 싸늘하게 말했다.

"그건 네가 앞으로 잘해야……."

"그럼 다음번엔 제가 어머님 식구 건드려요. 어머님 식구는 도하 씨 한 명뿐이니까 아주 쉽겠죠?"

　이연이 일어서서 방을 나갔다.

　도하는 자정이 다 되어 집으로 돌아왔다. 당연히 이연이 병원에 있을 줄 알았다. 그런데 반갑게도 그녀가 집에 들어와 소파에서 몸을 웅크린 채 자고 있었다.

"왔어요?"

"근무 아니야?"

"몸이 좀 아파서."

"뭐? 어디가? 어떻게 아픈데? 안 되겠다. 병원 가자."

　이연이 피식 웃었다.

"병원에서 방금 왔는데 무슨……. 괜찮아요. 그냥 좀 감기 몸살이라 그래."

　이연이 부엌에서 음료를 꺼내 도하에게 주었다.

"근데 요즘은 안 조르더라."

"뭘?"

"같이 자자고?"

도하가 휘둥그레지며 그녀를 본다.

"네가 아직 준비가 안 됐다 그랬잖아."

"그 말을 믿어? 준비할 게 뭐가 있어?"

"너! 은이연! 이거 명백한 도발이야!"

"응. 당신이랑 1센티도 떨어져 있고 싶지 않아. 시간이 너무 아깝거든."

이연은 덜덜 떨리는 가슴을 감추고 맹랑하게 대답했다. 그리고 그에게 먼저 키스했다. 진하고 깊으며 서로를 나누는 입맞춤.

긴 키스가 끝나 갈 때쯤 도하는 그녀를 안고 방으로 갔다. 조심스럽게 그녀를 침대 위에 앉혔다.

갈등은 없었다. 이 순간을 오래 기다려 왔다.

"술 마셨어?"

"와인 한 병요."

"하, 작정을 했군."

"작정했어요."

"뭔가 이상해."

"뭐가요?"

"그냥."

"그래서 안 할 거예요?"

"아니."

다시 도하가 그녀에게 밀어닥쳤다. 이연은 그에게 몸을 맡기고 솔직하게 반응했다. 마치 그들의 마지막 밤이라도 되는 것처럼 절실하게.

남편이
돌아왔다

그런데 갑자기 이연이 그의 품에서 휙 나와 멀어졌다. 순간 공허함에 도하가 당황했다.

"왜……."

"칫솔, 저번에 병원 가져갔는데, 또 하나 남는 거 있어요?"

이연의 말에 도하가 피식 웃었다. 그리고 이연을 끌어안고 다시 입맞춤하기 시작했다. 입술에서 시작된 도하의 키스는 턱으로 내려가 쇄골까지 이어졌다.

두 사람 모두 떨고 있었다.

속도를 늦출 수가 없었다. 이연의 하얀 셔츠를 벗기고 긴 스커트를 치워 버렸다. 브래지어를 풀고 그녀의 가슴을 한껏 물었다. 이연이 갑작스러운 격침에 놀란 듯 손으로 가슴을 가리려 했다. 그러나 멈출 수 없었다. 두 손을 결박하듯 잡고 성에 찰 때까지 가슴을 탐했다. 이연이 모호한 신음 소리를 내며 몸을 떨었다.

속도는 늦춰지지 않았다. 그녀의 온몸을 구석구석 만졌다. 오랜 갈증이 조금씩 해갈되는 느낌이었다. 그가 얼마나 오래 그녀에게 목말랐는지 이연은 모른다.

눈을 감은 그녀가 들숨과 날숨을 반복하며 오묘한 소리를 내고 마침내 도하는 이연의 안으로 들어갔다.

헉.

이연의 미간이 잔뜩 구겨지더니 그의 어깨를 움켜쥐었다. 그녀의 손톱이 깊게 박혔다.

아.

생생한 통증이 그녀의 잇새로 새어 나왔다. 그러나 도하는 멈출 수 없었다.

"죽을 거 같아."

이연이 겨우 말했다.

"나도."

도하 역시 심장이 떨려 죽을 것 같았다.

다행히 살아 있어, 황홀했다.

도하는 옆에 누운 이연을 물끄러미 바라보다가 한 가닥 내려온 앞머리를 뒤로 넘겨 주고는 손을 거두었다. 그러다 유혹을 참지 못하고 이번에는 그녀의 볼을 쓰다듬었다. 행여 깰까 봐 두 번 이상은 시도도 못 하고 손을 거뒀지만, 자꾸 그녀를 만지고 싶다. 마치 열여덟이 된 것처럼 들뜨고 아릿한 감정이 촉촉하게 도하의 전신을 감쌌다.

하지만 이연은 깨지 않았다. 시계를 보니 새벽 3시.

도하는 몇 시간 전을 거슬러 올라가 자책했다. 광포한 자신을 원망했다. 이연은 다 큰 어른이지만, 처음이었고 서툴렀다. 자신이 배려했어야 했는데 갑자기 롤러코스터를 탄 것처럼 흥분한 몸은 그녀를 밀어붙이고 말았다.

절정의 끝에서 도하는 미간을 찌푸리며 탄성을 토해 내는 이연의 얼굴을 마주했다. 눈을 질끈 감고 있는 그녀의 표정이 무엇을 말하는지 알았지만 멈출 수가 없었다. 꼭대기까지 올라가서야 그대로 그녀 위로 쓰러져 숨을 몰아쉬었다.

이연의 얼굴을 보고 싶어 고개를 들었다. 그녀의 위에서 무거운 몸을 일으키려고도 했지만 이연이 그를 결박하듯 껴안았다.

거친 그녀의 숨소리가 점점 잦아들었다.

"왜……? 무겁잖아."

"아니. 하나도. 조금만 이대로 있어요."

그녀가 다시 꼭 껴안았다. 부드러운 손길로 등허리를 쓸었다. 얼굴을 파묻어 그녀의 표정을 볼 수 없었다. 그래서 목덜미 냄새만 맡았다. 향긋했고 매혹적이며 도하를 가득히 채웠다.

그렇게 얼마나 있었을까? 이연이 새근새근 숨소리를 내며 잠에 빠진 거 같았다. 슬그머니 그녀에게 자신의 티셔츠를 입혀 주었다. 물을 협탁에 놓아 둔 후에 옅은 스탠드 조명 하나를 남기고 그녀의 옆에서 잠이 들었다.

도하가 잠이 들었다 생각한 순간, 이연은 눈을 떴다.

그와 첫 경험을 했다.

생살이 닿아 몽연하게 부딪치는 느낌을 처음 알았다.

그의 손길에 부들부들 전신이 떨려 와 참을 수 없이 간질거렸다. 그리고 절정에서 뜨거운 고통이 찾아와 정신을 놓게 만들었다. 절정이 지나자 처음 맛본 충만함이 몸과 마음을 감쌌다.

그녀의 몸을 덮고 있는 도하의 몸이 아주 꼭 맞는 이불 같아 이연은 그를 꽉 껴안았다.

사람들이 섹스를 하는 것은 어쩌면 그 뒤에 찾아오는 경이로운 충만감을 느끼고 싶어서인지도 모른다고 이연은 생각했다.

다분히 충동적이었다.

수란과의 만남에 대한 반작용인지도 몰랐다. 현실을 깨달은 신데렐라가 왕자와 함께하는 일분일초를 아끼려는 것이다. 그와 함께한 짧은 시간들을 아주 오래 껴안고 살게 될지도 모르겠다.

그럼 불행하겠지. 가슴에 멍이 들겠지.

그래도 어쩔 수 없다. 수란으로 인해 이연은 현실을 깨달았다. 《신데렐라》의 해피엔드를 믿지 않는 그녀가 잠시 뭔가에 홀렸던 거라고 자책했다.

도하와 함께한다는 것은 단순히 그의 옆에 아내로서만이 아니다. 이연은 수란을 오래 겪어 그녀가 얼마나 집요하고 무서운지, 사람을 피로하게 하는지 잘 알고 있었다. 자신의 목적을 달성하기 위해서는 어떤 것도 무릅쓴다.

도하와 이혼하지 않는다는 건, 이런 수란을 견뎌야 한다는 것이다. 집요하게 그녀의 목을 조를 수란을, 이연은 더 상대하고 싶지 않았다.

그리고 가족이 다치는 건 볼 수 없었다. 그래서 그녀는 그 자리에서 보란 듯이 사인했다. 당신의 며느리 자리에 매달리고 있지 않음을 보여 주고 싶었다.

도하의 마음은 수란 말처럼 식을 것이었다. 그가 최유리를 이연으로 인해 지운 것처럼 또 다른 여자가 얼마든지 도하의 마음을 사로잡을 것이다.

그런 생각을 하니 참혹한 마음이 찾아왔다.

'그의 마음을 재단하고 미리 단정하는 은이연, 비겁해. 못된 여자야, 너.'

하지만 이연은 처해진 상황에서 이기적이 되기로 한다.

취임식 전까지 그녀는 도하와 연인이 하는 모든 것을 다해 볼 것이다. 그의 사랑이 식기 전에, 결혼이 종지부 찍을 때까지 이연은 도하와 잊지 못할 추억을 만들고 싶었다.

추억을 안고 살아가는 건 누구의 허락을 받을 필요도 없고, 방해도 없을 테니.

옆으로 누워 곤히 잠을 자는 도하의 얼굴을 보니 슬픔이 파도처럼 밀려왔다.

도하가 이혼 서류에 사인한 걸 알면 어떻게 될까? 행복하게 웃는 도하의 얼굴이 아마 잔뜩 일그러질 것이다. 상상하기도 싫은 그날이 벌써부터 두려워진다.

이연은 조용히 몸을 일으켰다. 이런 마음을 숨기고 그를 대하는 것은 생각처럼 쉽지 않았다.

그녀가 막 침대에서 빠져나오려 할 때 도하의 한 손이 그녀를 잡았다. 눈을 감은 채 여전히 잠에 빠져 있었다. 도하가 그녀를 끌어당겨 품에 가두었다. 뒤에서 꼭 껴안는 도하의 손길이 부드럽지만 강했다.

도하의 규칙적인 숨소리가 가까이서 들린다.

어느새 뒤죽박죽이던 마음이 평온해지고 이연은 다시 눈을
감았다.

─어디야?

"편의점이에요."

─거긴 왜?

"당신 기다리면서 맥주 한잔 하려고."

─혼자?

"아니. 여기 사람 많은데? 편의점이 꽤 크네. 벤치에 앉아서
술 마시는 사람 많아요."

─그러니까 그 사람들 가운데 혼자 있다는 거 아냐, 지금?

"맞아요. 왜요?"

─기다려. 다 왔으니까.

"어, 늦는다 그랬잖아?"

─너 또 내일이면 병원 들어가는데 어떻게 하냐? 근데 아픈 거 다 나
았어? 밖에 나와도 되는 거야?

"괜찮아요."

─주차시키고 갈게.

도하를 기다리다가 좀 심심해져서, 아니, 마음이 심란해져서
맥주라도 마셔야겠다 생각하고 집을 나선 참이었다. 이연은 여

섯 개의 홍시가 들어 있는 팩과 키가 큰 캔 맥주 두 개를 사고 편의점 앞 벤치에 앉았다.

낮 동안 더위에 지친 사람들이 다들 밖으로 나와 시원한 공기를 마셔 댔다. 이제 장마가 시작될 참이라 대기가 축축했다. 일기예보에서는 태풍이 북상하고 있어 며칠 후에는 한반도를 강타할 수도 있다고 했다.

딸깍.

이연은 차가운 맥주를 경쾌하게 따고는 뺨에 갖다 대었다. 냉기가 뺨에 닿자 아주 잠깐 겨울을 느낀다. 오소소 소름이 돋는다.

맥주를 한 모금 마시는데, 저기 멀리 도하가 보인다. 하늘을 닮은 파란 셔츠에 핏이 예술인 스트라이프 회색 양복을 입고 있다. 그녀를 향해 걸어오는 그는 말도 못하게 멋지다.

그런데 가슴이 시리다.

이제 시린 날은 끝났다고 생각했는데, 지금까지 그 어떤 날보다 더 시린 날들이 시작되고 있다.

그녀는 알 수 있다. 가까운 미래, 내 앞의 멋진 그는 그녀를 미워하게 될 것이다. 그러나 그녀는 흐트러짐 없는 목소리로, 구름 한 점 없는 얼굴로 가슴속의 극통을 숨겨야만 하겠지.

'아, 온몸이 시려 온다. 나는 어떻게 될까?'

"미리 전화하죠?"

"놀래 주려고."

도하가 넥타이를 느슨하게 풀었다. 이연의 내민 캔 맥주를 들고 오래 마셨다.

"뛰어오느라 지쳐서."

"왜 뛰어와요? 도망 안 가는데?"

"1분이라도 더 많이 보려고."

"옷 예쁘다, 당신."

"그래, 골라 준 사람이 그렇게 얘기하니까 안 부끄러워?"

"하나도. 그 셔츠랑 슈트, 마음에 들어."

"나 이런 색 처음 입어 봤는데 부인이 골라 주시니 넙죽 엎드리고 입어야지, 뭐."

도하가 웃으며 빳빳한 슈트의 깃을 세웠다.

그 이후로 가끔 그녀는 생각하게 되었다. 자신의 외로움은 그의 셔츠 깃같이 빳빳한 회색이라고. 그래서 더없이 슬퍼졌다. 어떤 색을 떠올리면 두 배가 되는 외로움을 견디는 일은 절대로 쉽지 않으니까. 순식간에 가슴이 시려 오겠지.

"이런 곳에서 데이트 나쁘지 않은데?"

"난 편의점 좋아요. 간편하고 부담 없고."

도하가 슈트를 벗어 옆에 놓는다. 여전히 깃은 빳빳이 세워져 있다. 이연은 물끄러미 바라본다.

지금, 그녀는, 매우, 시리다.

그의 회색빛 때문에.

그가 너무 멋져서.

도하는 새벽녘에 옆자리를 더듬다 잠이 깼다. 그녀가 옆에 없었다. 이연을 찾아 거실로 나서니 테라스에서 밖을 쳐다보는 그녀가 보였다. 밤의 도시를 바라보는 그녀는 잔뜩 가라앉은 얼굴이었다.

　"뭐 해?"

　"아, 깼어요?"

　그가 이연에게 다가갔다.

　"옆이 허전하잖아?"

　"그냥 잠이 안 와서."

　"왜? 또 하고 싶어서?"

　그가 짓궂게 웃는다. 그러자 이연이 부드럽게 웃어 준다.

　"병원 일 문제 있어? 수술 결과가 안 좋아?"

　"아니."

　"그럼 왜? 왜 잠이 안 와?"

　도하가 그녀의 뒤에서 끌어안았다. 그의 체취가 곧 이연의 뺨에 전달된다.

　"당신과 자면서 알게 된 거 하나 있어."

　이연이 그의 품에 등을 기대며 말했다.

　"뭔데?"

　"남자 수염이 무기가 될 수 있다는 거."

　"아파?"

"까끌까끌 위험해. 근데 이상하게 좋아."

도하가 장난스럽게 그녀의 뺨에 그의 뺨을 갖다 댄다. 그러곤 의자에 앉아 그녀를 끌어당겼다. 그의 무릎에 앉혀진다. 도하가 그녀의 손을 잡아당겼다.

"난 은이연 손이 좋은데."

"주름 많고 미운 손이 왜요?"

이연이 손을 거둔다.

"난 이 손이 좋아, 글쎄. 그러니까 이 조막만 한 손으로 심장을 가르고, 피를 막고, 조직을 연결한다 이거지?"

"난 소아외과 전공하기 좋은 손을 가졌대요."

"어떻게?"

"작고, 가늘고, 세심하고, 손의 촉이 좋죠."

"이 손을 경배해야겠네."

그녀의 손에 도하는 키스했다.

"다음 오프 때부터 어쩌면 집에 못 올지도 몰라."

"왜?"

그가 미간을 찌푸린다.

"바쁜 일들이 밀려 있어요. 홍 선생님 학회 발표도 도와 드려야 하고."

"홍무석?"

"네에."

"왜 또?"

그녀가 도하의 입을 손으로 막는다.

"이 마음속에 사는 남자는 단 하나, 서도하예요. 그러니 에너지 낭비하지 마요."

도하가 미간이 펴지며 껄껄 웃었다.

"가자."

"아기처럼 안아 주면 안 돼요?"

도하가 웃으며 그녀를 번쩍 안았다. 이연은 그의 목에 팔을 감고 머리를 기댔다.

누군가에서 소중히 대해지는 느낌에 마음은 행복이 차오른다. 하지만 동시에 얼마 후 흐려질 도하의 얼굴이 떠올라 이연은 말할 수 없이 슬퍼졌다.

"오늘 수고했어."

"수고는요……."

오피스텔에서 아래층까지 마중 나온 무석이 무언가를 건넸다.

"뭐예요?"

"그냥 몸에 좋은 거."

보자기에 싸여 있는 상자가 꽤 묵직했다.

"이걸 왜 절 주세요?"

"오늘 답례야. 수고했으니까."

"안 주셔도 되는데요. 제가 자원한 일인데……."

"은 선생이 아니고 누구여도 줬을 거야. 됐어? 이제 그만 부담스러워 해."

　무석의 말에 이연은 그제야 거절을 멈췄다. 요즘 병원 일은 물론 자신의 학회 발표까지 돕느라 이연은 지친 기색이었다. 그걸 누구보다 빨리 눈치챈 무석은 피로 회복에 좋은 약재들을 넣은 한약을 지어 두었다.

　"그럼 갈게요."

　"데려다 줄까?"

　그럴 생각으로 차 키를 가지고 나온 참이었다.

　"아니에요. 좀 걸으려고요."

　"혼자?"

　"네."

　이연이 꾸벅 인사하고 멀어진다. '같이 걸어 줄까?'라고 말하고 싶었다. 하지만 하지 못했다. 그러면 단번에 이연은 의심스러운 눈으로 그를 바라볼 테니까. 방희나 세미한테 드문드문 들은 것들이 있어, 이연이 도하와 이혼하지 않기로 했다는 것은 알았다.

　시작하지도 못하고, 고백하지도 못하고 끝나 버린 마음이 참 허망하다 생각했다. 그러나 어차피 거절의 말을 들을 거였다. 고백을 한들 안 한들 지금 그가 바라보는 그녀는 다른 이에게 온 마음을 주고 있으니.

　무석이 코너를 돌아 사라진 이연에게서 돌아섰다. 느릿느릿 걸어 엘리베이터를 타고 오피스텔에 도착했다. 그리고 이연이 앉았던 의자에 앉는다.

우와, 꼭 선생님 같이 생겼네요. 의자를 보고 이연이 말했다. 뭐가 나같이 생겼다는 건데? 그가 물었다. 점잖고 편안하고 새 것 같지는 않지만 단정해요. 공장에서 나온 물건이 아니라 유럽의 어느 장인의 손에서 태어난 것 같아요. 그녀가 말했다.

이연이 의자의 기원을 정확하게 유추해 낸 것이 신기했다. 그것은 북유럽에서 공수해 온, 빈티지 의자였다. 그의 물건 중 가장 좋아하는 것. 이제 더 좋아할 수밖에 없게 되었다. 이연이 의미를 부여했으니까. 이름을 불러 주었으니까.

무석은 눈을 감는다. 이연의 방문으로 그의 사무적인 공간은 이전과 다른 집이 되었다.

그는 오늘 무척 들떠 있었다. 그녀와 일을 하고 있는 것뿐이라고 스스로에게 중얼거리며 뛰는 가슴을 진정시켜야 했다. 이러니 어떻게 그녀를 단념할 수 있으랴. 말도 안 되는 일이라고 무석은 생각했다.

"사모님."

생각에 빠져 걷고 있는데 갓길에 차 한 대가 섰다. 곧 독고 비서가 운전석에서 내렸다.

"타시죠. 모셔다 드리겠습니다."

맞아. 이 남자가 주위에 있었지. 이연은 거절하지 않고 차에 올라탔다. 다리가 좀 아팠다.

"저, 방해하지 않았습니다."

"무슨?"

"주의를 주셨거든요. 절대 사모님 개인 스케줄과 병원 일은 방해하지 마라. 남자를 만난다고 해도."

"정말요?"

"흑심이 있는 남자는 제외다라고도 덧붙이였습니다만."

"흑심이 없어 보이셨어요?"

"제가 좀 이 방면으로는 예리한 촉이 발달해 있거든요. 자택으로 갈까요?"

"드라이브 좀 하고 싶은데 괜찮을까요?"

"그럼요. 아, 그런데 그건 뭡니까……?"

예리하다고 자처하는 독고 비서가 그제야 이연의 옆에 있는 보자기 상자를 본 것 같았다.

"촉에 의해 판단하시면 될 거 같은데."

"네? 그럼?"

독고 비서가 당황한 듯 순식간에 얼굴이 빨개졌다.

"아무것도 아니에요."

"휴……."

독고 비서가 안도의 한숨을 내쉬고는 운전을 시작했다. 한적한 도로를 따라 드라이브가 이어졌고 이연은 생각에 잠겼다.

결론은 정해져 있었고 그 결론으로 가지 않기 위해 애쓰지도 않았다. 그냥 도하와의 시간들을 하나둘 떠올려 볼 뿐.

"지금도 사무실에 있나요?"

"아, 상무님요? 그럼요. 팀원들이 같이 근무 중이라 빠져나오기가 힘들다고."

"회사로 가 주세요."

"네, 알겠습니다."

독고 비서가 신이 난 듯 도하가 있는 곳을 향했다.

"여기 세워 주세요."

"왜 안 들어가시고요?"

"방해하기 싫어요. 그냥 멀리서 보려고 왔어요."

"20층인데 보이시겠습니까?"

이연이 창밖으로 고개를 빼 올려다보았다.

"맞은편에 세웠잖아요. 불 켜진 거 잘 보이네요. 독고 비서님, 죄송한데 저기 편의점 가서 음료 한 잔만 드시고 오실래요?"

"네? 아……. 네, 알겠습니다."

독고 비서가 내렸고 이연은 환하게 불이 켜진 고층의 사무실을 올려다본다. 도하가 보이지는 않지만 왠지 그의 모습이 선명하게 눈앞에 그려졌다. 또 마음 한편이 아릿하게 아파 왔다.

'그래, 어쩔 수 없지 뭐. 사랑은 아픈 거라잖아? 끝날 사랑은 오죽하겠니?'

이연은 혼자서 선문답을 하며 오래 그의 사무실을 본다.

이연은 생각을 그만두고 충동적으로 전화를 걸었다.

"여보세요."

—어쩐 일로 이 야심한 시각에 먼저 전화를 다 주셨나? 우리 바쁜 부인께서?

도하의 목소리가 들떠 있다.

—당신은 전화받기 괜찮아요?

20층 창가 쪽으로 사람의 형체가 등장했다. 실루엣 이외에는 보이지 않았지만 알 수 있다.

분명 도하다.

―바쁜데 전화한 건 맞는데, 아주 잘했어.

그의 목소리에 웃음이 지어졌다. 이리도 달콤한 대화가 곧 끝나 버린다니.

―보고 싶다.

"나도."

―올래?

"아니. 방해하고 싶지 않아요."

―널 내 사무실에 앉혀 놨으면 좋겠어.

도하가 껄껄 웃었다.

"당신은 해피엔드를 믿어요?"

그녀의 뜬금없는 질문에 도하가 잠시 말이 없었다.

―믿어.

"왜 믿어요?"

―넌 왜 안 믿니?

"안 믿는다 안 했는데?"

―믿고 싶어서 물은 거 아니야? 그러니까 난 해피엔드를 믿어. 은이연과 서도하의 해피엔드를.

아무것도 모르는 그의 목소리가 아늑하고 평화롭다.

"끊어요. 일 방해하는 건 그만할래."

―그래 아쉽지만 끊자. 더 지속하다간 일 팽개치고 너 있는 곳으로 당

장 날아가겠다.

하지만 이연도, 도하도 전화를 끊을 수 없었다. 두 사람은 한참 동안 뜨거워진 휴대폰을 들고 서로의 공간과 시간을, 서로의 마음을 느끼고 있었다.

"나 정말 끊어야겠어요. 배터리가 다 돼서."

결국 울컥하는 느낌에 이연이 먼저 굿 바이 인사를 했다.

"안녕."

—안녕.

이연이 휴대폰의 종료 버튼을 누르자 뚜뚜 하는 신호 음이 들렸다. 도하의 사무실을 올려다보니 긴 형체는 여전히 그대로 서 있을 뿐 움직이지 않았다.

휴대폰은 원래 화면으로 돌아왔다. 하지만 심정지 때 들리는 죽음의 기계음처럼 삐 하는 신호 음은 계속해서 이연의 귓가를 맴돌고 있었다.

가려나

끝없는 구름길 어디를 향하고

그대는 가려나 가려나

가없는 바다의 외로운 배처럼

어디로 뜨려나 뜨려나

"아셔야 할 사항이 있습니다."

호텔에서 조찬 모임이 끝나고 나서는 길이었다. 심 비서가 도하를 따르며 조용히 말했다.

"조금 있다가 차에서 듣죠."

도하가 호텔 지하 아케이드에 위치한 보석상으로 성큼 걸음을 옮겼다. 이연에게 제대로 된 반지를 끼워 주고 싶었다. 정식으로 청혼도 하고 싶었다. 그리하여 과거의 못된 그를 이연의 머릿속에서 지우고 싶었다.

이연에게 어울리는 다이아몬드 세트를 골랐다. 주얼리 매장의 직원이 국내에 하나뿐인 다이아 반지라며, 화려하면서도 기품이 있다는 칭송을 쏟아 냈다.

글쎄, 하지만 이연이 이걸 받고 좋아할지는 의문이었다. 도하는 아직도 노란 고무줄을 손가락에 끼우고 열에 들떠 신음했던 이연을 기억했다.

주얼리 매장에서 나와 도하는 호텔 앞에 대기하고 있는 차에 올랐다.

"두 분 이혼 서류가 내일 접수될 거라 합니다."

차에 오르자마자 심 비서가 입을 열었다.

"무슨 소리예요? 당사자도 모르게 어떻게, 누가 접수를 한단 거예요? 저번에 취소 지시 안 하셨습니까?"

도하의 목소리가 거칠게 나왔다.

"작은 사모님이 이혼 서류에 사인하셨답니다."

"심 비서님, 뭘 잘못 아시고……."

"변호사 사무실에 후배가 있습니다."

"그래서요?"

"분명히 지시를 철회한 걸로 아는데 거기 변호사 하나가 맡아서 진행하고 있다고 어제 그러더군요. 더 캐 보라 물으니, 큰 사모님이 지시하셨고, 작은 사모님이 직접 사인하셔서 넘겨받은 거라고 하더랍니다."

도하는 끓어오르는 분노를 삼키며 차분히 생각했다.

심 비서의 말은 늘 사실에 근거했다. 하지만 이연이 서류에 사인했다니 믿을 수 없는 일이다.

또 어머니가 무슨 일을 벌인 걸까?

취임식 준비와 이연의 병원 근무로 서로를 보지 못한 지 여러 날이다. 그사이에 어머니가 이연을 억지로 납치해 사인이라도 하게 한 걸까?

"일단 당장 중단시키세요."

"큰 사모님은?"

"알아서 할게요. 오늘 일정 중에 잠시 뺄 수 있는 시간이 있습니까?"

"점심 식사는 약속이 없습니다."

"그럼 점심에 병원으로 가겠습니다. 준비시켜 주세요."

"네."

도하는 이연을 생각했다. 가끔씩 보이던, 개운치 않았던 징조들이 몇 떠올랐다. 새벽녘에 베란다에 나가 어둠을 바라보던 얼굴, 무방비 상태에서 보이던 슬픈 웃음, 그녀가 그에게 질문했던 것들…….

그녀는 해피엔드를 믿지 않는다고 했다. 그러면서 어제까지만 해도 달콤한 사랑의 전화를 하던 그녀다. 영원히 함께할 것처럼 굴다가 하루아침에 마음이 돌변할 리 없다. 도하는 그렇게 믿고 싶었다.

중환자실에서 막 인공판막 수술을 받은 14개월 아이를 처치하다가 아기가 토를 하는 바람에 오른쪽 어깨가 분유 토사물로 범벅이 되었다. 아기의 토한 분유 냄새는 무척 강해서 가운을 갈아입어야 했다.

당직실로 가는 길, 이연은 도하의 전화를 받았다.

—병원 앞이야. 지금 나올 수 있어?

"아, 점심시간이라 잠깐은 괜찮아요."

―그럼 나와. 10분 정도밖에 시간 못 내니까 빨리. 급한 일이야.

어쩔 수 없이 옷도 갈아입지 못하고 1층으로 달렸다.

"무슨 일이에요?"

로비에 서 있는 도하를 보고 놀라 물었는데, 도하는 태평하게도 씩 웃으며 이연을 안아 버린다. 어떤 시선도 의식하지 않은 채 그녀를 자신의 팔에 가둔다.

"그냥 보고 싶어서."

도하가 눈썹을 스윽스윽 긁어 대며 쑥스러운 듯 그가 말했다.

"근데 이거 무슨 냄새지?"

그제야 이연이 그를 밀어냈다.

"분유 토한 냄새."

"아가들?"

"응. 냄새나니까 저리 비켜요."

"좋아."

"거짓말. 남자들이 제일 질색하는 냄샌데."

"네 건 다 좋아."

이연의 얼굴이 발그레해졌다.

"뭐 어차피 금방 이런 냄새로 우리 둘 다 범벅이 될 텐데."

낯 뜨겁고, 간지럽고, 좀 느끼한 소리라고 생각했다. 그런데 이연도 웃고 말았다.

"10분 보려고 여길 와요?"

"기분이다. 한 30분 더 쓰지, 뭐. 타"

이연은 도하가 열어 준 문 안으로 쏙 몸을 들이밀었다. 색색이 볼펜이 꽂힌 하얀 가운에 분유 토사물 냄새가 진동하는 채였다.

"밥은 먹었어?"

"금방. 거의 흡입이었어요. 당신은요?"

도하는 식욕이 사라진 지 오래였다.

"먹었어."

그들은 가까운 한강 둔치로 갔다. 더운 날이었지만 쾌청한 하늘과 푸른 물빛이 볼 만했다. 멀리 분수 공원에서 아이들이 물장난을 치며 놀고 있었다.

"여기 그냥 있자."

"응."

밖은 찜통인데 차 안은 에어컨 냉기로 적당히 서늘했다.

"취임식 준비는 잘되고 있어요?"

"취임사 읽고, 손님들 체크하는 정도야. 준비는 필요 없어."

"아니. 그런 거 말고. 당신 마음 말이에요. 보통 일 아니잖아."

"응. 아니지. 아직 실감이 안 나. 여전히 나한테 맞는 옷인지도 의문이고."

"당신은 잘할 거야. 그런 의심은 마요."

도하가 갑자기 이연에게 키스를 했다.

"만약에 말이야, 내가 모든 거 집어치우고 여기 정리하고, 티베트 같은 데로 떠나 살자 그러면 어떻게 할 거야? 나와 같이 갈 수 있어?"

"갑자기 무슨 말이에요?"

"그냥 가정이야."

"거기서 뭐 하면서 사는데?"

"게스트 하우스 같은 걸 해도 되고. 내가 티베트를 잘 아니까 현지 가이드를 해도 되고. 넌 거기서도 의사 하면 되잖아? 국경 없는 의사회…… 뭐 그런 구호 단체에서 파견하는 곳 아닌가?"

"진담이에요? 뭐가 힘들어요?"

이연이 진지하게 물었다.

"아니. 그냥 상상이야. 너와 함께하는 다른 삶을 상상하다 보니까…… 티베트까지 가 있더라고."

그제야 그녀가 걱정스러운 표정을 거둔다.

"같이 가 줄게."

"어?"

"당신이 티베트를 가든, 아프리카 오지를 가든, 내가 필요하다면 같이 가 준다고요. 거기서 나는 의사 안 하고 빵 만들어 팔아야지."

그녀가 부드럽게 웃으며 말했다. 헤어질 사람의 멘트가 아니었다. 도하는 서류며, 사인이며 하는 얘기를 접기로 했다.

이연만 보면 되는 것이다. 행복의 한가운데에서 행복을 의심하고 싶지 않았다. 뭔가 착오가 있거나, 수란이 마음대로 꾸민 일이라고 결론을 지어 버리기로 했다.

"은이연, 돌아서지 마."

"……."

"나 버리지 마."

"……."

"떠나지 마."

"당신보다 내가 먼저 죽으면 어쩔 수 없이 떠나야 하는데요?"

"아니, 먼저 죽지도 마. 내 옆에서 나보다 더 오래 살아, 은이연."

진지한 그의 말에 이연의 눈빛이 얼핏 흔들렸다. 그리고 곧 눈물이 가득해 그를 보았다.

"갑자기 나타나서 왜 사람을 울려요?"

이연이 우물거리며 눈물을 닦는다. 도하가 다시 그녀에게 다가가 뜨거운 입맞춤을 했다.

조금씩 더워 오기 시작하는 차 안이었다. 키스만 하고 헤어지기가 아쉬웠지만 어쩔 수가 없었다. 30분의 시간을 이미 다 썼다.

도하는 시동을 켜고 차를 출발시켰다.

취임식 당일 오전, 독고 비서가 이연을 데리고 간 곳은 디자이너의 드레스 숍. 거기서 드레스를 고르고 피팅하고, 준비된 개인 별실에서 헤어 디자이너와 메이크업 아티스트를 만났다. 얼마간 공을 들인 프로의 솜씨에 의해 이연은 화려하게 변신했다.

하지만 이연은 거울 속의 여자를 보며 딱딱하게 얼굴이 굳었다. 오늘이 지나면 어떤 식으로든 도하에게 말해야 했다. 거짓말이든 진실이든.

그는 용납하지 않으려 하겠지. 수란이 곧 끝날 거라 단언하던 도하의 마음은 여전히 이연을 향해 있었다. 그저 도하를 보면 알 수 있었다. 사랑하는 사람들은 서로의 마음이 깨끗한 거울처럼 다 들여다보이는 것이기에.

약속된 시일이 다가오자, 이연은 흔들리고 있었다. 근무 중에 혼자가 되었을 때 이연은 그의 절망스러운 얼굴을 떠올리고는 방황을 했다. 이건 그도 그녀도 행복해지는 게 아닌데 바보처럼 무서워서 숨어 버린 건 아닐까 수천 번 되뇌었다.

하지만 더 이상 수란의 횡포에 시달릴 수 없었다. 도하와의 결혼에 올인 할 수 없었다. 그녀는 모든 걸 걸어 보려 했다. 얼마나 위험한 일인지도 모르고. 새드 엔드가 될 경우 그 결말은 자신을 완전히 삼킬 것이었다. 이연은 두려웠다.

결국에는 그와 같은 서울에 있는 것이 견디기 힘들어 부산이나 제주 쪽으로 병원을 옮길 생각까지 하게 되었다.

'부산? 제주도? 거기 비행기 타면 서울이랑 1시간 거리야. 한 미국쯤 가야 하지 않겠어?'

방희가 바보 같은 짓 말라며 충고했다. 무슨 미련한 짓이냐고. 지금이라도 도하 씨한테 가라고. 시어머니가 한 짓을 알려 주라고. 그리고 네 시어머니한테 당당하게 말하라고. 그런 말도 안 되는 협박은 개나 주라고.

하지만 이연은 움직이지 않았다.

가끔 도하가 보고 싶어, 밑에서 올려다보던 환한 사각의 사무실을 그려 보곤 했다. 한밤의 불 켜진 사무실을 떠올리는 게 도하를 생각하는 것보다 좀 덜 아팠으므로.

"사모님, 이제 가셔야 합니다."

　독고 비서가 말하자 이연이 생각을 중단하고 차로 향했다. 파티가 열릴 호텔 정문에서 도하가 기다리고 있었다.

"예쁘다."

"거의 무대 분장 수준이죠?"

　도하가 그녀에게 팔짱을 끼게 했다. 카메라를 들이대는 기자들이 기다리고 있었다.

"이 시간 이후부터 한쪽 팔 위치는 여기야."

　도하가 자동문을 지나치며 속삭였다.

"화장실 가고 싶은면요? 화장실도 같이 갈 거예요?"

"허락받고 가."

"알았어요."

　파티장 입구에 들어서자 모여 있던 사람들의 박수 세례를 보냈다. 그리고 수란을 마주했다.

"오늘 실수하지 않도록 조심하고……."

　수란의 말을 도하가 막았다.

"잔소리 그만하세요. 하시고 싶은 얘기 있으셔도 좀 참아 주세요, 어머니. 격조 있는 파티를 계속 유지하고 싶으시면요."

　도하는 위협적으로 말한 후 이연을 데리고 자리를 옮겼다.

　수란에 의해 꼼꼼하게 디자인된 파티는 화려하면서도 품위

가 있었다. 도하는 파티 내내 그녀를 옆에 두었다. 잠시 그에게
서 떨어지려고 하면 다시 팔짱을 끼게 했다. 역시 수란을 철저
하게 차단하면서.

"축하한다. 이 자식. 드디어 입성인 거냐?"

"이연 씨. 축하해요."

태승에 이어 세미가 인사를 했다.

"이연 씨 잠깐 빌려 갈게요."

세미가 이연을 구석 테이블로 데리고 갔다.

"어떻게 된 거예요?"

밑도 끝도 없이 세미가 묻는다.

"네?"

"두 사람 잘된 거예요? 그런 거죠?"

"알아요, 우리 얘기?"

"미안해요. 나랑 우리 남편은 비밀이 없어서. 그리고…… 그
나무 심는다고 저 사람 유럽 출장에서 돌아오자마자 잠도 못
자고 끌려갔거든요. 그래서……. 어? 불쾌해요?"

그 장면을 떠올라 이연이 피식 웃었다.

"정말 웃기는 남자죠? 소중한 남의 남편을 친구라는 이유로
막일이나 시키고."

"그러게요. 근데 이연 씨 때문이라는데 어떡해요? 당연히 내
줘야죠."

이연은 뒤를 돌아 흘깃 그를 바라보았다. 어김없이 눈빛이
마주쳤다. 손님들의 인사를 받는 사이사이 그의 시선은 이연을

향해 있다.

"잠깐 음식 좀 갖고 올게요. 여기 있어요. 나 할 얘기 많으니까."

세미가 자리를 떴고, 이연은 앉아 멍하니 있었다. 수란의 목소리가 끼어들기 전까지 말이다.

"얘기해 둘 게 있으니 잠깐 따라오너라."

수란은 홀의 한쪽 코너에 위치한 작은 룸으로 이연을 데리고 갔다.

"마음이 변한 건 아니겠지?"

"제가 그리 보이세요?"

"대답이나 하렴."

이연이 한숨을 쉬었다.

"취임식 끝나고 며칠 후에 말할 거예요. 이제 됐나요?"

"혹시 너한테 도하가 매달릴지도 몰라."

"안 그럴 거라면서요. 전 이제 버티는 여자가 아니잖아요? 항복한 여자한테 초스피드로 흥미가 떨어질 거라 그러셨잖아요? 무슨 걱정이세요?"

"너 많이 늘었다."

"어머니 아래 7년이에요. 상대방 신경 긁는 거 누구보다 더 잘할 수 있어요."

수란은 화난 얼굴이 되었지만 온 힘을 다해 참고 있었다.

"만약에 도하가 널 잡더라도, 넌 네 지금 입장을 고수해 줬으면 좋겠다."

"뭐가 불안해서 이러세요?"

"마지막 체크라고 생각하렴. 하긴 너도 그랬잖니? 네가 도하를 갖고 노는 거라 했던가? 혹 재미가 붙어서 잊은 건 아닌가 해서 말이야. 그동안 네 말대로 참아 준 걸 후회하게 하지 마."

이연이 화가 나 한 말을 수란이 인용했다.

"그저 추억 몇 가지 필요했을 뿐이에요. 7년 세월 무상하게 지냈다는 생각이 안 들게."

"이 상황에 낭만도 다 찾고. 이연아, 난 늘 널 보면 놀라워."

수란이 감탄하듯 말했다.

"가야겠어요. 그이가 찾을 거예요."

"마지막 임무다 생각하고 오늘 처신 잘해 주길 부탁한다. 끝까지 도하 모르게 해야 하니 마음 놓지 말고."

"어머니도 호출 그만하시면 좋겠네요."

이연이 룸을 나왔다. 흥분한 마음 때문인지 얼굴이 뜨거웠다. 이연은 화장실로 가 붉어진 얼굴을 진정시켰다.

도하가 눈치채게 해서는 안 된다. 그에게 중요한 날이다.

파티장으로 돌아와 도하를 찾는데 분위기가 뭔가 변해 있었다. 멀리 도하의 뒷모습이 보였다. 이연은 황급히 다가가 슬며시 그의 팔짱을 꼈다.

"미안해요. 화장실 갔다 오느라 당신 팔 놓쳤네?"

하지만 도하는 말이 없었다. 그제야 이연은 도하와 마주 선 한 여자를 보았다.

"안녕하세요, 은이연 씨."

최유리였다. 뜨거웠던 도하의 옛 연인. 도하가 정신 나간 결혼을 하게 만든 장본인.

"안녕……하세요."

"우린 처음이죠? 나 정말 은이연 씨 궁금했는데."

유리가 미소를 지었다. 이연은 어떻게 된 영문인지 알 수가 없었다. 최유리가 등장했기 때문만은 아니었다. 유리는 이연과 같은 드레스를 입고 있었다.

한 남자를 사이에 두고 같은 드레스를 입은 두 여자가 마주 본다. 주위 사람들이 그들을 주시하는 이유는 바로 이 때문이었다.

"요즘 도하가 하도 바쁘다고 해서요, 그래서 제가 직접 왔어요. 그래도 그렇지, 옛 친구한테 좀 너무한다, 서도하!"

유리는 잔잔하게 웃으며 도하에게 말을 건넸다.

"연락 기다리라고 했을 텐데?"

"난 참을성이 없잖아?"

유리가 한껏 과장되게 웃다 이연에게로 시선을 옮긴다.

"근데 나랑 안 닮았네요."

그 순간이었다. 절대 떨어지지 말라던 도하가 이연의 팔짱을 풀었다. 그리고 유리에게 한 발 다가섰다.

"나가자."

"내가 있으면 안 되는 자리니? 친구 자격으로 온 거야."

"나가. 얘기 좀 하자고."

도하가 유리의 팔을 잡고 억지로 파티장 밖으로 나섰다.

이연은 우두커니 두 사람의 모습을 보고 있었다. 사람들의 수군거림도, 시선도 느껴지지 않았다. 그저 멍하니 두 사람이 떠나는 모습만 보고 있었다. 순간 정말로 모든 것이 끝났다는 생각이 들었다.

도하가 최유리와 떠나고 같은 드레스를 입은 이연은 여전히 파티에 머물러 있었다.

"회장님 오실 때까지 룸에 있으시는 게……."

독고 비서가 조심스럽게 자리를 피하기를 권한다. 혼자 남은 이연에게 사람들의 이목이 집중되는 것에 독고 비서가 더 신경을 쓰는 듯 보였다.

"괜찮아요. 아직 할 일이 남은 거 같아서요."

"어쩌면 빨리 못 오실지도 모릅니다만……."

"어머님도 어디 계신지 안 보이고, 저까지 여길 비우면 안 될 거 같아서 그래요."

이연은 오늘 행사를 말끔하게 수행하기로 한다. 도하가 옛 여자와 사라져 버렸다고 해도.

"제 걱정은 마세요. 제 얼굴 많이 두꺼워요."

아무리 얼굴에 철판을 깔았어도 평정을 유지하기 힘든 마음이기는 했다.

최유리라니. 그의 진짜 그녀라니.

이연은 그럼에도 불구하고 평온하게 사람들에게 말을 건네며 흔들리는 마음을 감춘다. 이것이 7년 동안 훈련받은 은이연이니까.

독고 비서의 예상과는 달리 도하는 곧 파티장으로 돌아왔다. 아마도 취임사를 예정대로 해야 했을 것이다. 파티의 중앙 무대에 서서 간단한 취임 인사를 하고, 이연과 나란히 서서 같이 축하객들에게 인사를 받았다. 마치 좀 전에 아무 일도 없었던 것처럼.

겨우 두 사람만이 남았을 때 이연이 물었다.

"최유리 씨는 어떻게 하고 온 거예요?"

"네가 신경 쓸 일 아니야."

도하의 목소리가 차가웠다. 최유리 때문일까? 처음 파티장에 들어서서 이연을 보던 부드러운 눈빛이 아니었다. 도하는 그녀와 눈을 맞추지 않은 채 차갑게 명령만 한다.

"은이연, 파티에 집중해."

이연은 집중이 되지 않았다. 당당하게 같은 드레스를 입고 앞에 나선 최유리는 마치 자신이 '진짜'라고 온몸으로 외치고 있는 것 같았다. 의식하지 않으려 해도 최유리는 이연에게 가장 두려운 존재였다.

"오늘 집까지 바래다주는 거 못 할 거 같아."

"알았어요."

이유를 묻고 싶었지만 이연은 참았다. 그녀가 상관할 일이 아니었다.

"집에 가 있어. 할 얘기가 있어."

"무슨?"

"늦어질지도 몰라. 그래도 기다려. 중요한 얘기니까."

감정이라곤 실리지 않은 목소리로 도하가 말하고는 중역진들이 모여 있는 자리로 이동했다. 파티가 진행될수록 그의 태도가 싸늘하고 차가웠다. 마치 골이 잔뜩 난 사람같이 그녀를 대했다.

뭔가 이상했다. 최유리의 존재가 도하를 이렇게 변하게 만들 정도로 강력한가.

한숨이 나왔다.

수란의 반대로 인해 그를 떠났던 여자가 나타났다. 최유리의 타이밍은 적절했다. 이연이 스스로 그의 옆에서 벗어나려 할 때였다. 도하 역시 그 여자를 향한 옛 마음이 다시 끓어올라 어쩌면 최유리와 새롭게 시작할지도 모른다. 그래서 자신 따위는 곧 잊어버릴지도.

그렇게 생각하니 이연은 감당할 수 없는 마음의 통증이 실제로 만져지는 듯했다.

무척 슬펐다.

"서도하! 뭐야, 너? 사람을 이렇게 기다리게 해? 내 약속 잊었어? 기다리다 지쳐서 파티장 내려가 보니 이미 파티는 끝났더라. 너는 코빼기도 안 보이고. 이거 무슨 매너니?"

도하가 유리의 집에 들어서자 그녀가 화가 난 듯 달려들었다.

"그러니까 내가 왔잖아?"

도하는 유리의 허물어지는 얼굴을 보며 급격한 피로를 느꼈다.

'나는 그녀에게 왜 빠져 있었을까? 최유리의 무엇이 날 자극했을까?'

새삼스레 도하는 과거를 돌이켜 봤다. 과거의 불같던 감정이 이젠 자취도 없이 사라져 마치 신기루 같았다.

"약속 안 하고 들이닥친 건 너야."

"파티장에도 약속 잡고 가야 하니?"

"내 아내랑 같은 드레스를 입고 나타날 땐 필요하지."

"아내 아니라면서? 이혼 진행한다면서?"

"그건 네가 알 바 아니라고 했지?"

위협적인 도하의 음성에 유리가 흥분을 가라앉히고 표정을 풀었다.

"좋아."

"왜 오늘 이런 등장을 한 건지 이유를 들어 볼까?"

도하가 직접적으로 묻는다.

"그냥 우연이야. 나도 놀랐어. 스타일리스트가 골라 준 거 입었을 뿐인데 그 여자가 입고 있는 줄 몰랐네."

유리가 능숙하게 거짓말을 한다.

"알았어야지. 중요한 자리를 망칠 수도 있었어. 실수라고 하기엔 좀 심했어."

"배려심 짱 먹었던 서도하가 이러니까 내가 좀 놀랍네. 뭐, 알았어. 좋아. 근데 의도가 아니라는 거 믿어 줘. 와인 할래?

좋은 거 있어.”

유리가 곧 꼬리를 내리고, 맞은편 소파에 앉은 도하에게 와인을 따라 주었다. 술을 많이 마셨는지 그녀에게서 알코올 냄새가 훅 끼쳤다.

“취임식 축하해.”

“왜 온 거야?”

도하의 목소리가 차가웠다.

“좀 따뜻하게 인사 받아 주면 안 되니? 그래, 예고 없이 들이닥쳐 미안해. 근데 너 바쁘다고 그동안 내 전화 외면했잖아. 나도 이럴 자격이 충분하다고 생각했어. 너 약속했던 거 잊었니? 내가 필요할 때 와 준다고 했잖아? 근데 너 비상시국인 거 아니까 내가 간 거야. 친구로서 취임식 정도는 참석해야 할 거 같아서. 자, 와인 한잔 해.”

유리가 투정을 부렸다.

“너하고 기분 내자고 여기 있는 게 아니야. 딱 10분 줄게. 진짜 이유를 말해. 오늘 왜 이런 모습으로 나타난 건지.”

도하의 목소리가 낮게 가라앉았다. 무서울 게 없었던 천하의 최유리도 그런 도하의 모습에 긴장이 되기 시작했다.

“오해라니까.”

“베니스에서 왜 내 연락 거절했니?”

“갑자기 왜 그 얘기로 돌아가?”

“대답해.”

유리는 초조해졌다. 오늘 도하가 자신을 보는 눈빛이 예전과 달랐다.

"네 어머니 때문이지 왜겠어? 7년 전에 나한테 경고하실 때 다시 너한테 연락이 와도 절대 받지 말라고 했거든. 그래서 거절해야만 했어. 나도 먹고살아야 하니까. 너를 포기했지만 내 커리어는 포기할 수 없었어. 만약 다시 너와 얽힌다면 가만두지 않는다고……, 내 커리어를 끝장내 버릴 거라고 협박하셨단 말이야. 그때…… 연락 못 한 건 미안해."

"알았어. 그랬을 거야. 그럼 자, 다음 얘기로 넘어갈까?"

유리는 당황하기 시작했다. 그의 눈빛이 그간의 사정을 듣고도 변함이 없었다.

지금이 바로 마음을 털어놓고 도하를 붙잡을 시기인 거 같았다. 유리는 공들인 화장이 엉망이 되는 것이 조금 거슬렸지만 마지막 승부수를 띄워야 했다.

"도하야. 그래, 말할게. 나 오늘 너 보고 싶어서 간 거야. 다시 만나고 나서부터 줄곧 그랬어. 아니, 7년 동안 내내 그랬어. 무서워서 다가서지 못하고 널 거부했지만 나는 늘 너를 사랑했어. 나 한 번도 마음 변한 적 없다고. 다 어머님이 시켜서 내가……. ㅎㅇ으으으흑."

유리가 울기 시작했다.

"그러게 왜 날 만나러 왔니? 왜 술에 취했다고 걱정해 줬니? 왜 날 빚에서 구해 줬어? 네가 나한테 해 준 거, 말로는 자존심 상한다고 했지만, 사실은 고마웠어. 눈물 났어. 희망을 품게 만들었어. 사랑해, 도하야."

"예전엔 몰랐어. 네가 '사랑해'라는 말을 쉽게 할 수 있는 여자라는 거. 네가 출연한 멜로 영화의 영향인가?"

도하가 냉소적으로 말했다. 하지만 유리는 더 나아가야만 했다.

"내가 상처 준 거 알아. 그렇게 없어지는 게 아니었어. 그래서 네 인생이 꼬인 거잖아? 엄한 여자랑 결혼까지 할 줄은 몰랐어. 나 때문이야, 모두. 지금이라도 실수를 바로잡으려고."

"그만."

"뭐?"

"그만하자."

"무슨 말이야? 난 어쩔 수가 없었다고! 네 어머니가 날 가만두지 않겠다고 했다고."

도하가 싸늘하게 웃었다.

"내가 널 도와준 건 너한테 일말의 부채 의식이 있었기 때문이야. 우리 강 여사님한테 모욕당했을 테니까. 그래서 보상한 거야, 돈으로. 내 마음은 줄 수 없으니까."

"도하야……."

"근데 다 쓸데없는 짓이었다는 걸 곧 알게 됐지. 최유리, 다 알고 있어. 네가 강수란 여사와 계약을 했고 그래서 여배우로 성공한 거. 네가 계속 거짓말을 했다는 거. 다 연기였다는 거. 7년 전에도, 지금도 넌 날 이용하려 한다는 거."

"너 잘못 알고 있어! 그런 거 아니야!"

"우리 비서진 꽤 유능해. 너에 대한 모든 걸 조사했다고. 니 첫 주연 작품, 수십억 블록버스터. 그거 우리 삼촌이 그 제작사에 투자했다는 거 알아. 그건 분명 강 여사가 넣었고. 추리가 너무 쉽게 풀렸어. 일개 인디 밴드 보컬이 대규모 블록버스터 영화에 조연도 아니고 바로 주연? 사실 그 업계 관례상 말도 안 되는 얘기잖아? 그때 사실대로 말만 했더라도 나 어쩌면 널 용서했을지도 몰라."

"아니라니까!"

유리가 부들부들 떨며 항변했다.

"한 번 환상이 깨지니 쉽게 모든 게 드러나더라. 난 네가 정말 히피인 줄 알았어. 다 버리고 세계 여행이나 하며 살자고 했을 때 네 표정, 네 반응이 다 이해가 됐어. 넌 그때 마음이 변했겠지. 마침 어머니가 연락했을 거고, 미끼를 던지니 물었을 거야."

"도하야! 어떻게 하면 믿겠니? 네 착각이야. 그게 아니야. 난 그냥 겁이 났고 그래서 당했을 뿐이라고."

"그래, 사실을 알고 나니 좀 충격이긴 했어. 세상의 모든 여자가 다 너처럼 보이더라고. 그래서 가난한 여자는 다 너처럼 내 돈을 보고 달려드는 것처럼 보이고, 속에 뭔가 이상한 꿍꿍이를 갖고 있는 여자로 보였어. 잠시지만…… 후유증이 컸지."

"……."

"근데 그 후유증을 낫게 한 여자가 이연이야. 그리고 난 지금 내 아내한테 반쯤 미쳐 있고."

"뭐?"

도하가 자리에서 일어났다.

"내가 오늘 널 스위트룸에 앉힌 건 파티가 진행되는 동안 널 치워 놓을 데가 필요해서였어."

그제야 도하가 오늘 만남의 이유를 밝힌다. 분노도, 미움도, 아무것도 들어 있지 않은 눈으로.

"그리고 이렇게 오늘 네 거짓말을 듣고 앉아 있는 건 경고를 하기 위해서야. 이연이 앞에 나타나지 마. 이건 경고야. 만약 다시 나타나 수상한 행동을 한다면, 그땐 지금 있는 경력마저 끝장내 줄 수도 있어."

도하가 현관으로 향했다. 유리는 도하를 그냥 보낼 수가 없었다.

"야, 서도하. 거기 서."

도하가 돌아보았다.

"이렇게 가려고?"

"그래, 이렇게 네 앞에서 영원히 사라진다. 제발 질척거리지 마라."

유리의 눈빛이 순식간에 변했다, 마치 약에 취한 것처럼. 다른 사람인 것 같았다.

"내가 죽어도?"

"뭐?"

"내가 죽어 버려도 넌 내 장례식에도 안 올 거니?"

"험악한 소리 하지 마."

"나 매일 부적처럼 갖고 다니는 게 있어. 네가 준 선물 중에 이게 제일 좋아."

유리가 스위스 아미 나이프를 꺼내 들었다.

"우리 관계는 오래돼 이미 부식됐지만, 이건 안 그렇거든. 날이 아직도 꽤 쓸 만해. 7년 동안 사용한 적 없는데도 말이야. 아마 이건 영원히 빛날 거야."

"최유리!"

유리는 도하에게 다가갔다. 앞에서 번쩍 빛나는 나이프를 꺼냈다. 찰칵 소리를 내며 날이 선명하게 제 몸을 드러냈다.

파티장에서 나와 이연은 도하의 집으로 향했다. 비밀번호를 누르고 집에 들어가 그녀의 짐을 챙겼다. 꼭 필요한 것은 아니었지만, 그의 집에 남겨 두기가 싫었다. 책과 속옷, 티셔츠, 칫솔과 화장품 등이 도하의 집에 여기저기 놓여 있었다.

그들이 함께한 날은 얼마 되지 않았다. 이연은 늘 병원에 있었으니까.

그런데 그 짧은 기간, 그의 집 구석구석에 그녀의 물건들이 자리 잡고 있었다.

이연은 세면대의 칫솔을 집어 들고 치약도 챙겼다. 그녀가 쓰는 치약이 다르다고 하자, 어느 날 밤 편의점으로 달려가더니 금방 사 들고 들어왔던 도하다.

눈물이 치약 위로 떨어졌다. 아마도 청승의 시간이 찾아온 모양이다. 감상에 젖어 슈트케이스 하나를 다 싸고 도하를 기다렸다. 그는 자정이 넘어도 집에 들어오지 않는다.

새벽이 찾아올 즈음, 이연은 소파에서 눈을 떴다. 그를 기다리다 잠이 들었나 보다. 여전히 집은 텅 비어 있었다. 이연은 목이 말라 컵에 물을 따랐다.

그때 휴대폰이 드르르 움직이며 반짝였다.

—이연아, 왜 이렇게 전화를 안 받아? 너 지금 어디야? 소식 못 들었어?"

방희의 목소리가 잔뜩 흥분해 있었다.

"무슨 소식? 무슨 일 있어?"

—도하 씨 지금 우리 병원에 있어. 응급 수술 중이야.

멍했다. 무슨 말이지? 방희가 지금 무슨 말을 하고 있는 건지 감이 잡히질 않았다.

—듣고 있어? 도하 씨가 다쳤다고. 그래서 실려 왔다고!

물을 마시던 컵이 바닥으로 가뿐하게 낙하하여 산산조각이 났다.

—생명엔 지장 없으니까 너무 놀라지는 말고. 지금 병원으로 와. 듣고 있니? 야, 은이연!

"어쩌다 그랬는지 알아? 사고야?"

방희가 말이 없다.

"방희야."

—그래, 어차피 다 알게 될 일이니까. 최유리 씨, 같이 실려 왔어.

최유리라고? 지금껏 그녀와 같이 있었던 걸까? 대체 무슨 일이 벌어진 거지?

—너, 안 올 거야? 너희 시어머니도 수술실 앞에서 진을 치고 있는데 어떻게 너만 모를 수가 있어?

수란이 아마도 일부러 연락하지 말라 지시했을 거였다. 이연은 진정하기 위해 숨을 몰아쉬었다.

"괜찮은 거 맞지?"

—응. 중간에 박 선생이 알려 줬어. 지금 마무리 중이래. 그래도 아직 수술 안 끝났어. 빨리 튀어 와!

"의료진 수십 명이 모여 있을 거고, 나, 그쪽 전공의도 아니잖아?"

—야! 은이연!

"나중에……. 나중에 갈게. 생각할 게 좀 있어."

이연은 전화를 끊었다. 생명에 지장이 없다고 했다. 일단 그거면 된다. 바닥을 보니 깨진 유리 조각 파편들이 사방에 퍼져 있었다.

"아!"

조각을 줍다가 베였는지 손바닥에서 피가 나기 시작했다.

메스를 잡는 손, 아이들의 작은 심장을 만지는 손이다. 다른 때였다면 난리를 치며 손을 보호했을 터다. 하지만 이연은 아픔을 느낄 수 없는 사람이 된 것 같았다.

생명에는 지장이 없다.

그거면 괜찮다. 그거면 괜찮아.

멍하니 피가 번져 가는 걸 보면서 그렇게 자신에게 읊조렸다.

불 꺼진 창

불 밝던 창에

지금 불이 꺼졌구나

내 연인이 병들어 누운 모양이다

밤, 도하의 병실 앞은 여전히 경호원들이 버티고 있었다. 이연은 VIP 병실 복도 입구에서 어둠을 응시했다.

어제 도하의 수술이 있었고, 그를 보지 않고 하루를 보냈다. 오늘 아침, 병원에 출근할 시간이 다가오자 다시 초조해졌지만, 담담한 외피를 쓰고 근무에 복귀했고 다른 날과 다르지 않은 병원 생활을 했다. 병동 사람들이 하나둘 잠이 드는 자정이 되자 더 이상은 버티기가 힘들었다. 자연히 그의 병실로 발걸음이 옮겨졌다.

방희에 의하면, 최유리와 도하가 같이 실려 왔는데, 둘 다 피투성이였다고 했다. 술에 만취한 상태였던 최유리는 다친 정도가 그다지 크지 않았지만, 도하는 어깨와 손, 옆구리 부위에 칼로 베인 상처가 꽤 깊다 했다. 다행히 후송이 빨랐기 때문에 두 사람 모두 생명을 다투는 큰 상해를 입지 않았다.

"그래도 다행이지 뭐니? 중요한 부위는 약간의 차이로 다 비켜 갔으니."

하루 종일 방희가 이연을 쫓아다니며 귀찮게 했다. 묻지도 않은 얘기를 하면서.

"근데 너희 어머님이 입단속 하신 건지, 저 정도면 경찰들, 기자들 출동하고 난리가 나야 정상인데 어째 조용하다? 하긴 회장 취임하자마자 이런 스캔들, 하등 좋을 게 없다고 판단하셨나?"

재벌 회장과 여배우의 스캔들이라면 언론이 앞다퉈 병원 앞에 진을 치고 있어야 한다.

"왔니?"

익숙한 목소리가 끼어들었다. 수란이었다.

"걱정할 거 없다. 크게 다치지도 않았고 곧 회복된다더라."

"알아요."

"그러니 여기 이렇게 있을 필요 없단 얘기다."

"제 맘이에요. 어머니가 상관하실 일이 아니에요."

"다 끝난 마당에 반항해 보겠단 거니?"

"제가 여기에 이렇게 있는 이유는 도하 씨 병실에 못 들어가서가 아니에요. 그냥 제가 여기 있고 싶어서예요. 만약에 도하 씨를 보고 싶다면 전 저 병실로 들어갈 거예요."

잠시 수란은 말이 없었다. 이연의 말에 예전에는 볼 수 없었던 어떤 단호함이 있었다.

"그 애가 돌아온 건 봤지? 유리 말이다. 무슨 일이 있었는지, 그 애랑 같이 있다 저런 꼴이 됐어. 너희들 지금 삼각관계 놀이 하고 있는 거니? 그 애가 마음에 들지는 않는다만 한 가지, 네가 그 애 대신으로 도하와 엮였다는 건 알지. 그 애가 이런 자해극까지 벌일 줄은 몰랐어. 근데 그 애도 자기 자리 찾겠다고 저러는 거 아니겠니? 뭐 세 사람 관계야 내가 상관할 일은 아니지만……."

수란이 말을 하는 중에 이연이 일어섰다.

"왜? 가려고? 내 얘긴…… 그러니까……."

"뭐가 두려워 그러세요? 어머니야말로 상관하실 일이 아닌 거 같은데."

이연은 차갑게 내뱉고, 성큼성큼 도하의 병실로 향했다. 수란의 말을 듣다 보니 자신이 정말 바보 같았다는 생각이 들었다.

그가 다쳤다. 나는 걱정이 된다. 눈으로 보고 싶다.

그럼 보면 되는 것이다. 그리고 그 후의 일은 다시 생각해 보면 되고. 무슨 불문율이라고 나는 내 마음에 선을 그어 놓고 이런 우스운 꼴로 밖을 서성였던가.

"아, 사모님. 저기 큰 사모님께서 아무도 들이지 마시라고……."

독고 비서가 곤란하다는 얼굴을 하고 이연을 막아섰다.

"독고 비서님, 비서님 월급 주는 사람, 도하 씨예요. 비키세요."

독고 비서가 잠시 생각을 하더니 병실 문을 열었다. 이연은 병실로 한 발 들어서기 전에 뒤따라오는 수란에게 돌아섰다.

"어머니. 전 지금 도하 씨 봐야겠어요. 이건 부탁이 아니에요. 아직 키는 제가 쥐고 있어요."

"협박하니, 지금?"

수란이 화가 난 음성으로 대꾸했다.

"그건 어머니 전공이시고요. 이런 실랑이하고 싶지 않아요. 못 들어가게 하시면 저답지 않게 돌발 행동을 할지도 몰라요. 그러니까 최소한의 배려는 해 주세요."

"알았다. 아직 안정 취해야 하는 건 의사인 네가 더 잘 알 테니 다른 말은 안 하마. 잠깐 보고 나오너라."

수란이 마지못해 허락했다.

이연이 그의 공간으로 들어서 문을 닫았다. 침대로 다가가니 도하가 보였다. 여기저기 상처가 난 몸으로 죽은 듯 누워 있었다. 이연은 눈을 감은 도하의 얼굴로 손을 가져가다가 손을 거두고 멀리 그와 떨어져 벽 쪽 의자에 앉았다.

이연은 도하를 물끄러미 바라보았다.

그와 함께하지 않는 삶. 시간이 지나면 괜찮을 거라 생각했다. 살아질 거라 생각했다. 고통도 어느 순간 익숙해져 버릴 거라고, 그렇게 자만했다.

"나 어떻게 당신을 안 보고 살 생각을 했을까……."

이연은 자신에게 말하듯 중얼거린다.

"나는 왜 그렇게 바보였을까……."

후회 가득한 얼굴로 그를 바라보다가 눈물이 떨어질 거 같아 이연은 황급히 일어섰다. 애꿎은 커튼을 만지작거린다.

수술이 끝난 후 24시간이 지났다. 하지만 도하는 그녀에게 연락하지 않았다. 같은 병원에 있다는 것을 알고 있을 텐데 독고 비서에게도 지시하지 않은 모양이었다.

사실, 오늘 하루 이연은 도하의 전화를 내내 기다렸다.

그의 얼굴을 보니 비로소 알 것 같았다.

그가 또 손을 내밀어 주기를 원하고 있음을. 다친 사람은 도하인데, 이렇게 꼼짝하지 못하는 몸을 하고 있는데도, 이연은 움직이지 않고 또 그가 다가오기를 원한다. 결국 그가 잠든 자정에야 밤 고양이처럼 그의 병실을 서성거린다.

그녀는 자신을 형편없는 연인이라고 생각했다. 여전히 바보에 겁쟁이인 채였다.

여자들의 목소리는 이미 둘 다 난폭해져 있었다. 날이 선 목소리는 비상계단의 하울링과 얽히면서 더욱 광포한 분위기를 자아냈다.

"감히 네가 도하를 건드려? 너 정말 끝장을 보고 싶니?"

"협박하지 마세요. 저 이제 그런 거 하나도 안 무서워요. 도하가 나 지켜 줄 거예요."

"도하가 미쳤니? 그런 쇼를 벌이는 인간을 지켜 주게?"

"나 쇼 아니었어요. 진짜로 도하 앞에서 죽어 버릴 수도 있었다고요!"

"네 말도 안 되는 얘기를 들어 줄 기분이 아니야. 앞으로 도하 앞에 얼씬도 하지 마라. 이만큼 참아서 내 인내도 바닥이 났어. 당장 널 얼굴 못 들게 해 줄 수도 있고, 또 뭐로든 처넣을 수 있어. 나한테 널 처분할 무기가 있을 만큼 있단 얘기야."

"다 어머니 때문이에요. 7년 전 어머니와 손잡은 순간, 모든 게 어그러지기 시작했어요. 난 도하한테 진심이었어요. 만약 어머니가 협박하지만 않았어도 난 계속 도하 옆에 있었을 거예요."

"지금 네가 이 지경이 되니까 후회가 되는 모양이구나. 근데 어쩌니? 난 기억력이 아주 좋아. 내가 내민 돈, 넌 거절하지 않았어. 아니, 오히려 적다고 했지. 스타로 만들어 달라고도 했어. 도하를 갖기보다 스타가 더 되고 싶었던 거야. 보상받았으면 깨끗하게 뒤도 안 돌아보고 굿 바이 해야지, 이게 무슨 배은 망덕한 짓이야? 이런 거래에도 상도덕이라는 게 있는 거야."

"도하 씨한테 다 말했어요."

"뭘 말했다는 거야?"

"어머니가 옛날에 시키신 거 말이에요."

그 즈음까지 진행된 대화는 잠시 중단되었다. 이연은 조용히 비상계단을 나와 엘리베이터로 향했다.

오래전 유리라는 여자도 수란과의 거래에 의해 도하 앞에서 사라졌다는 얘기였다. 그리고 그 여자는 7년 후 도하를 죽게 만들 정도로 이성을 잃었다.

두 여자의 대화를 듣자 정신이 번쩍 들었다.

이연도 수란과 거래를 했다.

'나도 저 여자와 다를 바 없구나. 그렇게 또 도하를 속이려 들었구나.'

이유가 있었지만, 어쩔 수 없다고 생각했지만, 도하의 마음 따위 고려하지 않았다. 사랑한다면 자존심보다 그를 믿었어야 했다.

짧은 순간, 어떤 결심이 섰다. 이연은 더 이상 망설일 이유가 없었다. 도하의 근처에서 서성이던 마음은 그동안 힘이 세졌나 보다.

이연은 아주 평화로운 기분이었다.

이제 뻔뻔한 사람이 되기로 했고, 더 이상 거짓을 말하지 않는 연인이기로 했다.

도하의 병실로 가는 복도에 환한 햇살이 쏟아져 들어온다.

마치 도하를 처음 봤던, 여름이 시작되던, 도서관 창가 풍경 같은.

"들어가실 수 없습니다."

"독고 비서님."

"죄송합니다."

이연은 난처해 어쩔 줄 몰라 하는 독고 비서에게 말했다.

"저도 시간 없어요. 어머니 모르게 잠깐 들어갔다 나올 테니까 비서님이 곤란해지실 일 없고요."

"그게……. 그래도…… 안 됩니다. 회장님이 지시하신 일이라."

"뭐라고요?"

"사모님이 아니라 회장님께서 아무도 들이지 말라고 하셨습니다."

"저도요?"

이연이 놀라 재차 묻는다.

"네. 사모님도요."

독고 비서는 곤혹스러운 표정을 지으면서도 비켜설 마음이 없는 듯했다. 이연은 하얀 문 건너편의 도하를 생각했다.

"알았어요. 내가 찾아왔다고, 만나고 싶다고 전해 줘요."

이연은 병실 앞에서 망연자실 돌아섰다. 출입 금지 명단에 자신이 올라 있을 줄은 몰랐다.

그는 분명 파티장에서 그녀에게 꼭 해야 할 말이 있다고 했다. 그걸 잊어버렸을까? 도하는 무슨 생각을 하고 있는 걸까?

이연은 불안해지기 시작했다. 도하의 마음이 뿌연 안개 속 같았다.

"뭐 하니?"

방희가 이연의 어깨를 툭 치며 물었다.

"여기 있었던 내 나무, 어디로 옮겼는지 알아?"

"아니. 근데 언제 없어졌지? 그제까지만 해도 있었는데."

"나도 몰라. 감쪽같이 사라져 버렸어."

이연은 실종된 나무 자리를 헤매다 긴 생각에 빠진 참이었다. 나무가 옮겨진 것은 도하의 지시였을 것이다.

물론 얼마 전 이연이 부탁하기는 했다. 하지만 이 와중에 나무를 옮겨 심으라 한 건, 분명 개운하지가 않았다. 더더군다나 여전히 그를 만나지 못하고 있는 상황에서는.

"아직도 출입 금지야? 너?"

　방희가 묻는다.

"응. 매일 아침저녁 찾아가는데, 그때마다 거절이야."

"이번 사고로 쇼크 먹었나? 도하 씨, 기억 상실이라도 걸린 거 아냐? 전두엽 이상 이런 거 아닐까?"

"다 정상이라잖아?"

"이상해서 그러지. 왜 널 안 보려고 하냐고?"

"모르겠어. 그냥 언젠가 전화가 오겠지. 기다리고 있어."

"너, 마음은 정말 정리가 된 거야?"

"응."

"다행이야. 바보 같은 생각 할 때 내가 얼마나 답답했는지 너는 모를 거야."

"들어가자."

　방희와 나란히 병동을 향해 돌아섰다. 그때 멀리서 걸어오는 심 비서가 보였다. 이연이 그를 향해 뛰어갔다.

"심 비서님!"

"아, 사모님."

"가시는 길이세요?"

"네, 업무 보고 마치고 회사로……. 무슨 하실 말씀이 있으십니까?"

"도하 씨가 좀 이상해서요."

심 비서가 곤란한 표정을 지었다.

"도하 씨가 절 보지 않는 이유, 심 비서님은 아실 거 같아서요. 말씀해 주시면 안 될까요?"

"곧 연락하실 겁니다."

"뭔가 있다는 말씀이시네요?"

"혹시 이혼 서류에 사인하셨습니까?"

이연은 진심으로 놀랐다. 심 비서가 알고 있다면 도하 역시 알고 있다는 계산이 나온다.

"그…… 때문이었군요?"

이연은 나직하게 물었다.

"네, 그 사실을 아신 건 좀 되셨습니다. 그런데 곧 개의치 않고 저한테 처리하라고 하셨고요. 사고도 있었고, 뭔가 복잡하신 모양입니다. 좀 기다려 보십시오."

"절 보기 싫다는 거 보면 단순히 화난 게 아닐 거예요."

그는 크게 실망했을 거다. 아니, 실망을 넘어서 배반당했다는 모욕감이 들었을지도 모르겠다. 맹랑한 여자가 한 연극을 떠올리며 그는 무슨 생각들을 들었을까? 자신이라도 정나미가 떨어졌을 것이다.

입장을 바꿔 생각하니 이유가 훤히 들여다보인다. 그녀가 너무 늦어 버린 것이다.

온몸에 힘이 빠져나가 지독하게 곤하다. 멍하게 병동으로 들어서 엘리베이터를 타고 전공의실로 향했다. 막 방으로 들어서

려는데 낯익은 여자가 보였다.

"은이연 씨, 기다렸어요."

환자복을 입은 최유리였다. 휠체어에 앉아 이연을 올려다보았다.

"절 말인가요?"

"네. 이 병원에 내가 말하고 싶은 사람, 당신밖에 없거든요. 시간 괜찮아요?"

최유리는 마치 최후의 일격을 날리러 온 사람처럼 자신만만한 표정이었다.

둘만의 장소가 필요해 결국 인적이 드문 병동의 복도 구석으로 왔다.

"은이연 씨, 그만 좀 하죠? 도하가 싫다는데 병실에 매일 찾아오는 거 좀 많이 구차해 보여요."

최유리가 말했다.

"이혼하기로 했음 좀 깔끔하게 헤어져 줄 순 없겠어요?"

"……."

"짜증이 나서 그래요. 당신이 알아서 비켜 줘야 하는 거 정말 몰라서 이래요?"

"……."

"도하 마음 당신한테서 떠났어요. 더 정확하게 말해 줘요? 나한테 다시 오고 있다고요."

아, 정말……. 도하를 두고 그의 과거의 연인과 실랑이하는 건 싫었다. 어쩌면 그와 함께하겠다고 결심한 순간, 이미 이연은 이런 싸움을 예약해 두고 있었는지 모르겠다. 앞으로 일어날 품위 없는 날것의 대화와 투쟁, 그리고 폭언까지.

그것은 곧 7년 전 '과거의 은이연'이 되어야 한다는 말이었다. 독하고 지지 않는 여자.

도하에게 가는 행로가 아니라면, 모든 것이 피곤한 상태였다. 하지만 최유리의 기막힌 요구를 듣자니 전투 의지가 솟았다.

"지금 내 말 무시해요? 은이연 씨!"

"생각 좀 하느라고요."

"그럼 대답해요. 무시당하는 거 같아서 영 기분이 별로니까."

이연이 유리와 눈높이를 맞추기 위해 의자에 앉았다.

"7년 전 일, 되돌리고 싶어요?"

"그래요. 난 도하를 아직 사랑하……. 아니, 나랑 도하는 여전히 사랑하니까……. 원래대로 돌아가는 게 맞죠."

"최유리 씨는 이미 기회를 잃었어요. 그건 나와 상관없이 자기 의지로 관계를 망친 거잖아요? 알고 있어요, 당신이 어머니랑 거래를 하고 도하 씨 떠난 거. 그런 어리석은 선택을 해 줘서 내 입장에선 고마워요. 그 덕분에 도하 씨랑 만나고 결혼했으니까."

"말은 바로 해요. 가짜 결혼이죠. 내가 모를 줄 알아요?"

"도하 씨가 진짜로 만들고 싶어 해요. 나도 그러기로 결심이 섰고요. 그런데도…… 내가 이런 얘기를 당신한테 구구절절 하는 이유는…….”

“이유는요?”

“정신 좀 차리라고요.”

“뭐라는 거예요? 지금!”

“과거에 도하 씨가 당신을 사랑했을지 몰라요. 근데 지금은 날 사랑해요. 과거는 힘이 없어요. 특히 배신당한 과거는 치가 떨릴 정도로 싫을 거예요. 돌이킬 수 없는 거라고요.”

“…….”

“이번엔 내가 부탁할게요. 나 아직 그 사람 부인이고, 이혼할 생각 없어요. 그러니 도하 씨 앞에 얼쩡거리지 마요. 도하 씨 한 번만 더 다치게 하면 나 가만 안 있어요. 나 서진 그룹 회장 부인이에요. 얼마든지 권력의 칼을 휘두를 수 있어요.”

이연이 자리에서 일어났다.

“잠깐만! 좋아.”

유리가 분한 듯 말을 이었다.

“그래, 다 맞아. 난 도하를 배신했고, 도하가 그걸 알아. 그래서 우린 돌이킬 수 없을지도 몰라. 근데 은이연 당신하고도 안 돼! 내가 못 갖는 거 당신이 가지게 할 거 같아? 내가 좀 못됐거든. 그래서 내가 불행한데 남이 행복한 거 못 참아! 그게, 내 자리 차지한 당신이라면 지구 끝까지 쫓아가서라도 깨 버릴 거야.”

이연은 폭언을 쏟아붓는 유리에게서 돌아서 걸었다. 지금부턴 유리의 존재를 무시할 생각이었다. 수란 하나만으로도 피곤한데 더 이상 그녀의 말까지 들어 줄 여유가 없었다.

"도하가 왜 당신 안 만나 주는지 모르지? 난 아는데?"

이연이 걸음을 멈췄다.

"궁금은 한가 보네."

"이유가 뭔데요?"

"도하는…… 날 책임질 의무가 있거든."

"책임지다니요?"

"음……. 뭐라고 말해야 이해가 빠를까? 난 도하를 위해서 제일 소중한 걸 버렸어, 7년 전에."

"도하 씰 위해서가 아니겠죠. 자신을 위해서겠죠. 뭘 버렸건 그건 옛날 일이에요."

이연이 다시 걸음을 뗐다. 더 이상 대화를 지속하고 싶지 않았다.

"아기."

아기? 이연은 순간 숨이 멎는 거 같았다.

"아기를 잃었어. 도하의 아기를, 그것도 강제로."

정말 수란이 그런 일까지 했을까? 믿을 수 없다고 생각했지만 머리와는 다르게 심장은 덜덜 떨려 왔다.

"도하한테 말했어. 내가 어쩔 수 없이 도하 앞에서 사라졌던 이유. 그래서 도하는 날 다시 선택하기로 한 거야. 그러니 당신은 이제 그만 미련 버리고 자기 갈 길 가. 두 사람 어차피 이혼하기로 한 거 다 아니까."

최유리가 자신의 용건을 끝내고 먼저 이연을 떠났다. 텅 빈 복도에 이연만 덩그러니 남았다.

하루 두 번, 어떤 날은 다섯 번까지도 문 앞에서 실랑이를 했던 이연은 사흘째 소식이 없었다. 도하는 침대에 일어나 앉아 창밖을 바라보았다. VIP 병실이라 바깥 풍경이 나쁘지 않았다. 꽃과 나무가 잘 정리된 정원이 보였다.

가끔 이연이 정원을 가로지르는 걸 본다. 그때마다 도하의 심장이 움찔했고 그 영향인지 옆구리의 상흔에 미세한 통증을 느꼈다.

우리가 어쩌다 이렇게 되었을까?

취임식이 있던 밤, 도하는 수란과 이연의 대화를 우연히 듣게 되었다. 옆을 떠나지 않겠다 다짐했던 그녀가 없어져 버려 찾는 중이었다. 밀실의 두 여자는 이미 합의된 사항에 대해 신경전을 벌이는 듯했다.

천천히 피가 차갑게 식어 갔다.

어쩌면 도하의 운명이란, 7년 주기로 여자에게 뒤통수 맞도록 되어 있을지도 모르겠다.

신께서 나를 증오하시나? 그래도 이렇게 똑같은 패턴이라니, 거기다 은이연이라니. 너무하잖아?

신이 앞에 있다면 울부짖고 싶은 심정이었다.

이연은 날 사랑한 게 맞을까? 사랑한다면서 날 떠난다고? 사랑은 됐고 추억이나 끌어안고 살겠다니, 이게 얼마나 미친 소리인지 그녀는 제대로 알고 있을까?'

대체 그 어려운 의사 공부를 한다는 머리에 지성이 제대로 붙어 있는 건지 의심스러웠다.

　그럼에도 이연은 마치 극본대로 연기하는 연극배우처럼 말끔하고 주저함이 없었다. 수란을 대하는 이연의 눈은 너무나 진심 같아서 도하는 할 말을 잃었다. 마음이 곧장 지옥 속으로 걸어 들어갔다.

　하지만 정신을 차려야 했다. 막무가내로 날뛰는 유리를 해결하고 집으로 돌아가 이연을 꼼짝 못하게 잡아 둘 것이다.

　그 정도 일로 널 보낼 거 같니? 널 놓아줄 거 같니? 천만에, 은이연! 난 어떤 식으로든 널 잃을 수 없어. 네가 떠나게 절대 안 둬.

　이를 갈았다. 화내다 안 되면 사정하고, 그것도 안 통하면 생떼라도 쓸 생각이었다. 그렇게 계획했던 그날의 행로가 유리에 의해 길을 잃었다. 여러 군데 몸에 난 생채기가 마음의 길도 잃게 만들었다.

　"최유리 씨가 오셨습니다."

　심 비서가 병실로 들어와 알렸다. 잠시 후 그녀가 들어섰다.

　"얼굴 보기 힘드네."

　유리는 실연당한 여자처럼 여윈 얼굴에 창백한 화장을 하고 수수한 환자복 차림으로 들어섰다.

　그날.

　유리와 종지부를 찍으려고 아파트에 갔던 날이 밀물처럼 눈앞을 덮쳐 왔다.

유리에게 모든 것을 알고 있다 말했음에도 그녀는 포기하려 들지 않았다. 이미 술을 많이 마신 상태였다. 유리는 집을 나서는 도하에게 나이프를 빼 들고, 지금 자신의 모든 불행은 너 때문이라면서 저주를 퍼부었다.

그리고…… 유리는 그의 어머니로 인해 아이를 잃었다 했다.

그 말을 듣는 순간 이연이 떠올랐다.

지독하고 음울한 기운이 순식간에 그를 덮쳤다. 잠시 정신을 놓은 사이, 유리가 나이프를 들고 달려들었다.

푹.

그런 소리가 난 것도 같았다.

그리고 피.

선명한 붉은 액체에서 비릿한 냄새가 났다. 도하는 그 피 냄새를 잊을 수가 없었다.

아파트 밖에 있던 심 비서가 들어와 의료진을 부르는 동안 도하는 바닥에 누워 진동하는 피 냄새 속에서 생각했다. 이연을 나라는 사람으로부터 멀리 떨어뜨려 놔야겠다고. 내 옆에 있으면 언젠가 그녀가 이런 냄새를 맡을 수도 있겠구나 생각했다. 그녀가 절대 행복할 수 없겠구나 비관했다.

"이번 일 미안해. 사과하러 왔어."

유리가 소파에 앉아 슬픈 얼굴을 했다. 그를 만나러 올 때면 늘 다른 가면을 바꾼다.

"괜찮아."

"아니야. 내가 술이 과했어. 절대 그럴 생각은 아니었는데……."

"오히려 잘됐어. 이것으로 우리는 한 대씩 치고받은 게 되니까."

"무슨……."

유리의 얼굴에 당황한 빛이 가득했다.

"심 비서님, 주세요."

심 비서가 서류와 봉투 하나를 유리에게 내밀고 자리를 떠났다.

"심 비서님께 부탁하려고 했는데 생각을 바꿨어. 그래도 한 번은 마지막으로 봐야 할 거 같아서."

도하의 목소리는 부드럽지만 차가웠다.

"옛날 네가 상처 입었던 대가야."

유리가 봉투를 열어 여러 개의 0이 기입된 수표를 보고 있었다.

"물론 어머니가 시키신 일이지만 네가 그런 거야. 아기, 우리의 아기라고 했지? 지키려고만 하면 지킬 수 있었어. 넌 그 정도밖에 날 사랑 안 한 거야. 그러니 옛날에 입은 상처로 애정 결핍 환자처럼 사랑을 구걸하는 거 그만해. 옛날엔 네가 어떤 앤지 잘 몰랐어. 이젠 알아. 탐욕스럽고 막무가내지. 사기도 칠 줄 알고, 뒤통수도 잘 치지. 근데 그 나쁜 점들에도 불구하고 넌 욕망에 충실해. 그거 하난 나쁘지 않다 생각했는데……. 마지막까지 이렇게 나오면 그 한 가지 장점마저 싫어질 거 같다. 그만해라, 유리야. 너도 알잖아, 너한테 가지 않는다는 거."

"도하야, 이러지 마."

"그리고 그 서류에 사인해."

유리가 서류를 펼쳤다.

"다시는 이연이나 내 앞에 접근하지 않겠다는 각서야. 이번 일 제대로 만들어서 접근 금지 명령을 받을 수도 있었어. 시끄러운 건 귀찮을 테니까, 너나 나나. 여기 사인하면 이번 일은 넘어가 줄 거야."

도하의 냉정한 눈이 돌이킬 수 없다는 걸 말하고 있었다. 유리는 더 이상 아무런 여지도 없다는 것을 깨달았다.

유리는 울기 시작한다. 조그맣던 울음소리는 급기야 악스럽게 변해 갔다.

"내가 그 여자한테 다 말했어!"

"그 여자?"

"네 알량한 부인 말이야. 그 여자한테 아기 잃었단 얘기했다고!"

도하의 눈빛이 달라졌다.

"최유리, 너 똑바로 말해! 뭘 어쨌다고?"

"왜? 내 맘대로 말도 못 하니? 네 말대로 난 무지 꼬인 사람이라서 두 사람 행복 따위 빌어 줄 생각 없어. 그 여자 더 이상 너 안 찾지? 이유가 뭘 것 같아? 그 여자도 무섭겠지. 네 엄마 같은 여자랑 평생 가족이 되어 살아야 하는 거 말이야! 네 여자가 된다는 건 그런 뜻이니까. 이제야 깨닫고 도망친 거 아니겠어?"

유리가 눈물을 닦고 일어섰다.

"이거 먹고 떨어지라 그랬지? 알았어. 내가 쿨하게 떨어져 줄

게. 너희들 불행에 마지막으로 한몫한 거 같아서 개운하게 떠날 수 있겠어."

유리가 악담을 퍼붓고 병실을 나섰다.

도하는 유리가 한 말을 곰곰이 생각했다. 이연이가 다 안다고? 그래서 단념해 버린 걸까? 그래서 더 이상 찾아오지 않는 것일까?

유리의 폭언이 어땠을지 짐작이 갔다. 과거의 사실만을 전달하진 않았을 것이다. 혹시라도 이연이 상처를 받았을까 걱정이 되었다. 하지만 이제 그는 이연을 위로해 줄 수 없다.

오히려 잘됐다 생각했다. 천진한 그녀가 아픈 그를 동정해 찾아온다면, 그는 그녀를 내치지 못할 것이다. 도하는 그 유혹을 견딜 수 있을 것 같지 않았다.

그래, 차라리 이렇게 끝나는 것도 좋다. 그런데 왜 이리 가슴이 찢기는 듯 아플까?

도하는 딱딱한 덩어리로 가득 찬 가슴을 툭툭 쳤다. 주먹이 점점 세어진다. 이렇게 두드리다가 멍든 가슴이 제 기능을 다해, 무엇도 느낄 수 없었으면 좋겠다고 도하는 소망한다.

문득 잠에서 깨었는데 의자에 앉아 자신의 얼굴을 만지는 사람의 형체가 보였다. 도하는 황급히 일어났다. 순간 이연일지도 모른다고 생각했다. 그러다가 수란이라는 걸 알고 다시 침대 속으로 푹 꺼졌다.

"분명히 저번에 말씀드렸을 텐데요. 아직 어머니 얼굴 보고 싶지 않다고요."

"그래, 네 마음 알아. 내가 보기 싫기도 하겠지. 하지만 유리가 한 말 다 믿으면 안 돼. 그 애는 예전에도 그랬어. 거짓말이 입에 붙어서 사람을 농락하는 데 도가 튼 아이야. 다 널 위해서였어. 그래도 생각해 보렴. 내가 그 애를 처리해 버렸기에 망정이지, 만약 내가 가만 놔뒀으면 어땠겠니? 무슨 짓이든 할 수 있는 위험한 애란 말이다."

"무슨 일이든 할 수 있는 사람, 또 하나 있잖아요? 어머니요. 그러고 보니 유리랑 어머니, 공통점이 꽤 있네요."

"도하야, 그게 무슨 말이야? 너!"

수란이 흥분해 소리를 지르다가 감정을 자제하는 듯 표정을 바꾸었다.

"그래, 화가 나면 내야지. 그렇게라도 빨리 털어 버리고 회복해야 한다. 그러고 나서 이연이랑 이혼 처리하고 새롭게 시작하자. 요즘도 이연이가 귀찮게 하니? 걔는 왜 아직도 미련하게 그러는지 모르겠다."

수란도 병실 상황에 대해 보고를 받고 있는 모양이었다. 도하가 그저 이연에게 싫증이 난 것으로 알고 있다. 문제 하나가 제거됐다 생각했는지 수란의 얼굴에 그늘이 걷혔다.

도하는 궁금한 것을 묻기로 했다. 취임식의 밀실에서 이연을 협박하던 수란을 그는 기억하고 있었다.

"이연이가 서류에 사인한 거 알아요. 어떻게 하신 거예요?"

"무슨 말이니?"

수란이 시치미를 뗐다.

"어머니가 하신 일이잖아요?"

다 안다는 듯 도하가 고요히 물었다. 그제야 수란도 가면을 벗었다.

"제일 아픈 부분을 건드렸지. 너도 앞으로 그렇게 해야 해. 넘어뜨리고 싶은 사람이 있으면, 그 사람이 제일 아끼는 걸 치는 거야."

"이연이의 가장 아픈 부분, 뭐였는데요?"

"그 애 가족. 그 보잘것없는 치들, 문제만 일으키는 가족을 끔찍하게 생각하잖니? 그 애 어머니는 너희 결혼에 대해 아무것도 모르고 있고 말이다. 내가 몇 가지 가르쳐 줬지."

도하가 주먹을 꽉 쥐었다. 이연이 서류에 사인한 이유가 선명하게 떠올랐다. 자존심이 강한 그녀가 더 이상은 버티지 못했으리라.

"어머니가 착각하고 있는 게 있어요. 이연이가 싫어져서 만나지 않는 게 아니에요."

"뭐?"

수란이 깜짝 놀라 일어선다.

"어머니 때문이에요."

"무슨 소리야?"

"어머니가 유리한테 한 짓 알아 버려서요."

"무슨……."

"아이를…… 가졌었다죠."

"도하야, 그건……."

"그리고 어머니가 없애게 만들었고요."

"그 애한테 무슨 말을 들었는지 모르지만 다 오해야. 그리고 그건 그 애가 원한 거라고."

"중요하지 않아요."

도하가 일어나 앉았다.

"어머니가 무서워졌어요. 그리고 이연한테도 똑같은 일을 하실 수도 있겠다 생각하니까 어머니한테서 멀리 떨어지게 만들어야겠더라고요."

도하가 아프게 덧붙였다.

"그게, 내가, 이연이를, 잃는 일이라고 해도요. 그래 봤자 한평생 좀 외롭게 살다 죽기밖에 더 하겠어요."

"너 어미를 협박하니?"

"협박으로 들리세요? 어머닌 제가 어떻게 살든, 마음이 죽든 살든 상관없는 분이잖아요?"

"어찌 되었든 네가 최종적으로 그렇게 결정한 거면 됐다."

"한 가지 약속해 주세요. 다신 그러지 마세요. 이연이도, 그 애 가족도 건드리지 마세요."

"내가 원하는 길에 방해만 안 되면 된다. 도하야 나는 못 할 짓이 없단다."

"저도 못 할 짓이 없어요, 이제. 이연이를 잃었으니 두려울 게 뭐가 있겠어요? 어머니가 막 나가시면, 저도 막 나가요. 다 버리고 떠나는 거 한 번 해 봤으니 두 번 못 할 것도 없고요."

수란이 잠잠히 아들을 보았다. 낙담한 얼굴로 독기 가득한 말을 내뱉는 도하의 얼굴은 진심이었다. 안타깝게도 불행해 보였다. 사랑하는 아들이 가슴 아파하는 꼴을 보고 좋아할 어미는 없다. 하지만 더 높은 목적지를 위해 필요한 단계라면 어쩔 수 없다고 믿었다.

"알았다. 명심하마."

"앞으로 만나러 오실 때 미리 전화 주세요."

"허락받고 널 만나란 소리야?"

"네, 그 정도는 감수하셔야죠."

도하가 차갑게 내뱉었다. 수란이 일어섰고 도하가 돌아누웠다. 아들의 커다란 등이 고통스러워 보였다. 수란은 급격한 피로감을 느끼며 병실을 나섰다.

"은 선생."

이연은 대답이 없다.

"은 선생."

다시 불렀을 때야 고개를 든다. 바로 책상 앞에 마주 앉은 여자는 지금 정신이 온통 다른 곳에 가 있다. 병동 두 개를 건넌 곳에 있다.

무석은 허탈한 마음을 애써 숨기며 학회 준비 자료로 시선을 돌렸다. 무석 역시 영어가 빼곡하게 적힌 종이에 집중할 수 없었다.

어쩌면 이런 그녀를 두고 오늘 자신이 용기를 내는 건, 정말 최악의 수를 두는 건지도 모른다.

하지만 무석은 말해야만 했다. 자신을 위해서.

"밥이나 먹으러 가자, 은 선생. 일어나."

"왜요? 아직 많이 남았는데요?"

"오늘은 그 정도면 됐어."

"네."

이연이 순순히 일어섰다. 무석이 그동안 수고한 대가로 밥을 산다 했다. 하지만 무석을 따라 온 곳은 예상과 달랐다. 그저 무석의 집 근처 조그만 백반집이려니 했는데, 멤버십 회원들만 출입이 가능한 레스토랑이었다.

"오늘 수고했어."

"수고는요……. 근데 여기 되게 비싼 곳 같은데……."

앞에 놓인 최고급 스테이크는 맛이 일품이었지만 가벼운 저녁 한 끼로는 좀 과한 느낌이었다.

"하긴 선생님 부자시니 괜찮죠?"

"은 선생도 부자잖아?"

"그런가요?"

이연이 애매하게 말끝을 흐렸다.

"커피는 다른 데 가서 먹자. 이 근처에 커피 맛이 기막힌 집 있어."

"저 오늘 커피 많이 마셔서 그냥 여기 후식으로 할게요. 오렌지 주스 마실게요."

"알았어, 그럼."

그들은 주스를 마시며 잠시 야경을 즐겼다. 고층 빌딩 최상층에 위치한 레스토랑의 룸이라 그런지 전망 역시 멋졌다. 점점 짙어지는 어둠 속에서 반짝이는 도시가 선명하게 드러나고 있었다.

도시를 눈에 담고 이연은 또 도하를 생각한다. 그는 계속 그녀를 만나기를 거부하고 있었다.

"생각이 다른 데 가 있네."

"뭐라고 하셨어요?"

"머리 아픈 일이 있나?"

"네, 좀."

"뜬금없을 수도 있는데……. 은 선생한테 말하고 싶은 것이 있어."

"네."

무석의 표정이 이전과 다르게 경직되어 있었다.

"도하 때문에 힘들어?"

"네?"

"도하가 은 선생과 헤어지려고 하는 건가?"

"그걸 어떻게 아셨어요?"

"나야 뭐 늘 은 선생을 보고 있으니까."

"네?"

"고 선생한테도 좀 들었고."

"아아, 네."

이연의 얼굴이 어두워졌다.

"이 타이밍이 최악이라는 걸 알고 있어. 하지만 나는 정정당당하게 사는 사람이야."

이연은 무석이 하는 말의 행간이 읽을 수 없었다.

"도하와 헤어지게 되고 은 선생이 혼자가 된다면, 그러면……날 한번 제대로 봐 줄 수 있을까?"

무슨 말인지 몰라 이연은 무석을 생경하게 보았다.

"내가 은 선생을 좋아한다고."

"네?"

예상도 못 한 일이었다.

"병원에 들어와 은 선생을 처음 봤을 때부터 계속 좋아해 왔어. 그런데 은 선생은 다른 사람의 아내니까 아무것도 할 수가 없었고, 최대한 감정의 거리를 벌려야 했어."

조용한 고백이 이어졌다.

"내가 이 말을 하는 이유는 은 선생에게 거절을 당한다고 해도, 가능성이 단 1퍼센트밖에 안 된다고 해도 마음을 전하지 않으면 아무것도 할 수 없어서야. 뭐든 끝까지 가 보지 않으면 평생 잊을 수 없다더라고. 그건 참, 사람 인생을 괴롭게 하는 일이잖아?"

노크 소리가 들렸고 레스토랑 직원이 트레이를 밀며 다가왔다. 납작한 삼단 트레이 위에는 붉은 장미꽃 다발이 놓여 있었다. 무석은 이연에게 꽃다발을 주었다.

"흔하고 진부할 수 있지만 클래식이 제일 좋은 거 같아서."

무석이 쑥스러운 듯 잔잔하게 웃었지만 그의 손끝이 조금 떨리고 있었다. 그 떨리는 손가락을 보는데 예전의 자신이 생각났다. 그녀 역시 도하에게 못다 한 고백을 품고 있으니 앞으로 남은 인생이 괴로워질까? 평생 잊을 수 없게 되는 걸까?

"저는."

"응."

"죄송해요."

이연의 얼굴이 잔뜩 흐려졌다.

"거절인가?"

"네."

"아직 도하와 끝나지 않아서?"

"제 마음은 다른 사람으로 꽉 차 있어요. 그래서 선생님과 시작할 수도 없을뿐더러 선생님을 배려할 여유조차 없어요."

이연은 몇 년 전 무석을 처음 만났을 때를 떠올렸다. 언제였는지 확실히 기억할 수는 없지만 처음 무석에게 받은 인상은 차갑다는 것이었다. 그의 굳게 다문 입가와 감정이 실리지 않은 눈빛에 그런 이유가 숨겨져 있는 줄은 몰랐다.

"날 이용해도 좋아."

"네?"

"도하를 잊는 데 말이야. 방송하는 친구 녀석 하나가 그러더군. 사랑은 디졸브라고 말이야. 도하를 잊는 데 날 사용하고 싶다면 기꺼이 내줄게."

무석이 픽 웃으며 말했다. 농담 같기도 했지만 이연은 냉정하기로 했다.

"안 그러고 싶어요."

"은 선생답네. 짧고 명료한 거절이군."

"그건 선생님한테 예의가 아닐뿐더러 제 사랑은 디졸브가 아닐 거 같으니까요."

무석이 자리를 떠나 창가 쪽으로 걸어갔다.

"다시 한 번, 아니, 시간을 두고 생각해 볼 순 없을까?"

얼굴을 창 쪽으로 돌려서 표정을 볼 수 없었지만 그의 목소리는 낮게 잠겨 있었다. 자신을 좋아한다는 사람에게 그 사람의 감정을 헤아릴 틈도 없다고 말하는 건 상처겠지만, 이연은 어쩔 수가 없었다. 무석이 깊게 상심하더라도 진실을 말해야 했다.

"죄송합니다."

"그럼 날 이용해서 도하를 얻어도 좋아."

"무슨?"

"내가 은 선생 옆에 서 있기만 해도 도하가 흥분하는 거 알아."

"그래서요?"

"날 질투의 도구로 이용해도 좋다는 말이야."

"선생님…… 왜 이렇게까지……."

"나는 은 선생을 좋아하니까. 좋아하는 사람이니까."

잠시 무석은 말이 없었다.

"이제 은 선생이 날 어색해하고 감정적 거리를 벌릴 수순인가? 내 고백 덕분에?"

"제가 어떻게 했으면 좋겠어요?"

"이 고백 이전처럼 날 대해 줬으면 좋겠어. 가능하겠어?"

"노력할게요."

"응. 은 선생은 우등생이니까 노력하면 될 거야."

"네."

"두 가지 부탁이 있어."

"네? 무슨?"

"고백도 거절당한 마당에 부탁까지 안 들어주면 나 저기 한 강에라도 가야 할 거 같은데?"

"무슨 부탁이신데요?"

"첫 번째는 내 선물 하나를 받아 줬으면 하는 거야. 그걸 받고 버려도 상관은 없어."

"뭔데요?"

"보면 알 거야."

"다 정리하고 미국 들어갈까 생각 중이야. 그래서 물건들 대부분을 정리해야 해. 그중 하나를 은 선생에게 주겠다는 거야. 받아 주겠어?"

"그럴게요."

"그리고 두 번째는 이번 미국 학회, 같이 가자."

"그건 이미 못 간다고 말씀드렸잖아요?"

"시기가 좀 그래서 다른 선생을 염두에 두고 있었는데, 아니야. 은 선생이 가야 해. 은 선생이 같이 도왔고, 은 선생 커리어에 좋은 기회니까."

"그 부탁은 들어 드릴 수 없을 거 같아요. 죄송해요."

"사랑 고백을 거절당한 사람한테 이렇게 냉정해도 되는 거야?"

이연은 말이 없었다.

"은 선생을 곤란하게 할 생각은 없어. 오늘 거절당했으니, 은 선생한테 질척거리는 짓도 안 할 거고."

"알아요. 근데 선생님……."

"도하도 시간이 필요할 거야. 은 선생도 조금 떨어져 생각해 보는 게 좋고. 무엇보다 이건 은 선생 일이야. 그것만 생각해."

도하를 생각하면 이연은 병원 밖으로 한 발짝도 움직이고 싶지 않았다. 하지만 무석의 말은 설득력이 있었다.

"알겠습니다."

어렵게 이연이 승낙을 했다. 겨우 일주일 남짓의 학회에 그녀가 동행한다. 무석은 감정이 없다 말했지만 사실 기뻤다. 그녀에게 뭔가를 줄 수 있다는 것만으로도.

아마도 무석은 오늘 만남이 이리 끝날지 예상했던 것 같다. 그래도 알지만 가야 하는 길이 있다.

레스토랑을 나와 두 사람은 헤어졌다. 무석이 집까지 데려다준다고 했지만 걸으면서 생각을 정리할 필요가 있을 거 같다고 말하니 더 이상은 권하지 않았다.

차를 타고 떠나는 무석을 보는데 마음이 혼란스러웠다. 몇년간 누구도 모르게 마음을 쌓는다는 건 힘든 일이다. 그 쌓인 마음을 단번에 허물어뜨리는 일은 두 배 더 어렵고 말이다.

이연이 너무나 잘 알고 있는 고난의 감정. 그 긴 감정의 나쁜 예. 바로 은이연의 짝사랑. 시간이 이미 엇갈려 더 이상 마주 보는 사랑을 시도할 수 없는 구렁텅이.

　여름의 절정은 밤도 후끈 달아오르게 한다. 자정이 지난 시각인데도 열대야 때문인지 더운 공기가 온 세상을 잠식하고 있었다.

　이연이 병동을 나서자 더운 공기가 온몸을 훅 감싸 왔다. 하루 종일 마음이 한없이 복잡해 병원 일에 집중할 수 없었다.

　유리의 이야기는 충분히 놀라웠다. 그녀의 화법과 태도를 보면 자기 입장에 맞춰 얘기를 꾸며 낼 수도 있는 여자지만, 아기를 잃었다는 말은 어쩐지 사실인 것 같았다.

　그걸 알게 된 도하가 최유리에게 보상이라도 하기로 결정한 걸까? 최유리와 다시 시작하기로 결심했을까?

　이연은 혼란스러웠다. 그 옛날 도하가 최유리를 사랑했던 건 사실이다. 과거의 오해는 풀면 되고, 그렇게 되면 그때의 감정이 되돌아와 두 사람 사이가 다시 이어질 수도 있다.

　거기다 그녀는 그의 뒤에서 수란과 헤어지겠다는 서류에 사인을 했다. 그의 뒤통수를 쳤다.

　힘이 쭉 빠졌다. 무작정 걷다가 어느새 5월의 나무가 있었던 자리로 향하고 있음을 알았다.

　멀리 휠체어를 탄 사람이 보였다. 그 사람이 도하라는 것을 안 순간 이연은 반가움에 왈칵 눈물이 나려 했다. 가까운 거리에 있으면서 아이러니하게도 그를 보지 못한 나날들이 속절없이 지나가고 있었다.

"도하 씨."

주황색 가로등 아래 그가 돌아보았다. 그의 얼굴이 놀라움이 가득했다가 다시 딱딱하게 굳었다.

"가려던 참이야."

"잠깐만요. 나 할 말 있는데 시간 좀 내줘요."

도하가 멈칫했다.

이연은 도하를 발견하자 결심했다. 낙망의 동굴로 들어가기 전에 할 일이 있었다. 오늘이 아니면, 지금이 아니면 평생을 후회할지도 모르니, 그러니 얼른 도하에게 다 털어놓아야겠다고 이연은 생각했다.

"나무가 없어졌어요."

하지만 첫 마디가 생각과는 다르게 나왔다.

"뭐?"

"5월의 나무. 그거 당신이 줬으니까, 내 거잖아요? 당신이 옮겼어요? 어디로 옮겼어요?"

"버렸어."

"네?"

"버렸다고."

순간 이연의 얼굴이 참혹하게 무너졌다.

"나무가 무슨 죄가 있다고 그걸 버려요?"

그녀가 울부짖었다.

"너 나와 끝내려 했잖아? 그런데 나무 따위가 무슨 소용이야?"

도하가 차분하게 말했다. 아무런 감정도 들어 있지 않은 목소리였다.

"그냥 결심했을 때 말해 주지 그랬어? 취임식까지 기다릴 게 아니라. 그럼 연극 안 해도 됐잖아."

"추억 만들기."

이연의 눈에 눈물이 가득해 대답했다.

"뭐?"

그가 어이없는 듯 웃는다.

"내가 현실을 잠시 까먹었어요. 당신이랑 앞으로 괴로울 일들 많을 거라는 거, 산 넘어 산일지도 모른다는 거. 마침 어머니도 날 자극하셨고. 난 자신이 없어졌어요. 그래, 당신 그룹 일 안정될 때까지 추억이나 만들자 생각했어요. 난 7년 동안 희생했으니 이 정도는 해도 된다고. 내가 가져도 된다고 합리화했어요."

"내가 들어 본 개그 중에 제일 웃긴 말인데?"

이연은 지지 않고 그의 눈을 보며 담담하게 대답했다.

"당신한테는 말이 안 될지 모르지만, 난 당신과의 추억이라도 갖고 싶었어요. 오랜 시간이 지난 후에 우리가 떨어져 있어도 가끔 당신과의 일을 추억하면서 행복해할 수 있겠구나 그랬다고. 그게 바보 같아? 그래, 바보라도 해도 할 수 없어요. 난 그래. 당신이랑 잘되는 거 꿈이라고, 이렇게 짧은 밀회라고 인정할 수밖에 없었으니까."

"어머니가 협박해 두려워서 도망간다는 거면 이해할 수 있을지도 몰라. 근데 뭐? 어차피 안 될 사이? 꿈?"

"나, 바보 맞아요. 그렇게 생겨 먹었어요. 당신은 절대 알 수 없겠지만……. 이해가 안 가면 태생이 그래서, 환경이 그래서라고 생각해 줘요."

"알았어. 마지막 자비를 베풀지. 그런 여자로 생각해 줄게."

이제 그녀와 안녕인가?

도하는 그녀와의 마지막 시간이 이렇게 지나가고 있음이 지극히 고통스러웠다. 그녀에게 마지막까지 비수를 꽂아야 한다는 것이 슬펐다. 그래서 한시라도 빨리 자리를 피하고 싶었다.

"독고 비서 좀 불러 줘. 병실로 돌아가야겠어."

이연이 그의 휠체어 앞에 무릎을 꿇고 앉았다.

"뭐 하는 거야?"

그녀가 그의 손을 조심스럽게 잡았다.

"미안해요. 나는 바보에 멍텅구리, 형편없는 마누라였어요."

"……."

"당신이 다치고 나서야 알았어. 내가 미친 짓을 했다는 거."

"……."

"미안해. 오기 부렸어. 어머니한테 반항하고 싶었어. 당신 며느리 자리에 관심 없다고 뻥 차는 모습 보여 주고 싶었던 거 같아. 당신 아들이 나 때문에 얼마간 괴로워하는 거 보면서 마음 아파 보라고 하고 싶었어. 온통 나쁜 마음이었어. 당신은 조금도 배려하지 않은 나쁜 여자였어. 근데 그건 바보 같은 오기였어. 내가 이렇게 아픈데 당신보다 더 아픈데……. 난 왜 그랬지? 나는 나약했어. 미안해. 미안해. 도하 씨, 미안해. 반성하고 있어요. 그러니까 이제 나 좀 봐주면 안 돼?"

믿기 힘든 말을 그녀가 했다. 수란에게 가슴을 찢기는 아픔을 당했던 그녀가 그에게 봐 달라 한다.

"그럴 거 없어. 덕분에 나도 정리가 됐으니까."

"난 아직 안 됐어. 하고 싶은 말, 반도 못 했다고요."

그녀가 그를 올려다보았다.

"하게 해 줘요. 당신한테 하고 싶은 말."

그녀의 눈에 눈물이 일렁이다 한 방울 톡 떨어졌다. 도하가 그녀의 눈물을 닦아 주었다.

이연이 일어나 도하의 휠체어를 밀었다. 도하의 병실로 향하는 길, 나직하게 이연이 이야기를 시작했다.

그것은 고백이었다.

"내가 당신 처음 본 얘기 한 적 없죠? 나 당신을 도서관에서 처음 봤어요."

도하는 뒤에서 담담하게 들리는 이연의 목소리를 듣고 있었다. 그녀를 볼 수 없었지만 그녀의 모습이 선했다.

"당신은 그때 최고로 행복한 사람의 얼굴을 하고 있었어요. 그래서 부러웠고 질투가 났어요. 그리고 이상하게 자꾸 생각이 났어요. 한 번밖에 안 본 얼굴인데."

조곤조곤 말하는 담담한 목소리를 듣고 있자니 이연의 입술이 생각났다. 그녀의 입술 맛도.

가까이하고 싶다. 그녀를 안고, 입술을 맛보고, 평안의 시간을 함께하고 싶었다.

　주책없이 눈이 찌르르 아파 왔다.

　"나중에 방희가 되게 부잣집 남자라는 걸 말해 줬어요. 그리고 어떤 날에…… 당신이 나한테 빨간 우산을 줬어요. 난 그날 아주 비참했는데 당신 우산 덕분에 조금 살 만한 기분이 되었죠. 그리고 그때 당신이 해 준 충고대로 난 비가 와도 막 뛰어가고 그러지 않아요. 첫 비는 우주의 먼지를 품고 있다고 당신이 말했으니까."

　도하는 과거를 돌아본다.

　비 오는 날……. 우산…….

　그러다가 어렴풋이 생각이 났다.

　아, 그 여자가 이연이었다니.

　"그냥…… 난 당신이 좋은 사람이라고 생각했어요. 그래서 당신이랑 결혼이란 걸 할 수 있었어요. 아무나 돈 많은 남자면 되었던 게 아니야. 당신이었기 때문에, 당신이 손을 내밀었기 때문에, 그게 말도 안 되는 계약 결혼이라고 해도 할 용기가 났던 거예요."

　더운 공기 사이로 들리는 이연의 목소리에는 진득한 물기가 있었다.

　"어쩌면 그때부터 당신을 좋아했는지 모르겠어요. 애끓는 사랑까진 모르겠지만 당신을 좋아했어요. 내 첫 사랑, 당신이었어요."

저 앞에 병동 입구가 보였다. 곧 도하는 이연과 헤어진다.

"결혼하고 당신이 떠나고 1년이 지났을 때……, 당신이 영원히 돌아오지 않을지도 모른다고 생각했을 때…… 당신과 꼭 닮은 아버님이 다가와 주셨어요. 운명처럼 아버님을 도울 상황이 벌어졌고요. 그날 이후로 아버님과 가끔 데이트를 했어요. 당신 얘기를 자주 하셨어요. 당신 어린 시절, 감나무 얘기, 당신이 그린 그림들, 강아지를 주제로 만들었던 단편영화도 보여 주셨어요. 아들을 뿌듯해하는 아버지의 모습이었어요. 그래서더 당신을 사랑하게 됐어요. 당신은 곁에 없지만, 당신 그림도보고, 시도 읽고, 영화도 봤거든요. 어떻게 안 그럴 수가 있겠어요? 당신의 따뜻한 그림과 사진 같은 거, 그 반짝이는 영화를 보면서 어떻게 당신을 좋아하지 않을 수 있었겠어요?"

도하의 가슴이 잔잔하게 울렸다. 떨림인 것도 같고 통증인것도 같았다.

"아버님이 돌아가시지 않을 줄 알았어요. 사고 소식 듣고 현지에 도착했을 때 며칠 혼수상태였던 아버님이 기적적으로 의식을 되찾았거든요. 그래서 희망을 붙들고 있었어요. 그때 아버님이 말했어요. 당신, 행복하게 해 달라고."

병동 현관으로 들어섰다. 잠을 못 이루는 환자들 몇이 보였다.

"나는 후회해요. 당신을 속이고 헤어질 계획을 세운 거, 당신을 불행하게 만든 거 전부 다 후회해요."

잠시 이연은 말이 없었다.

"혹시 말이에요. 당신이 최유리 씨와 함께하기로 했다면 어쩔 수 없지만, 나한테 화나서 이러는 거면 날 좀 용서해 줘요. 예전에 나도 당신이 사과해서 용서해 줬잖아."

이연이 엘리베이터 앞에 휠체어를 세웠다.

"그리고 또 만약에……, 혹시라도 당신이 내 걱정을 하고 있다면 그럴 필요 없어요. 나는 더 이상 상처 받지 않아요. 당신과 함께하기 위해 어떤 것도 이길 수 있는 마음이 있어요. 날 상처 줄 수 있는 사람은 오직 당신뿐이야. 어머니도, 그 여자가 말해 준 어떤 얘기도 힘이 없어요. 당신만 그래."

이연이 어느 지점을 말하고 있는지 알 거 같았다. 이연은 유리의 말을 듣고도, 수란의 협박에도 불구하고 그에게 괜찮다 말하고 있었다.

"당신 가까운 곳에 병동 두 개를 넘으면 내가 있어. 나는 당신을 기다릴 거야."

어느새 병실 앞이었다. 경호원들이 문을 열어 준다. 그녀가 휠체어에서 손을 뗀다.

곧이어 멀어지는 발소리가 들렸다.

도하는 비로소 눈을 떴다. 가슴이 쪼개질 듯 아프다. 슬픔이 뭉텅이로 밀려와 마음을 점령한다. 도하는 다시 눈을 감았다.

뒤늦게 독고 비서가 헐레벌떡 쫓아왔다.

"회장님, 어디 가셨어요? 계속 찾아다녔잖아요."

독고 비서가 휠체어를 밀어 병실로 들어섰다.

"물 좀."

목이 타는 듯 갈증이 났다.

"드라마 보면 나 같은 상황에서 남자 주인공이 기억 상실증 같은 거 걸리던데 말이야……."

"네?"

컵을 내밀며 독고 비서가 반문했다.

"난 너무 또렷하네. 모든 게 너무 또렷해져, 점점."

생각도 안 나던, 그녀가 말해 준 그들의 첫 만남이 마치 어제 일처럼 선명하게 머릿속에 그려졌다.

그 여자.

등이 시리고 춥던 그 여자.

그 순간 그는 자기 옷을 벗어 그녀에게 그냥 덮어 줄 뻔했다. 그러다 가까스로 정신을 차리고 멈췄다. 꼭 신의 손이 자신의 옷을 벗기고 그녀에게로 등을 떠민 거 같은 기분이었다.

그때 그 여자.

아!

우리는 운명이었나.

그녀는 그를 기다리겠다 했다. 그 말이 천상의 목소리처럼 들려 도하는 마음이 사정없이 떨렸다.

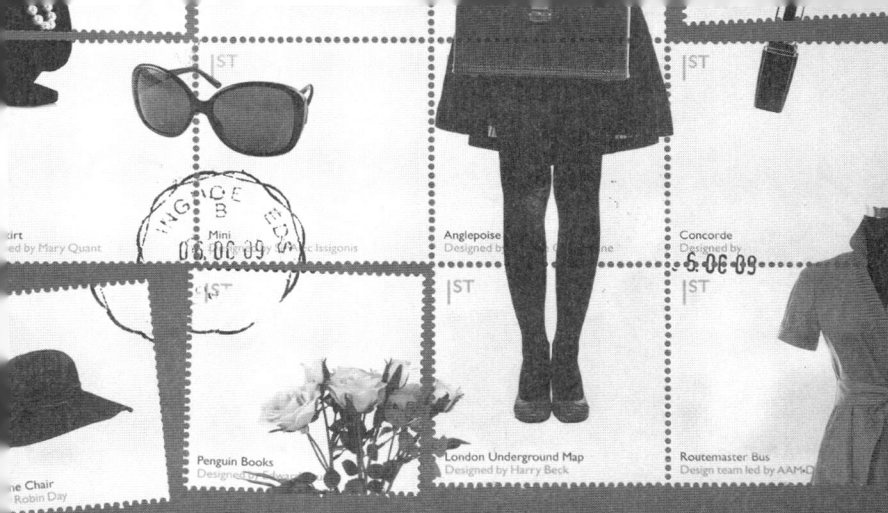

강이 풀리면

강이 풀리면 배가 오겠지

배가 오면 님도 오겠지

수란이 마음을 놓을 만큼 도하는 이연을 완전히 잊은 것처럼 행동했지만 사실은 정반대였다. 하루하루 감정은 더 깊어지고, 꼬리는 길어지고 긴 그림자를 남겼다.

그렇게 자정 즈음이 되어 잠이 들 때는 가슴 어딘가부터 실제적인 통증이 시작되었다. 그것은 불면을 가져왔다. 잠을 수 있는데 잠을 수 없음이란 이토록 엄청난 고통을 가져온다는 걸 도하는 처절하게 느끼고 있는 중이었다. 도하는 담당의가 처방한 수면제에 의해 꾸역꾸역 잠이 들었다.

지난밤 자정 이후, 이연은 그를 만나러 오지 않았다. 퇴원 소식을 전해 들었을 텐데 반응이 없었다.

진정 마지막인가 보다.

이연은 질척거릴 여자가 아니다. 단호하게 선언하고 돌아서

서 뒤돌아보지 않는다.

　그리하여 그녀도, 나도 이제 기다림은 끝난 것이다. 이렇게 우리는 영원히 만날 수 없는 사람이 된다.

　결국, 그녀의 떨리는 고백은 마지막 선물 같은 것이 되었다. 아, 그때 그녀의 마지막 모습을 눈에 담아 둘걸……. 그랬으면 그 모습을 영원히 기억할 수 있었을 텐데……. 그녀의 마지막 목소리밖에 간직할 수 있는 게 없다.

　"손님이 오셨습니다."

　오후가 거의 끝나 갈 무렵 퇴원 준비를 하고 있는데 태승이 병실로 들어섰다.

　"간신히 병원 나가기 전에 맞췄네. 대체 이게 다 무슨 일이야?"

　"그렇게 됐다."

　"유리가 이랬다면서? 미쳤구나, 최유리."

　"내가 다 자초했지. 그런 앨 사귄 것도 나고, 버린 것도 나니까."

　"하여튼 이 정도로 끝났으니 다행이다."

　"오늘 퇴원인데 뭐하러 와?"

　"공항에서 오는 길이야. 출장 끝나서 숨 좀 돌려 볼까 했는데, 네 소식 듣고 놀라서 심장이 튀어나오는 줄 알았다."

　"뭐 죽을병 걸린 것도 아니고 안 와도 됐어. 시간 쪼갰을 거 아냐?"

　태승이 갑작스레 화제를 바꿨다.

　"닥터 은이랑 헤어지나?"

　"그건 왜?"

"세미가 그러던데? 닥터 은 친구가 둘이 헤어질 거 같다 그랬다고."

도하는 미간을 잔뜩 찌푸렸다.

"그래서 닥터 은이 미국 가는 거구나."

"미국?"

"아, 우리 형님, 다시 미국 병원 나가시는데 닥터 은도 같이 갈 거란 얘길 들어서."

"뭐?"

영원히 기다리겠다며 떨리는 고백을 한 그녀였다. 며칠 지나지 않아 다른 남자를 따라 이곳을 뜨려 한다.

이건 뭔가 말이 안 되는 흐름이다.

도하는 몇 주간 죽어 있던 심장이 처음으로 팔딱 뛰는 느낌이었다.

도하는 마음이 다급해 소아과 병동을 돌며 이연을 찾았다.

"도하 씨!"

누군가 그를 불렀다. 돌아보니 이연의 친구 방희였다.

"이연이 보러 왔어요?"

"아닙니다. 지나가는 길입니다."

"아, 그러세요? 오늘 이연이 오프예요."

"그렇습니까?"

방희가 거짓말하는 도하를 물끄러미 바라보았다.

"무슨 할 말 있습니까?"

"어쩜 그렇게 둘 다 바보 같아요? 애들처럼 술래잡기 중인 거예요?"

"방희 씨가 상관할 일 아닙니다."

"저한테 도와 달라 그럴 땐 언제고, 지금은 볼일이 없다 이건가요? 나 참."

"네, 그렇게 됐습니다."

"이연이 마음 안 받을 거예요? 이대로 정말 끝낼 거예요?"

"최선입니다, 이연이 위해서도. 그럼 가던 길 가십시오."

마음은 폭주 기관차인데, 냉정을 유지해 말했다.

방희가 한숨을 퍽퍽 쉬고 멀어졌다.

도하가 돌아섰을 때 뒤에서 방희가 소리쳤다. 복도가 쩌렁쩌렁 울렸다.

"이연이 미국 가는 건 아세요?"

도하는 순간 멍했다. 가슴 아픈, 확인 사살이었다.

"모르시나 보네."

"미국, 갑니까?"

"궁금하시면 직접 물어보세요. 도하 씨 연락 기다리다 지쳐서 미국 갈 짐 싸고 있을 테니까."

방희가 멀어졌다.

이연이 떠나려 한다.

내 옆에서 영원히.

이젠 같은 하늘 아래에 있다는 위안도 가질 수 없게 되었다. 멀리서 지켜볼 생각이었다. 그녀가 나이가 들어도 행복한 삶을 살기를 기원하고, 보이지 않는 경호를 할 계획이었다.

모든 게 어그러진다. 지켜볼 수도 없게 되는 것. 그것은 완벽한 타인이다. 거기까지 마음이 미치자 더 이상 가만있을 수 없었다. 그녀와 헤어진다는 건 처음부터 지키기 힘든, 위태로운 각오였다.

그녀를 잡고 싶다는 충동이 인다. 충동은 각오를 손쉽게 뛰어넘었다.

오래 기다려도 이연의 집은 불이 켜지지 않았다. 전화도 받지 않는다. 독고 비서가 벨을 눌러 보았지만 대답이 없다고 했다.

퇴원하는 길에 무작정 그녀의 집으로 왔다. 대책 없이 기다린 게 2시간이 넘어서자 도하는 차차 이성을 찾게 되었다.

처음엔 미국에 가는 걸 말 안 한 게 서운하고 화가 났는데, 조금 더 생각하다 자신이 화를 낼 자격이 없다는 걸 깨달았다.

그녀를 만나 무슨 말을 할 것인가. 차갑게 거절한 사람은 자신이다. 우유부단하고, 구차하고, 뻔뻔스러운 말들이 또 튀어나온다면 이연에게 다시 한 번 상처가 될 수 있다.

어쩌면 잘된 일일 수도 있다. 그녀 옆에 무석 같은 남자가 있다면 안심할 수 있었다. 그는 질투의 대상이었지만, 객관적으로 좋은 남자였으니까.

그저 아쉬웠다. 떠난다고 하니 멀리서 얼굴 한번 보고 싶었다. 이연의 마지막 모습을 담고 싶었다.

"독고 비서, 그만 집으로 가자."

늦은 오후에 시작된 추적은 이렇게 싱겁게 끝이 난다. 빌라에 도착해 엘리베이터를 타고 꼭대기 층에 도착했다. 하지만 문이 열리고도 도하는 엘리베이터 안에서 한 발짝도 움직이지 못했다.

문 앞에는 쪼그려 앉아 있는 여자 하나가 있었다. 고개를 무릎 사이에 파묻고 잠을 자는 것인지 눈을 감고 있었다. 가슴 깊은 곳에서 뜨겁고 먹먹한 덩어리가 밀어닥쳤다. 그냥 미칠 것 같은 기분이었다.

"은이연."

도하가 그녀의 앞에 앉아 이연의 이름을 조그맣게 불렀다. 목이 꽉 잠긴 듯 말이 나오지 않았다. 그녀는 트레이닝복을 입고 실내용 슬리퍼를 신고 있었다. 감정이 휘몰아치며 다시 거대하게 일어났다.

"이연아."

한 번 더 불렀다. 그러자 이연이 눈을 떴다.

"왜 이렇게 늦었어요?"

"언제부터 기다린 거야?"

"2시간쯤 됐나……."

이연이 시계를 보며 말했다.

"전화했으면 바로 왔잖아."

"전화를 안 갖고 나와서."

도하가 이연의 옆에 여행 가방에 시선을 두었다.

"아, 이거. 저번에 싸 둔 짐이에요. 당신 사고 소식 듣고 정신이 없어서 못 가지고 나왔거든. 이거 가지러 왔다가 당신 퇴원이래서 보고 가려고."

이연은 과장되게 심심深深한 웃음을 지으며 거짓말을 한다. 사실은, 도하를 생각하며 집에서 와인을 마시다 출출해져 3분 카레를 돌리던 중이었다. 방희의 전화를 받자마자 정신없이 택시를 잡고 도하의 집으로 왔다.

"일단 들어가서 말하면 안 돼요? 나 다리 아픈데."

"미국 간다면서? 홍무석하고 같이 가?"

집 안으로 들어서자 도하가 먼저 그녀에게 물었다. 오르락내리락하는 감정을 애써 가라앉히며.

"나랑 자요."

뜻밖의 말이 돌아왔다.

"응?"

"자자고요."

"갑자기 무슨 말이야?"

"굿 바이 섹스, 관심 없어요?

"……."

"아, 아직 당신 회복이 덜 된 거군요? 알았어요. 그럼, 갈게요.”

이연이 아무렇지도 않다는 듯 현관으로 발길을 돌렸다. 도하
가 뛰어가 이연을 잡았다.

“이렇게 간다고?”

그녀의 등을 보자 잔뜩 흥분한 소리가 튀어나왔다.

“이렇게 갑자기 나타나서 왜 그런 소릴 하고 가는데?”

왜 소리를 지르고 있는지 도하 자신도 알 수 없었다.

“그냥 억울해서. 7년 독수공방이. 몇 번 안 해 본 게 자랑은
아니니까. 내 다음 남자가 서툰 기술을 좋아하기보단 비웃을
거 같기도 하고.”

“다음 남자?”

“아니에요. 내가 괜한 소리를……. 그만 갈게요.”

그녀가 현관에서 슬리퍼를 신는다. 슬리퍼는 잔뜩 더러워져
있었다.

“은이연.”

도하가 이연을 돌려세웠다.

“너 때문에 미치겠다, 정말.”

“겁쟁이.”

이연이 나직하게 말했다.

도하가 그녀에게 키스했다. 참을 수가 없었다.

이연은 눈을 감고 도하에게 매달렸다. 차가운 그를 뜨겁게
만들 생각이었다.

“한 번 더 키스하면 못 끝내.”

한 호흡 쉬고 그가 말했다.

"끝내기만 해 봐요."

이연은 그를 도발하고 싶었다. 생각이 많은 그를 깨울 수 있는 방법이 생각나지 않았다.

언젠가 방희에게 '육탄 공세'의 효과에 대해 장시간 강의를 들었던 기억이 나 무작정 도하를 기다렸다.

어쩌면 마지막 베팅이었다. 전혀 이연답지 않은 방식의.

"또 술 마신 거야?"

"와인 한 병 반."

"하, 또 작정을 했군. 은이연."

"응. 무기가 이거밖에 없어서."

이번에는 이연이 도하를 끌어안고 키스했다.

시간이 흐르고 아직 아침이 오지 않았는데 눈이 떠졌다. 그녀가 떠나는 꿈을 꾸었다. 옆에 이연이 있어 안심했다. 이연은 그와 조금 떨어져 누워 있어 도하는 그녀에게 이불을 덮어 주었다.

도하는 그녀를 만지고 싶어 안달하고 있었다.

24시간 동안 지치지 않고 이렇게 이연을 바라볼 수 있다.

이연을 놓기 싫었다. 아니, 놓을 수 없었다. 애초에 지킬 수 없는 불가항력의 일이었다.

조바심과 불안이 찾아왔다.

이연이 정말 하룻밤만을 위해 찾아왔다면 어떻게 하나? 그녀가 미국으로 떠나는 것을 막고 싶다. 어떤 말로 그녀를 다시 잡을까…….

방법을 찾다 도하는 다시 잠이 들었다.

아침, 이연은 조용히 침대를 빠져나왔다. 술기운을 빌려 일을 저질렀다. 유혹의 기술 따윈 없었다. 전혀 이연답지 않은 방식으로 직구를 날렸다.

와인의 힘이 컸다.

아침이 되니 부끄럽기도 하고 조금 슬프기도 했다. 그와 잤다고 해서 그와 영원히 함께할 수 있는 것은 아니니.

이연은 조용히 방을 나서 옷을 입고 현관으로 갔다. 흙투성이 실내 슬리퍼가 거기 놓여 있었다.

은이연, 제정신이 아니었군.

어젯밤은 완벽하게 돌아 버렸던 것 같다. 슬리퍼가 무슨 죄라고, 에구, 에구……. 혼잣말을 하며 이연은 슬리퍼의 검은 먼지를 톡톡 털었다.

"은이연."

쪼그려 앉은 등 뒤에서 도하의 목소리가 들렸다. 그에게서 세 글자의 이름으로 불렸다. 갑작스러운 그의 부름에 거대한 소용돌이가 가슴속을 휘몰아쳤다.

이연은 심호흡을 했다.

"어디 가?"

"집에요."

떨리는 음성을 숨겨 가며 아무렇지 않은 척 대답했다. 여전히 그를 돌아볼 수 없어 고개를 숙인 채였다. 의연하게 말을 했지만, 속절없이 눈물이 후드득 떨어졌다.

"가지 마. 은이연."

눈물로 뒤덮인 얼굴을 보여 주고 싶지 않았다. 하지만 꼼짝할 수 없다.

도하가 그녀의 뒤에 앉아 그녀의 손에서 슬리퍼를 뺏어 바닥에 내려놓았다. 그리고 이연을 돌려 앉혔다.

눈물범벅이 된 얼굴을 물끄러미 바라보다가 부드럽게 닦아 준다. 이제 이연의 눈물은 도하의 손바닥으로 건너갔다.

"올 때는 마음대로 와도 갈 때는 마음대로 못 가."

도하가 키스했다, 마치 그녀의 입술이 자신의 것인 양.

"안 놔줄 거야."

그가 얼핏 우는 듯 웃는 얼굴이 되었다.

"네 체온이 필요해. 난 너무 춥다고."

도하는 속옷 차림이었다.

"옆구리에 점이 있네. 이제야 봤어."

"아, 간지러워."

"가슴 위에 있는 건 알았는데……."

"또 할 거예요?"

"싫어?"

"의사로서 걱정돼서 그래요. 아직은 안정을 취해야 한단 말이에요."

"단지 그래서야?"

그녀의 얼굴이 붉어지자 도하가 숨 막히는 키스를 퍼부었다.

"나도 알아. 무리하면 안 된다는 거. 그냥 이렇게 손만 잡고 잘 거야. 키스나 하고, 조물조물 만지기나 하고."

그러나 말과는 다르게 도하는 흥분하고 있었다. 이연의 몸이 그걸 감지했다.

"괜찮겠어요?"

"어?"

"당신 힘들 텐데……."

"거참, 초보가 뭘 안다고."

이미 열정이 지배해 버린 공간에서 냉정을 유지하는 건 불가능하다. 하지만 도하는 그녀를 자신의 몸과 떨어뜨리기 싫었다. 그러면 또 그녀를 잃을 것만 같았다.

"살살 한번 해 보든지요?"

"지금 날 충동하는 거야?"

"아아뇨. 놀리는 거예요."

이연은 빙긋 미소 지은 후 그의 품에 파고들어 눈을 감았다. 도하로 인해 불면의 날들을 보낸 터라 아직도 잠이 모자랐다.

그에겐 참기 힘든 인내의 시간이 될지 모르지만 이연은 따뜻한 그의 품에서 느긋하게 잠을 자기로 했다.

"맛있어."

"오늘은 실력 발휘를 제대로 안 한 건데요."

"찌개는 거의 예술의 경지다. 공부할 시간도 없었을 텐데 언제 요리할 틈이 있었어?"

"당신 떠나고 3년 동안 일주일에 한 번씩 요리 클래스 들었어요. 그것도 한식 명장에 이태리 셰프, 일식 요리사까지……. 선생님들이 훌륭한 분들이셨죠."

"아, 강수란 여사의 명으로?"

"네."

도하와 이연은 늦은 아침 식사를 하고 있었다. 도하는 오늘 하루 일을 쉬겠다고 갑작스럽게 결정했다. 심 비서와 독고 비서, 가사 도우미가 현관문 앞에서 허무하게 집으로 돌아갔다.

이연이 냉장고에 있는 것들로 된장찌개를 끓이고, 계란을 부치고, 밑반찬을 꺼내 상차림을 했다.

그녀가 부엌에서 움직일 때마다 도하가 같이 따라다니며 참견하고 물어보는 통에 식사 준비가 더 늦어졌다.

"근데 찌개는 우리 엄마표예요."

"아…… 장모님."

장모님이라는 단어에 도하도, 이연도 어색해 잠시 대화가 끊겼다. 현재의 그들 상황을 정리할 타이밍이었다.

"미국 가는 거 맞아?"

"어떻게 알았어요?"

"그래 놓고 나랑 이런 거야?"

도하가 참지 못하고 성을 냈다.

"네?"

"다음 남자 홍무석이 기다려서?"

"갑자기 무슨 소리예요?"

"다음 남자한테 초보 소리 안 들으려고 나랑 자러 온 거라 그랬잖아? 홍무석하고 미국 가는 거 진짜야? 한 10년쯤 있다 들어오나? 나랑은 이렇게 불꽃같은 하룻밤 추억으로 만족하고? 그놈의 추억 만들기 일환이었어?"

오해로 어두워진 도하의 얼굴을 보니 이연은 대충 감이 잡혔다.

"홍 선생님과 같이 가는 건 맞아요."

"뭐! 난 절대 못 보내."

"당신이 나한테 떠나라고 등 떠민 거나 마찬가지예요. 우리는 하룻밤을 같이 보냈지만, 우리의 마지막 대화는 헤어지는 연인들의 말이었어요. 기억 안 나요?"

"그래서?"

"나한테 미국 가냐, 안 가냐 묻기 전에 뭐 할 말 없어요?"

"내가 아무 말 안 했어?"

"네. 당신한테 들은 건, 이따 하자. 지금 하자. 한 번 더 하자……가 전부인 거 같은데?"

"에이, 무슨."

도하가 쑥스러운 듯 고개를 숙였다.

"누가 들으면 내가 짐승인 줄 알겠다."

"서도하 씨, 짐승 맞는 거 같은데……."

이연이 테이블 건너편의 도하의 머리를 툭툭 쓰다듬었다. 마치 귀여운 애완견을 대하는 것처럼.

그제야 도하가 안심하고 이연을 보았다.

이연이 나를 떠날 리가 없다. 이연의 마음은 그 어느 때보다 단단하고 강하다. 그걸 의심하다니. 이런 멍텅구리 같으니라고.

도하는 이연의 손을 끌어와 꼭 잡았다.

"널 떠나겠다고 생각한 내가 바보였어. 다시는 그런 말 안 해. 너 아프게 안 해. 그저 은이연 말만 따를게. 은이연이 보우하사 서도하 만세 삼창하는 세상에서 살고 싶어."

도하가 마침표를 찍는 고백을 했다.

"왜요? 같이 자서요?"

"멍텅구리가 다시 깨달았거든."

"……."

"은이연을 향한 모든 것은 본능이라는 거. 본능은 어쩔 수 없는 거잖아? 의지로 될 수 있는 게 아니었어."

"바보."

"응. 바보 맞아."

"나, 일주일 있다가 와요. 방희가 연기력이 아주 뛰어나요."

"무슨 소리야?"

"미국 가는 건 맞는데 일주일 후에 온다고요. 홍 선생님 일 도와 드리러 학회 갔다 오는 거예요."

"그, 그런 거지? 난 또……."

도하가 안도의 숨을 깊게 쉬었다. 그 모습이 아이처럼 해맑 아서 이연이 쿡쿡 웃었다.

"유리가 널 찾아갔다고 들었어. 과거 일에 대해 다 안다고 그 러더군."

"그 당시엔 몰랐는데, 나중에 생각해 보니 풀리지 않는 퍼즐 하나가 최유리 씨 말속에 있더라고요. 그래서 당신이 날 밀어 냈다는 거 알 수 있었어요."

"난 네가 옆에 있어서 최고로 행복하지만 또 한편으로는 불 안해. 강수란 여사는 못 할 게 없는 분이시니까."

"물론 의지의 여인이시긴 하지만……. 어머니랑 말해 본 거 아니잖아요? 최유리 씨 말만 듣고 판단해 버리는 건 아닌 거 같아요. 어머니가 제일 중요하게 생각하시는 품위, 그걸 놓치 실 분이 아니에요, 어떤 경우에서도. 그러니 당신도 어머니와 얘기해 봐요."

"어머니 입장에서 생각해 주는 거야?"

"아뇨. 모든 걸 확실하게 알고 난 뒤에 미워하고 불안해해도 늦지 않는다는 말이에요. 그리고 난 어머니가 두렵지 않아요. 난 7년을 견뎌 냈어요. 오히려 어머니와 약속을 깨서 좀 미안 한 마음이 들어요. 그러니 내가 깨질까 봐, 상처 받을까 봐 걱 정하지 마요."

도하가 다가와 그녀를 품에 앉았다.

"고마워, 은이연. 이렇게 나에게 와 줘서."

"나도 고마워요. 오래전에 나랑 결혼한다고 해 줘서."

"이제 떠나지 마. 한순간도 안 돼."

"알았어요, 서도하 씨."

"여기다 맹세해."

도하가 어딘가에서 두꺼운 하드커버 책을 한 권 가지고 왔다. 셰익스피어 전집이었다.

"이 책에 맹세하라고요?"

"아니. 여기에."

책을 활짝 펼치자 색이 바랜 냅킨 한 장이 끼워져 있었다. 7년 전 이연이 그렸던 열기구 그림이었다.

"우리 둘 다 맹세하자."

"이걸 여태 가지고 있었어요?"

"이것도 굉장한 스토리가 숨어 있지."

"응?"

"7년 전 미국에 도착했는데 내 주머니에 이게 있었어."

"근데 왜 안 버렸어요?"

"모르겠어. 그 부분은 기억이 나지 않아. 그냥 어느 즈음엔가 보니 벽에 걸린 보드에 압정으로 매달려 있더라고. 놀러 온 친구놈들 짓인지, 아니면 내가 술에 취해서 그랬는지 잘 모르겠지만. 그 후로도 없어졌다 나타났다 하더라, 이게. 그래서 책 속에 끼워 모셨지. 잘 모시라는 뜻인 거 같아서."

"으아, 생명력이 대단한 냅킨이었네."

"아니지. 그냥 냅킨이 아니고, 우리 부인의 스케치가 담겨져 있는 냅킨이지."

이연은 냅킨을 받아 들고 펜을 꺼내 하늘을 날아오르는 커다란 풍선이 달린 열기구 위에 사람 둘을 그려 넣었다. 짧은 머리 남자와 긴 머리 여자였다.

"이러면 맹세가 되겠어요?"

"응."

여름의 절정에서 두 사람은 비로소 완벽하게 조우했다. 두 사람은 식사를 하고 느긋하게 서로를 탐험하다가 낮잠에 빠져들었다.

도하가 다시 잠에서 깨어났을 때는 늦은 오후가 지나고 있었다. 한순간도 떠나지 않겠다고 맹세했던 이연은 곁에 없었다.

이연은 이사를 나간 후 한 번도 들르지 않았던 평창동 집 거실에 앉아 있었다. 앉은자리에서 비뚤어진 장식품 하나가 보여서 습관처럼 다가가 바로잡았다.

"다 끝난 줄 알았는데 우리가 무슨 용건이 남은 거니?"

수란이 방에서 나와 소파에 앉았다.

"건강은 괜찮으세요?"

"그런 의미 없는 말은 생략해도 돼."

"아뇨. 어머님이 건강하셔야 제가 할 말을 다 할 수 있어요."

"무슨 말인데?"

수란이 삐딱하게 그녀를 쏘아보았다.

"죄송하다고 말씀드리러 왔어요."

"뭐가?"

말과는 반대로 수란은 이연에게 선전포고를 당하는 느낌이 들었다.

"저 좀 봐주시면 안 될까요? 어머니."

"내가 듣기 싫은 말을 하려는 거 같구나."

"도하 씨와 헤어지지 않아요. 저희 같이 살 거예요. 부부로."

이연의 목소리는 담담했지만 단호했다. 눈빛 역시 뜻을 굽히지 않겠다는 의지가 가득했다. 살면서 가끔 이런 눈빛의 이연을 보았다. 결심했다 이거군.

수란은 머리가 지끈거렸다. 다 치워 버렸다고 생각한 이연이 여전히 문젯거리로 남아 있다. 이건 또 자신이 뭔가 지저분한 일을 해야 한다는 뜻이었다.

"이렇게 뒤통수치는 재주도 있었니? 난 네가 약속을 어기는 사람인 줄 몰랐다."

"동생 목숨을 담보 잡고 억지로 강요하신 거였잖아요? 엄마한테 모욕 주면서 절 충동해서 받아 낸 약속이셨잖아요?"

"그래서?"

"부당하다고 생각했지만 제가 한 약속이니 지키려고 했어요. 근데 안 되겠어요. 제가 살아야겠어요. 도하 씨 뒤에 숨을 수도 있었어요. 도하 씨가 어머니와 절연하더라도 저와 같이 있을 거, 저 알거든요."

"협박하니?"

"애원이에요."

"애원 한번 거창하구나."

"절 좀 봐주세요. 세상에는 어쩔 수 없는 일도 있더라고요. 도하 씨 핑계는 안 댈게요. 저 좀 살아야겠어요."

"도하 없이는 죽기라고 하겠단 거니? 그걸 변명이라고 해?"

수란이 갑자기 애원조로 바뀌었다.

"반대로 네가 날 좀 봐주면 안 되겠니? 나 너한테 애정 있어. 7년 동안 나쁜 시간만 있었던 게 아니야. 도하와 얽히지만 않았다면 널 마음에 들어 했을 거야."

"봐주는 건 힘 있는 사람이 하는 거예요. 제가 할 수 있는 게 아니에요. 오직 어머니만 할 수 있어요."

이연이 앞에 놓인 차를 한 모금 마셨다.

"어머니의 욕망이, 저는 합당해 보이지 않아요. 제가 없어야 도하 씨가 잘된다는 말, 이해할 수 없어요. 도하 씨는 스스로 서진에서 잘 해내고 있어요. 전 도하 씨 믿어요. 그러니 어머니도 믿어 주세요."

이연이 일어났다. 더 이상 긴 얘기는 필요하지 않았다.

"죄송합니다. 제가 약속을 어긴 건 그동안 어머니한테 받은 수치와 모욕, 그런 상처들과 삭치자 생각하고 찾아왔어요. 더 이상 어머니 원망 안 하고, 지금까지 있었던 일은 마음에서 지워 드릴게요."

"뭐라고?"

"그리고…… 저, 최유리 씨 일 알아요. 전 어머니가 그런 일까지 억지로 강행했으리라 생각하지 않아요. 도하 씨가 상처가 커요. 그건 어머니가 직접 만나 풀어 주세요."

"훈계까지 하니, 지금?"

"그럼 다시 뵐 수 있을 때까지 건강하세요."

이연이 나가고 수란은 한동안 꼼짝 않고 앉아 있었다. 저 정도의 각오라면, 엄청난 한 방이 아니면 둘을 떼어 놓을 수 없을 것이다.

수란은 우아하게 살고 싶었다. 사람들 입방아에 오르내리는 여배우에서 재벌 회장의 부인이 되었을 때 품격을 간직하며 살 수 있을 거라 생각했다. 하지만 여전히 수란은 자신의 생각대로 움직이지 않는 도하 때문에 계략을 꾸미고, 뒷거래를 하고, 아들이 싫어할 짓을 해야만 한다. 이런 모든 상황이 미칠 정도로 싫었지만 수란 역시 어쩔 수가 없었다.

자신이 옳다고 생각하는 도하의 삶에는 이연이 포함되어 있지 않았다. 출혈이 좀 있을지도 모르지만 수란은 마지막 수를 생각하고 어떤 결심을 굳혔다.

"장 비서, 도하 이혼을 전담하는 변호사가 누구라 그랬지? 연락 넣어. 지금 좀 보자고 해."

수란은 장 비서에게 지시한 후 방으로 들어가 '은이연'이라고 쓰여 있는 노란 서류 봉투를 하나 꺼냈다.

그 안에는 7년 전 이연의 사진이 들어 있었다.

미러볼 조명 아래서 짙은 화장을 하고, 가발을 쓰고, 아슬아슬한 원피스를 입은 이연.

최유리 코스프레를 한 채 노래를 부르는 이연의 사진이었다.

춤

시간은 춤추기에 아름답다

사랑에 빠진 사람은

그것을 놓치지 않으리

　게이트를 나서자 멀리 도하가 보였다.

　"잘 다녀왔어?"

　다정한 인사말이었지만 이연은 외려 구박을 했다.

　"여기까지 왜 나와요, 일해야 할 사람이?"

　이연이 마치 10년 된 마누라처럼 잔소리를 하자 도하가 귀엽다는 듯 정수리를 쓰다듬었다.

　"지금 회사 있어야 하는 거 아니냐고요?"

　"일주일 동안 하루도 안 빼놓고 보고 싶어 죽는 줄 알았어. 수명이 조금씩 줄어드는 거 같았다고. 1시간, 아니 1분이라도 은이연 얼굴 일찍 보는 게 내 수명 연장에 득이 되는 거니까 이래라저래라 마."

　"난 당신 일이 걱정되어서."

"기억 안 나? 얼마 전까지 우린 서로를 너무 걱정해서 만날 수 없었던 사람들이었어. 그러니 하지 말자고."

"알았어, 알았어요."

독고 비서가 짐이 가득 든 카트를 밀면서 앞서 갔고 도하는 이연의 어깨를 감싸 안고 공항 주차장으로 향했다.

"그래도 이렇게 직접 친히 모시러 온 게 안 반가워?"

"반갑기는 무지 반가운데, 당신은 할 일을 쌓아 두고 있는 사람이잖아요? 와이프가 일 방해한다는 말 돌면 어떡해?"

"그런 말 진원지를 찾아서 싹을 잘라 버리지."

"진짜? 회장 뒷담화 좀 한다고 막 자르는 보스가 될 거야, 도하 씨?"

"으이구, 무슨 농담을 못해."

도하가 하하 웃었다.

"오늘 마나님 공항 마중을 위해 지난 일주일 동안 새벽부터 밤늦게까지 연장 근무 했어."

앞서 가던 독고 비서가 한마디 거든다.

"맞습니다. 오늘도 새벽 6시 반에 중역회의 하셨고……."

이연은 기가 막혔다. 날 마중 나오기 위해 새벽에 이사들을 소집시켰다는 거야 지금?

"저기, 도하 씨."

아무래도 안 되겠어. 분명히 애기해 둬야지.

이연은 단호하게 일과 사생활은 분리해 달라 설득할 참이었다. 그것이 서진 며느리로 7년 동안 교육받아 온 것이기도

하니까.

"그만."

"뭐가요?"

"무슨 말 하려는지 다 아니까 우리 잔소리는 생략하자고. 내가 뭐 앞으로 평생 이러겠어? 할 수 있으니까 하는 거야."

도하의 말에 이연이 포기했다는 듯 고개를 끄덕였다.

주차된 차에 가까이 가자 독고 비서가 이연의 짐을 트렁크에 싣고 인사를 했다. 독고 비서가 떠나고 두 사람은 차에 올랐다.

"그건 그렇고……. 홍무석은 이제 영 안 들어오는 거 맞지?"

"또 홍 선생님 얘기예요?"

출장 내내 시간만 나면 전화하고, 화상 통화 하고, 그것도 모자라 뉴욕 지사 주재원을 운전기사로 붙여 보고를 들은 도하다. 이연은 뉴욕에 있지만 도하의 눈이 옆에 따라다니는 거 같았다.

"내가 신경 안 쓰게 생겼냐고? 나 알아. 홍무석이 당신한테 흑심 있었던 거. 고백의 현장에도 있었고."

"홍 선생님 안 들어와요. 됐죠? 어? 근데 뒤에 저것들 뭐예요?"

"응. 한우, 과일 바구니, 그리고 꽃다발."

"뭔지는 알아요. 내 선물로 산 거예요?"

"앞서 가기는."

"그럼요?"

"좀 있음 알게 돼."

도하는 대답을 미루고 집이 아닌 다른 방향으로 운전을 시작했다. 얼마의 시간이 지난 후 이연은 목적지를 알게 되었다.

"혹시 엄마 집 가는 거예요?"

"역시 똑똑하네. 응. 장모님 집. 명색이 사원데…… 한 번도 처갓집에 못 갔잖아?"

"우리 엄마, 당신 어려워해요. 이렇게 막 들이닥침 부담스러워할지도 모르는데……."

"너 미국 있을 때 장모님 뵈었어."

"어? 진짜요?"

"응. 지난 일 죄송하다고 사죄드렸어. 그래야 할 거 같아서."

"엄마가 뭐래?"

"다 괜찮다 해 주셨어. 내 손도 잡아 주시고. 장모님이…….
아니, 어머님이 날 많이 보고 싶으셨대."

도하의 수줍은 말에 이연의 마음은 뜨뜻한 온기가 차올랐다. 친정집까지 같이 가려고 스케줄을 빼고, 새벽과 자정을 오가며 일을 몰아 했던 걸까? 이연은 도하의 마음 씀씀이가 고맙고, 가슴이 찡했다.

"엄마, 좋아하겠다."

이연이 조용히 중얼거리며 눈을 감았다. 행복해서 눈물이 날 것 같았다. 도하와 이연은 30분을 더 달려 서울 외곽의 한 아파트 단지에 들어섰다.

상다리가 휘어지게 차려진 음식들에 도하는 함박웃음을 지었다. 진심이 8할, 차린 이를 즐겁게 해 주기 위한 마음이 2할쯤 되었다.

"그냥 밥하고 국만 있으면 되는데요."

도하가 정옥을 보며 다정하게 말했다.

"에이, 무슨 소리! 꿈에도 바라던 사위 아니신가? 자, 일단 한 잔 받게나."

왕배가 호들갑을 떨며 도하의 잔에 술을 채웠다.

"어머님 잘 먹겠습니다."

"그래, 어여 들어. 서 서방."

정옥이 말을 잇지 못하고 눈물을 흘렸다.

"이 사람 참, 또 눈물 바람이야? 아주 수도꼭지야 수도꼭지. 내 뭐랬나. 내가 사위한테 직접 가서 언질을 주니 이리 오지 않느냐 이 말이야! 사위가 바쁜 일이 있어서 좀 늦기는 했지만 말이야."

"죄송합니다, 장인어른. 곧 찾아뵈었어야 하는데 경황이 없어 이제야 왔습니다."

"아이구, 우리가 그거 이해 못 할 사람들인가. 회장 자리라는 게 그렇지. 책무가 막중한 자리인데……."

"엄마 이찬이는?"

"어. 학원. 이제 올 때 됐어. 서 서방, 들게나. 입에 맞을지 모르겠네."

정옥의 말에 도하는 한 수저 크게 밥을 떠서 먹고는 된장찌개와 반찬들을 맛보았다. 마치 며칠 굶은 사람처럼 씩씩하게 먹는 도하를 보며 이연은 부드럽게 웃었다.

"천천히 먹어요. 그렇게 안 먹어도 당신 맛있어 하는 거 엄마가 다 아니까."

이연의 말에 도하가 정곡이 찔렸는지 얼굴이 붉어졌다.

"아니야. 정말 맛있어서 그래. 이연이 음식 솜씨는 어머님을 닮았군요."

"그리 맛나게 먹어 주니 고맙네. 이연아, 너도 먹어. 미국서 기름진 음식들만 먹었을 텐데."

"응. 한국 식당도 찾아가서 먹긴 했는데 엄마 솜씨만 못하더라. 그리웠어."

식사가 중반에 접어들자 왕배가 슬쩍 얘기를 꺼냈다.

"그 사업 아이템 말일세. 내가 저번에 얘기 꺼냈던 거……. 그게……. 으악! 아이구! 아파!"

갑자기 정옥이 왕배의 옆구리를 꼬집어 대화를 중단시켰다. 그러고는 조심스럽게 도하에게 말을 건넨다.

"저번에 이 양반이 찾아가서 실없는 소리한 거 새겨들은 건 아니지?"

"아버지, 도하 씨한테 뭐 부탁하신 거예요?"

정옥과 이연의 공격에 왕배가 한숨을 쉬었다.

"아 나 참, 이 여자들 등쌀에 내가 사고를 치고 싶어도 못 친다. 정말! 한국말은 끝까지 들어 봐야 할 거 아냐?"

"네, 아버님 말씀하십시오."

"그 아이템 얘기 못 들은 걸로 해 주게나. 그날 자네 만나고 와서 이연이 엄마한테 사흘 밤낮으로 중얼중얼, 또 잊힐 만하면 중얼중얼……. 아주 잔소리 때문에 목숨 부지하기 힘들었네. 뭐 나도 자네처럼 대단한 사업을 하는 사람한테 그런 코 묻은 돈 얘기하러 찾아갔던 건 아닐세. 이건 진짜야. 우리 이연이, 고생만 한 우리 이연이 신랑, 얼굴 한번 보고 싶었어."

왕배도 곧 눈물을 후드득 떨어뜨릴 기세였다.

"아닙니다. 아버님. 좋은 아이템 있으시면 말씀해 주십시오. 제가 도와 드릴 부분은 도와 드리겠습니다."

"그런가……. 그러면 이 동네에 아주 좋은 땅이 나왔는데 말일세……."

눈물의 흔적은 어디로 갔는지 왕배가 다시 신바람이 나서 얘기를 시작하려 했다. 그러자 두 여자가 동시에 소리를 질렀다.

"아버지!"

"여보!"

"아이쿠! 안 되겠네. 여기서 더 말하다가는 두 여자들 1년치 잔소리가 쏟아지겠네. 하긴 새로 시작한 밥집이 바빠서 다른 사업 신경 쓸 틈도 없다네."

정옥은 수란과 만난 후 한정식집을 정리해 돌려주었다. 그리고 시장 입구에 조그만 가정식 백반집을 오픈했다.

4명이 둘러앉은 교자상 주변은 시끌시끌 복작복작하게 점심식사를 이어 나갔다. 왕배가 식사를 끝내고 도하를 몰래 불러말도 안 되는 사업 아이템을 늘어놓는 동안, 이연은 정옥과 함께 부엌에서 식사 뒷정리를 했다.

"뭘 그렇게 많이? 그냥 찬합 하나면 됐어요."

정옥은 이연의 말에도 오늘 준비한 음식들을 다섯 개가 넘는 찬합에 담고 있었다.

"왜 서 서방 잘 먹던데? 오늘 저녁도 덥혀서 챙겨 주고 그래라."

"못 말려, 진짜."

"이연아, 이제 엄마 마음 놓고 살겠다."

"응. 그래도 돼."

"저번에 사부인 만나고 당장 너 그 집과 인연 끊으라 할 참이었어. 근데 서 서방 보니까 안심이 되더라. 믿고 너 줘도 되겠더라. 계속 이상했지. 네가 웃으면서 다 좋다고, 괜찮다고 할 때마다 가슴 한구석이 저릿하고 그랬어. 근데 다 이유가 있었던 거였어."

"저 사람하고 나, 엄마 알다시피 처음부터 지금까지 모두 평탄했던 거 아니야. 하지만 지금은 좋아. 엄마, 나 행복해."

"그래, 엄마 눈에도 보인다, 그게."

"엄마 아버지처럼 깊은 부부 연이 맺어지려면 마냥 꽃길을 걷는 것만으로는 안 되는 거 같아."

"어이구, 우리 이연이 다 컸구나. 맞다. 가슴도 아파 보고 옆에도 없어 봐야 내 옆에 있는 사람이 얼마나 소중한지도 아는 거지."

"엄마도 그랬어?"

"넌 아직도 내가 네 아버지, 돈 좀 있어 보여 결혼한 줄 알지?"

"……."

“저 사람, 네 친아버지랑 성이 같다는 이유로 시작했어. 너한테 성이 같은 아버지 만들어 주려고. 그래서 결혼 생각도 처음 해 봤지. 다행히 집도 있고, 먹고살 가게도 있는 사람이어서 됐다 싶었지.”

“…….”

“마음은 중요하지 않았어. 그때 엄마는 연정이 있고 없고, 그런 거 돌볼 여유가 없었거든.”

“…….”

“그래선지 한 방에서 한 이불 덮고 자도 남편 같지가 않았어. 낯설었지. 근데 이 사람이 사기를 당하고 어려워지니까 마음이 변하더라. 요상하게 그제야 저 사람이 내 사람인 것처럼 느껴지더라고. 감언이설에 속아 많이도 실패하고, 실망만 안겨 주고, 같이 죽자고 한강까지 갔던 사람이지만, 지지고 볶고 싸우면서 그런 생각이 들었어. 어차피 내 연분이라고. 끝까지 함께 가야 할 사람이라고. 돌아서면 생각나고, 떨어지면 걱정되고 그런 사람이니까 말이야.”

“엄마, 또 울려고 그런다.”

“그래, 안 운다. 안 울어. 이 좋은 날 내가 왜 우니?”

이연과 정옥이 눈에 눈물이 가득해 마주 보며 웃었다. 잠시 그렇게 울다 웃다 눈물을 쓱쓱 닦고는 두 남자가 기다리는, 햇살 가득한 거실로 나섰다.

“이제 집에 가는 거예요?”

"아니."

"그럼 어디?"

"양평 별장."

"……."

"너랑 시작한 곳에 다시 가고 싶어서."

꼭 그날 같았다. 날은 더운데 바람이 세차게 불었다.

"여기였던 거 같은데"

도하가 양평으로 가는 길 어딘가에 차를 세웠다. 숲이 둘러싼 어느 도로였다.

그제야 이연은 생각이 났다. 자신이 '최유리'의 대용이냐고 이연이 따져 물었던 그 도로 숲이었다. 괴상한 결혼식을 하고 도하에게 차가운 말을 듣고 여기서 깊은 상처를 받았다. 그게 아주 먼 일처럼 느껴졌다.

"7년 전 여기 네 손을 놓았던 곳."

"맞아요."

"다시는 안 놓으려고. 이렇게 꽉 잡고 있으려고."

도하가 이연의 손을 잡고 마주 보았다.

"우리가 어쩌다 이렇게 되었을까?"

"연분이래요, 엄마가."

"어머님이 그러셨어?"

"응."

도하가 그녀를 품에 안았다. 도하의 가슴 안에서 초록색 바람 소리가 들렸다.

"그러고 보니 우린 추억의 장소가 참 많네."

"그러네요."

도하가 이연을 내려다보았다.

"은이연 사랑해."

새삼스럽게도 이연은 심장이 쿵쿵 뛰었다.

"너무 늦게 이 말을 해서 미안해."

"나에게 말하지 않았어요?"

"사랑이라고 했지. 사랑해라고는 안 했어."

사랑한다고 말하지 않았음에도 이연은 도하의 사랑을 의심하지 않았다. 언제부턴가 도하의 시선이, 도하의 눈빛이, 도하의 모든 것이 늘 이연에게 '사랑해'라 말하고 있었으므로.

이연은 발뒤꿈치를 들고 도하의 입에 입맞춤을 했다. 나도 서도하를 사랑해요. 그렇게 말하는 키스였다.

"어? 5월의 나무다."

양평 별장 침실 창가에 높은 나무 한 그루가 눈에 들어왔다.

"여기다 옮겨 놓은 거예요?"

이연이 놀라 물었다.

"응."

"왜?"

"내가 보려고, 너 생각하면서."

그때는 그녀를 떠나보내려 했다. 그래서 도하는 나무라도 보아야 했다.

갑자기 이연이 말이 없어 쳐다보니 눈물이 그렁그렁해진 눈으로 나무를 보고 있었다.

"눈물이 나?"

"응. 좋아서."

"저 나무가 나보다 좋아?"

"이제 실감이 나거든. 우리가 함께 있다는 거. 그리고 앞으로도 같이 있을 수 있다는 거. 저 나무가 날 안심시켜 주고 있어."

"녀석, 기특하네. 그러니 시기 질투는 안 해야겠네."

도하가 그녀를 뒤에서 껴안았다. 두 사람은 평화롭게 오래 5월의 나무를 보았다.

"근데 정말 나한테 반했어?"

도하가 불쑥 묻는다.

"아, 창피하게 왜 또 그 얘기는."

"그런 엄청난 고백을 해 놓고서 이제 와 창피해?"

"나 생긴 거에 약하거든요. 예쁜 거, 멋진 거, 잘생긴 거."

"내가 잘생겼다고 돌려 말하는 거야?"

"그러니까 계속 잘생기라고 경고하는 거예요. 못생겨지면 마음이 변할지도 모르니까."

"뭐어?"

도하가 껄껄 웃었다.

오후 늦게 비가 내리기 시작했다. 뜨거웠던 여름의 대지를 조용조용 적시는 비였다. 이연은 도하와 함께 우산을 쓰고

10분 거리에 있는 작은 가게로 향했다.

"나 여자랑 처음 우산 같이 쓰는 건데?"

"그래서요?"

"너는?"

"나는 남자랑 많이 써 봤어요."

"뭐?"

"그때 도서관에서 당신이 준 빨간 우산도 어떤 남자랑 같이 썼는데?"

"농담하지 말고."

"농담 아니에요. 정말 나처럼 불쌍한 남자 하나가 폭우를 맞고 걸어가고 있어서 정류장까지 같이 썼어."

"감히 내가 준 우산으로 말이야?"

"응."

"어떻게 그럴 수가 있어?"

도하가 흥분한다. 생각도 안 나는 남자를 질투하고 있다. 이연은 우스웠다.

"서운해하지 마요. 이 시간 이후부터는 비에 쫄딱 젖어 걸어가는 남자를 봐도 온정을 베풀지 않을 테니까."

이연이 도하의 어깨를 힘내라는 듯 툭툭 두드렸다.

"거짓말이지?"

"맞춰 봐요. 당신은 다 안다며? 내가 하는 말이 거짓인지 아닌지."

도하는 더 난감한 얼굴이 될 뿐이다.

이연은 큭큭 웃으며 그의 팔짱을 꼭 끼었다. 비가 그들의 우산 안으로 들어와 조금씩 소매를 적시고 있었다. 그녀는 가게에서 밀가루와 막걸리를 샀다. 비 오는 날에는 막걸리를 마셔 줘야 한다고 도하에게 말하며.

별장으로 돌아와 김치 부침개를 만든 후에 너른 테라스에서 창문 두어 개를 열어 놓고 차가운 막걸리를 마셨다. 빗소리가 어쿠스틱 밴드의 연주곡처럼 청량하게 들려왔다.

이연은 턱을 괴고 앉아 비 풍경을 보며 막걸리를 홀짝였다. 달고, 진하고, 시원했다. 그런 이연을 마주 보던 도하가 불쑥 말을 했다.

"혹시 말이야. 사랑 다음이 뭔지 알아?"

도하가 물었다.

"생각해 봤는데, 널 사랑한다는 말로는 부족한 거 같아서."

"응?"

"아무래도 이건 그 이상인 거 같아."

"······."

"그럼 뭐라고 해야 하지?"

도하의 진지한 말에 이연의 눈이 반달처럼 휘어진다. 다른 연인들의 대화였다면 느글느글하다고 비웃었을 것이다. 하지만 도하의 입에서 '사랑'이라는 말이 나오면 이연은 자동으로 웃음이 나온다. 그의 능청스러운 말에 자꾸 가슴이 간질거린다.

행복은 간지러움과 비슷하다고 이연은 생각한다.

목련화

그대처럼 순결하고 그대처럼 강인하게

오늘도 내일도 영원히 나 아름답게 살아가리

오, 내 사랑 목련화야

그대, 내 사랑 목련화야

양평 별장에서 하룻밤을 보내고 다음 날 아침 도하와 이연은 서울로 향했다. 그리고 정오가 다 되어 서울 집에 도착했다. 두 사람은 옷을 갈아입고 각자의 일터로 나갈 계획이었다. 도하가 먼저 옷을 갈아입고 거실로 나오니 심 비서가 도착해 있었다.

"점심 먹고 회사 나갈 겁니다. 어련히 알아서 갈까 봐 데리러 오셨어요? 심 비서님은 식사하셨어요?"

"잠깐 드릴 말씀이 있습니다."

심 비서의 표정이 심상치 않았다. 뭔가 일이 터진 것 같았다.

"급한 일입니다."

"좋아요."

도하가 거실 소파에 심 비서와 앉았다. 이연이 막 옷을 갈아입고 안방을 나선 참이었다.

"비서실에서 먼저 알고 일단 막았습니다만……."

"뭘요?"

심 비서가 도하에게 서류 몇 장을 내밀었다.

"이건……."

"사모님과 7년 전 결혼이 계약이라는 기삽니다. 두 분이 쓰신 계약서와 그 당시 결혼식 사진, 정황이 자세히 쓰인 기사가 오늘 나올 뻔했습니다만 가까스로 막았습니다."

"어디예요?"

"《주간 여성》입니다."

"일단 스톱이 된 상태인데 온라인 매체 몇 군데에서도 냄새를 맡았는지 문의 전화가 비서실로 오고 있습니다. 그리고……."

"그리고요?"

"지난 일주일간 미국에서의 사모님 사진입니다."

도하는 다시 심 비서가 내민 사진과 기사를 보았다. 사진은 어둑한 조명 아래 레스토랑 구석에서 이연이 홍무석과 식사를 하는 사진이었다. 두 사람의 눈은 검은 띠로 처리되어 있었다. 이렇게 조작을 하고 보니 뭔가 그럴듯한 스캔들 사진처럼 보였다.

"재벌 회장 부인 E의 비밀스러운 사생활이라는 제목으로 보도될 거라 합니다."

도하가 눈을 질끈 감았다.

"어머니 솜씬가요?"

"그런 거 같습니다."

도하가 테이블을 쾅 하고 내리쳤다. 기어이 끝까지 가 보시겠다는 건가.

　"이게 터지면 사모님이 병원에서 곤란해지실지도 모릅니다. 아니라고 정정 기사를 내고 고소한다고 해도 한 번 일어난 스캔들은 나쁜 영향을 계속 줄 거고요. 특히 아이들을 진료하는 과목을 전공하고 계시기 때문에."

　도하는 눈을 질끈 감았다 떴다.

　이 모든 게 오늘 기사가 될 뻔했다. 세상에 알려질 뻔한 것이다. 지난밤 별빛 아래에서 세상에서 가장 행복한 일을 하고 있어서 좋다는 얘기를 했던 그녀다. 이연에게 아이들을 진료하는 의사라는 직업은 그녀의 모든 것이다.

　참을 수 없는 분노가 순식간에 온정신을 뒤덮는다.

　"하나가 더 있습니다."

　"또 터질 게 남았단 말입니까?"

　이쯤 되니 허탈하기까지 했다.

　"이혼 서류가 접수됐습니다. 몇몇 기자들한테 알려진 모양이고요."

　"미치겠군. 대체 어떻게 또 이런 일이 벌어져요?"

　"그게……. 아직 사인한 서류를 폐기 처분 하지 않은 상태라……. 사모님도 이전에 작성했던 것이 있으시고……. 이혼 진행하던 변호사를 움직여 접수를 시키신 모양입니다. 일단 언론은 막았습니다. 취소시키라고 로펌에 지시했고요. 웃기는 해프닝쯤으로 넘어갈 수 있습니다."

"결국 문제를 만들기 위해 문제를 꺼내 드신 거네요. 어떻게든 흠집 내고 싶으셔서요."

"만나셔야 하지 않겠습니까?"

"만나야죠. 일단 회사 가서 일 처리 몇 건 하고 오후에 움직여야겠어요. 그 전까지 보류시켜 놓으라 하세요. 터트리셔도 절 만나고 하시라고요."

"어쩌시려는 건지 여쭤 봐도 되겠습니까?"

"불에는 불이죠. 그룹 회장 자리를 내놓아야 하더라도 더 이상은 끌려다니지 않아요."

"회장님."

"걱정 마세요. 막 나가는 십 대 아니에요. 알아서 합니다."

이연이 거기까지 대화를 듣다가 다시 방으로 들어와 침대에 앉았다. 어쩐지 수란이 그냥 물러설 거 같진 않았다. 그렇다고 이런 방법일 줄은 몰랐다.

명성이랄 것도 없는, 이제 막 시작한 레지던트 4년 차에게 시끄러운 소문이 붙어 다니게 하시겠다는 건가? 그렇게 괴롭혀서라도 날 내쫓고, 괴로워하는 나 때문에 도하 씨가 나를 놓도록 하자는 걸까? 이런저런 의혹이 우후죽순으로 머릿속을 어지럽혔다.

그때 이연의 시선에 셰익스피어 전집이 눈에 들어왔다. 침대 옆 협탁에서 집어 들어 그 안에 끼워진 냅킨 조각을 물끄러미 바라봤다.

심호흡을 했다. 불안해하지 않기로 한다. 그와 헤어지는 일

말고는 불안할 일도, 상처 입을 일도 없다.

이연은 가방을 들고 방을 나섰다.

"병원 나가요."

소파에 앉아 고심하고 있는 도하에게 아무렇지 않은 척 말했다.

"점심은?"

도하가 애써 밝은 얼굴로 물었다.

"방희랑 점심 약속 있는 거 깜빡했네요."

"독고 비서 차 타고 가."

"알았어요."

거절하려다가 이연은 도하의 마음을 편하게 해 주기 위해 그의 말에 따르기로 했다. 의연하게 마음을 먹으려 해도 어쩔 수 없이 현관을 나서는 발걸음이 무거웠다.

정말 회장직이라도 내놓을 셈인가.

지난밤 도하가 말했다. 지금 하고 있는 일이 자신의 능력 밖인 것처럼 느껴져 두렵고 어려울 때가 있긴 하지만 그래도 일 속에서 자신을 찾아가고 있다고.

그것은 도하가 지금 그의 위치에서 적응하고, 살아 내고, 어쩌면 아버님과 화해하고 있는 것일지도 몰랐다. 타고난 승부사만 가질 수 있는 도전, 신념, 의지…… 그런 것들을 얼굴에 가득 담은 도하는 행복해 보였다.

"이연아."

엘리베이터 앞에서 생각에 빠져 있는데 도하가 문을 열고 나왔다.

"왜……."

"결혼식 하자."

"응?"

"제대로 된 결혼식."

"괜찮다고 해도 당신은 안 괜찮다고 하겠죠?"

"응. 아무리 바쁘신 레지던트 선생이지만 자기 결혼식 정도는 시간 낼 수 있지?"

"생각해 볼게."

도하가 이연의 이마에 입을 맞추었고 두 사람은 복잡한 심경을 숨기고 웃는 얼굴로 엘리베이터에서 안녕했다.

"더 먹지 왜?"

"안 먹혀."

"그러기도 하겠다."

소란한 병원 지하 푸드 코트는 늘 정신이 없었다. 하지만 이연은 아무 소리도 들리지 않았다. 그저 한 가지 문제에 골몰해 있었다.

"아니, 너희 우아하신 여사님은 대체 왜 그러신다니? 정말!"

방희가 속상한지 물을 벌컥벌컥 마셨다.

"그러게……."

"어, 너 콜 왔다."

 머리 아픈 문제도 잠시 미뤄 두어야 할 시간인가 보다.

"거기 가운에 있어."

 방희가 의자 옆에 걸쳐진 가운에서 이연의 휴대폰을 꺼냈다.

"뭐야? 이거 콜 아닌데? 잠깐! 아니, 이거 뭐야?"

"뭐가? 스팸이야?"

"대체 누가 이런 장난을!"

"뭔데 그래?"

 이연이 휴대폰을 확인했다. 도착한 것은 사진이 첨부된 문자였다. 발신인은 수란이었다.

 사진엔 이연의 모습이 담겨 있었다.

 이제는 기억도 희미해져 버린, 7년 전의 자신이었다. 며칠간의 클럽 아르바이트를 했던 당시의 사진. 최유리의 분장을 한, 마치 클럽 걸 같은 차림과 화장의 은이연이 휴대폰 안에 있었다.

"이게 왜……."

 다시 문자메시지 하나가 도착했다.

 난 네가 다치길 원하지 않아.
 이건 진심이다. 그러니 그만 물러나 주렴.

 또 수란이었다. 이연은 휴대폰을 내팽개치고 덜덜 떨리는 손으로 풀썩 뒤로 앉았다.

"날 괴롭히는 게 목적이라면 완벽하게 달성하셨네, 우리 어머니."

"야, 당장 도하 씨한테 사진 보내. 이러고 있을 때가 아니야!"

"아니. 잠깐만. 생각을 좀 해야겠어."

자신을 궁지에 모는 수란이 미웠다. 이렇게까지 저열하게 나오는 수란이 원망스러웠다.

하지만 이연은 도하가 걱정되었다. 자신 때문에 수란과 영영 모자의 인연을 끊게 될까 봐, 자신을 지킨다고 그룹 일을 다 놓게 될까 봐. 집을 나설 때 마주한 도하의 표정은 끝장을 볼 것 같은 느낌이었다.

전 이런 사진에 다치지 않습니다. 일보다 도하 씨가 더 소중합니다.

이연은 수란에게 문자를 보냈다. 1분도 지나지 않아 수란에게서 전화가 걸려 왔다.

—기어이 날 이겨 보겠다는 거니?

쩌렁쩌렁 울리는 수란의 목소리가 방희의 귀에까지 들렸다.

"게임이 아니에요, 이건. 절 위협하시는 건 처음부터 끝까지 어머니시고요."

그러나 이연은 초연했다. 담담하게 말을 이었다.

—이 사진은 아주 중요하게 쓰일 거야. 이혼에는 이유가 필요하지 않겠니? 세간 사람들이 제일 궁금해하는 거니까……. 네 의사 명성은 지켜 주고 싶었다. 근데 이 사진이 나가면 글쎄……. 아마도 괜찮은 병원에 들

어가기 힘들지 않겠니? 넌 애들 상대하는 의사야. 그렇고 그런 술집에서 일하는 아가씨였던 여자가 내 아이 주치의다. 그걸 용납할 부모가 어디에 있어?

"과거를 조작하지 마세요. 저 '아가씨'였던 적 없습니다."

─뭐, 커리어보다 도하가 소중해? 해! 좋아. 그래. 그럼 이 사진 그대로 도하에게 보내면 되겠구나. 도하는 널 사랑한다 하니 네 커리어도 소중하지 않겠니?

"꼭 이렇게까지 하셔야 해요?"

─넌 내가 너무한 거 같지? 내 입장에서 생각해 봐. 너무한 건 너야. 약속을 깬 것도 너고.

"이렇게 시끄럽게 구시면 어머니가 최고로 생각하는 서진 그룹에 절대 도움 안 돼요. 그건 어머니가 원하는 게 아니잖아요?"

─그걸 모르겠니. 내가? 어느 정도 출혈은 각오하고 있어. 지금 조금 흠집이 나는 건 나중에 좋은 걸로 메우고 덧바르면 돼. 어차피 원하는 목적지에 도착만 하면 되는 거야. 내가 이 이상은 못 할 거 같니? 뭐가 무서워서? 아들한테 이미 별소리 다 들은 어미야.

"도하 씨가 알면 아마 어머니와 서진을 버릴 거예요. 전 그게 안타까워요."

─그러니까 말이다. 이연아…….

수란의 목소리가 이번엔 애원조로 바뀌었다.

─너 하나 살자고. 네 욕심 채우자고 이제 한창 그룹 일 열심히 하는 도하, 그만두게 해서 되겠니? 그건 네가 존경해 마지않던 그 양반을 두 번 죽이는 거나 다름없는 일이야. 진짜 이게 네가 원하는 거니?

"······."

―난 뭐든 할 수 있단다. 유리. 그 애를 불러서 기자 회견 쇼를 시킬 수도 있어. 난 못 할 짓이 없다.

"생각이 필요합니다."

―이따 도하가 오기로 했어. 그때까지 답을 줘.

무례하게 전화가 끊겼다. 한동안 멍하니 정신을 차릴 수 없었다.

"이연아, 물 좀 마셔."

방희가 내민 물을 마시며 생각했다. 그럼에도 불구하고 도하를 놓을 수는 없다고.

"어떡하니 이제?"

방희가 걱정스레 물었다.

"도하 씨 믿을 거야. 나도 흔들리지 않을 거야. 근데 지금 내가 이렇게 떨고 있는 이유는····· 두려운 건 두려운 거니까······."

"으이구, 뭔 사랑이 이렇게 어렵냐······."

방희가 이연의 손을 잡고 식당을 나서 병동으로 향했다.

"아, 저기 오시네요. 은 선생님. 여기 누가 찾아오셨는데?"

간호사의 말에 이연은 멀리 서 있는 사람을 보았다. 희끗한 백발의 노신사가 그녀에게 다가왔다. 어쩐지 낯이 익었다.

"나 기억해요? 서 회장 사고 당했을 때 봤죠?"

"아, 네. 제주도 사시는 아버님 친구분."

"맞아요."

노신사가 명함을 내밀었다.

남편이
돌아왔다

"그땐 소개를 못 했죠? 나 이런 일 합니다."

"변호사셨네요?"

"네, 황 변호사입니다. 일선에서 후퇴해서 손자 손녀들 재롱이나 보면서 일 놓은 지 한참 됐는데……. 올 초 서 회장이 변을 당하고 타국에서 SOS를 치니 마지막 건을 안 맡을 수가 있어야지. 기억나죠? 마지막 며칠 서 회장이 의식을 되찾고 호전되었던 거."

"네."

"그 일로 은이연 씨한테 전달해야 할 게 있습니다. 변호사로서요. 어디 조용한 곳으로 가도 괜찮겠어요?"

황 변호사의 표정이 부드러웠지만 또 더없이 진지했다.

"방희야, 좀 부탁해."

"알았어."

이연은 비어 있는 당직실로 황 변호사를 안내했다.

"이제 말씀하세요."

"서도하 씨와 은이연 씨의 이혼 서류가 법원에 접수되었다고 알고 있습니다. 맞습니까?"

"그걸 어떻게 아세요?"

"제가 그쪽에 닿은 줄이 아직은 튼튼해서요."

황 변호사가 허허 웃었다.

"그런데 그건 저희 측 실수로. 저희 이혼 안 해요."

"정말입니까?"

"네."

"아, 그럼 다행이군요. 정말 다행입니다."

"네?"

"하지만 다행은 다행이고, 이혼장이 접수된 이상 저는 제 의뢰인의 뜻대로 움직일 수밖에 없습니다."

"무슨?"

"서 회장이 세상을 뜨기 전날, 유언장을 새로 작성했어요. 이 유언장은 두 분의 이혼이 접수되었을 때에만 공개되고 그 효력이 발휘됩니다. 그래서 제가 제주도에서 올라오게 된 겁니다."

이연은 황 변호사가 말하는 행간을 파악하기가 힘들었다.

"얼떨떨하죠? 자, 그 유언장의 내용입니다."

타지에서 사고를 당하고 사경을 헤매던 서 회장의 모습이 앞을 스쳐 지나갔다.

"읽어 보세요."

이연은 떨리는 손으로 유언장을 펴 들었다. 봉인이 해제된 판도라의 상자를 여는 기분. 죽음이 다가오는데도 생명보다 더 다급하게 아버님이 붙들어야만 했던 이것은 무엇이었을까? 어떤 의미이며 어떤 내용일까? 그리고 왜 자신에게 남긴 것일까?

이연은 떨리는 마음으로 한 줄 한 줄 서 회장의 유언을 읽기 시작했다.

이연은 병동 뒤편의 정원을 다섯 바퀴째 돌고 있다. 고민이 되어서가 아니다. 그저 서 회장의 마음을 헤아려 보고 싶어서였다.

이미 결정은 내렸다.

이연은 벤치에 앉아 하늘을 올려다보았다. 비가 쏟아지려는지 하늘이 어둑했다.

서 회장의 얼굴이 떠올랐다. 부드러운 시선으로 늘 이연을 보던 따뜻한 눈빛도 생각난다. 귓가에는 막 노래가 바뀌어 다음 트랙이 이어폰을 타고 시작되었다.

목련꽃 그늘 아래서 베르테르의 편지를 읽노라.
구름 꽃 피는 언덕에서 피리를 부노라.

서 회장이 가장 좋아하던 노래였다. 갑자기 눈물이 차오른다. 서 회장은 마지막 가는 길에, 그녀에게 빛나는 꿈의 계절을 선사했다. 너무도 다정하여 뭉클했던 시간을 이연은 천천히 관조했다.

이연과 황 변호사가 만나고 정확히 2시간 후, 황 변호사는 평창동 본가에서 수란과 마주 앉아 있었다.

"오랜만이네요. 건강하시죠?"

수란이 물었다.

"저야 뭐 늘 산으로, 바다로, 자연과 벗 삼아 지내다 보니 아직까진 괜찮습니다."

넉넉한 미소로 황 변호사가 화답했다.

"강 여사님은 그간 평안하셨습니까."

"골치 아픈 일이 좀 있어서 힘드네요. 근데 왜 제수씨라 안 부르시고?"

"오늘은 일로 와서 그럽니다."

"네?"

"서 회장이 죽기 하루 전 유언장을 고쳤습니다."

수란이 놀라 찻잔을 바닥에 떨어뜨렸다.

"괜찮으십니까?"

"네. 말씀하세요, 계속."

젖어 가는 소매의 끝을 매만지며 황 변호사의 다음 말을 기다렸다.

"이건 당사자에게 가장 먼저 알려야 하지만, 그래도 강 여사님한테 먼저 알리는 게 도리일 거 같아 왔습니다."

황 변호사가 수란에게 유언장을 건넸다.

"이게 무슨!"

수란이 유언장을 읽으며 바들바들 떨었다.

"네, 놀라실 줄 압니다."

"지분의 반이라뇨? 지분의 반을 이연이한테 줘요? 무슨 말도 안 되는!"

"그런데 그 유언장은 거짓이 아닙니다."

"이 양반, 머리가 돌아 버린 거예요. 죽기 전에 그럴 수 있잖아요? 획 돌아서는 자기가 무슨 말을 하는지도 모르고……."

"의사 소견도 있고, 법적 근거가 확실한 유언장입니다. 이 유언장이 공개되면 어떤 유언장보다 우선하게 되고요."

"그럼 이게 진짜가 된다고요?"

"네. 이 유언장이 공개되는 시기는 도하 내외의 이혼 서류가 접수되는 시기로 정해 놓았고, 이혼이 진행되고 확정이 되면 이 유언장의 내용대로 집행하게 됩니다."

"자, 잠깐······."

수란이 자리에서 일어서다 푹 다리가 꺾였다. 황 변호사가 다가가 수란을 부축해 일으켜 세웠다.

"황 변호사님. 제가 약 먹을 시간이라서요. 죄송하지만 잠시만 기다려 주실래요. 그리고 말씀 나누시죠."

"네."

수란이 천천히 방으로 들어섰다.

'이 몹쓸 양반 같으니라고. 사는 내내 그러더니 죽어서도 날 괴롭혀? 죽어서까지 내 뜻에는 절대로 따라 주지 않겠다 이 건가. 총력을 다해 밀어붙이려는 이때에 왜 하필······.'

수란은 오히려 헛웃음이 나왔다. 어쩌면 이런 상황까지 미리 다 예상하고 계산을 끝냈을 양반이었다. 자신이 어떻게 행동할지 알고 있었다. 그래서 일부러 이혼 서류 접수 시기에 새 유언장을 공개하게 만든 것이다. 몹쓸 양반!

수란은 1인용 소파에 주저앉아 머리를 감싸 쥐었다. 습관적이고 돌발적인, 머리가 깨질 듯한 두통이 시작되고 있었다. 이 두통의 엄청난 위력 앞에서 수란은 조금씩 약해졌다. 폭탄 같은 유언장에 두통이 다시 출몰했다.

뼈아프지만 인정해야 했다. 너무나 명백하게 그녀가 졌다. 남편의 승리였다. 지금 이 상황에서 그녀가 어떻게 해 볼 도리조차 없게 만들었다.

"장 비서, 두통약 좀 가져와."

이제 수란이 할 수 있는 건 없었다.

도하와 약속한 시간이 다가오고 있었다. 수란은 거기에 생각이 미쳤다.

'이제 곧 도하가 집에 온다. 그럼 도하도 알게 될지도 모른다. 아니지. 유언장은 이연에게 먼저 공개가 되겠지. 이연이가 유언장의 내용을 듣게 된다면? 그렇다면? 그 애가 키를 쥐게 된다. 엄청난 힘을 갖게 된다. 안 돼. 알게 해서는 안 돼.'

"여기 있습니다."

수란은 장 비서가 내민 두통약을 먹고 호흡을 하며 마음을 차분하게 가라앉히려고 노력했다.

"기사 디데이가 언제지?"

"오늘 자정입니다."

"없던 일로 처리해."

"네? 모두 말입니까?"

"절대 잡음 나지 않도록, 깔끔하게 없던 일로 만들어요. 지금 당장."

"알겠습니다."

수란이 장 비서에게 지시한 후 거실로 나섰다. 놀란 표정을 감추느라 입 주위 주름이 어색하게 깊어졌다.

"황 변호사님이 뭘 잘못 아신 거 같네요."

"네?"

"제주도서 어려운 걸음 하실 필요 없었어요. 그 웃긴 유언장도 공개될 필요가 없고요."

"무슨 말씀이십니까?"

"아이들 이혼, 그거 잘못된 거랍니다. 변호사들도 가끔은 칠 칠치 못한 일 처리를 하나 봐요. 그 어려운 공부를 해서 합격했으면 이런 말도 안 되는 실수는 하지 말았어야죠. 다 실수이고 착오란 말이에요. 둘이 조금 다퉈서 이혼 말이 나오긴 했지만 그건 한때고, 이제 둘이 잘 살고 있습니다."

"그럼?"

"네. 착오라니까요. 그러니 이 유언장의 공개는 물론, 집행도 없던 일이 되는 거지요."

"하지만 저는 당사자에게……."

"황 변호사님. 이제 겨우 마음의 안정을 찾고 둘이 좋은 가정 꾸리려고 하고 있어요. 이게 공개되면 그 애들한테 하등 도움이 될 게 없어요. 거기다 두 사람이 접수한 것도 아니고요."

"네."

"부탁드립니다. 부디 묻어 주세요. 그 애들이 정말 이혼이라도 할라치면 그때 공개해도 늦지 않아요."

"강 여사님, 깊은 뜻 알겠습니다."

수란이 조심스럽게 황 변호사의 표정을 살폈다.

"그럼 이연 씬 만나지 않고 돌아가야겠군요."

"네, 그러셔야죠."

"알겠습니다. 그럼 저는 가 보겠습니다."

"헛걸음하게 해 드려 다시 한 번 죄송하네요."

"건강하십시오. 서 회장이 늘 제수씨 걱정을 했어요."

"그 사람요?"

"네. 표현은 안 해도 늘 걱정하고, 잘해 주지 못해 미안하다 그랬답니다."

수란의 단단한 마음에 잔잔한 균열이 일었다. 이런 인사치례에 마음 쓸 거 없다고 생각하려 했지만 가슴에 조금씩 소용돌이가 치는 건 막을 수 없었다.

여전히 서지강은 말 한마디로 강수란을 휘청이게 하는 힘을 갖고 있었다.

몹쓸 양반! 몹쓸 양반 같으니라고!

황 변호사는 평창동 저택가를 내려오면서 이연에게 전화를 걸었다.

"부탁한 대로 되었습니다."

―알겠습니다.

"그런데 정말 괜찮습니까? 포기하기 아까운 것인데. 은이연 씨가 서진에 안착할 수 있는 좋은 패이기도 하고요."

―아니에요. 전 그런 패를 가지면 행복할 수 없을 거예요.

서 회장은 이연에게 회사 지분의 반을 넘겼을 뿐만 아니라,

이 유언장의 존재 자체를 맡겨 두었다. 그녀가 폐기 처분 할 수도, 살려 낼 수도 있도록.

이연은 수란에게 보여 주는 방식으로만 이 유언장을 사용하기로 했다. 그리고 황 변호사에게 없애 달라고 부탁했다.

"도하 씨는 모르는 거죠? 혹시 어머님이 알리라고 하시진 않으셨죠?"

"네. 모두 다 덮기로 했습니다. 행정상 착오이니까요."

황 변호사의 느긋한 대답이 돌아왔다.

"서 회장이 왜 우리 며늘애, 우리 며늘애 노래를 불렀는지…… 이제 알겠네요. 은이연 씨는 아주 현명한 사람입니다."

—아니에요. 제가 오히려 아버님한테 감사하고 죄송해요.

"그럼 다음엔 좋은 일로 봅시다."

그렇게 전화가 끊겼다.

"잠깐, 차 세워 봐."

도하의 차가 수란을 만나러 골목에 들어섰을 때 낯익은 사람이 눈에 띄었다. 아버지의 오래된 벗인 황 변호사님이었다. 도하가 차에서 내렸다.

"황 변호사님."

"도하 아니냐?"

"다녀가시는 길이세요?"

"응. 일이 있어 서울 왔다가 어떻게 지내시는지 인사나 하려고 왔다. 어머니 뵈러 왔니?"

"네."

"그래, 들어가 봐라."

"저기, 제가 부탁드릴 게 한 가지 있습니다."

"그래? 뭔데?"

"지금은 말씀드리기 좀 그렇고 나중에 전화드리겠습니다."

"알았다."

황 변호사와 헤어져 도하는 수란이 혼자 사는 집 안으로 들어섰다. 격정적인 수란의 피아노 소리가 들렸다.

"얼마나 되셨어요?"

"한 10분 못 되었습니다."

"알았어요. 기다리죠."

도하는 이연의 다락으로 올라갔다.

그러고 보니 그녀가 부탁한 책상이 아직도 여기 있었다. 아버지가 사 주신 거라 했던가. 물푸레나무 수제품.

책상 앞에 앉아 도하는 눈을 감고 잠시 여유를 가졌다. 전투하기 전에, 이연과 이 집에서 나눈 보석 같은 순간들을 돌이켜 보았다. 어딘가에서 달큰한 밀감 향이 나는 거 같았다.

"내려오시랍니다."

장 비서의 노크 소리가 도하를 현실로 불러냈다.

"저녁 먹고 갈래?"

"그럴 기분 아니에요."

"돌아올 대답을 뻔히 알면서 물었구나. 그래. 그럼 얘기 시작하렴."

"회장직 내놓겠습니다. 삼촌이랑 어머니가 경영하세요. 제 지분 다 어머니 드릴게요."

"고작 생각해 낸 수가 그거니?"

"마음이 좀 쓰리긴 하지만, 어머니와 서진을 떠나야 이연이와 함께할 수 있으니까요. 그게 제게 남은 마지막 방법입니다."

"왜? 내가 이연이를 어떻게 할까 봐?"

"지금도 상처 주려고 하시잖아요? 예전에 유리한테 하신 일을 듣고 참을 수 없었어요. 이연이가 당하게 할 순 없으니 잊고 살자, 멀리서 그림자처럼 지켜보며 살자 생각했던 거예요."

"뭐? 지켜봐?"

"네. 다른 여자 만나서 이연일 잊을 생각 같은 거 없었어요. 어차피 회장이라는 게 몸이 두 개라도 바쁜 자리잖아요? 어차피 더 편했어요. 일 중독자가 되자. 가끔 이연이 소식이나 들으면서 남은 평생 살 거라 마음먹었어요. 근데 안 되겠더라고요. 불가항력이었어요."

"……."

"이연이가 그랬어요. 어머니가 두렵지 않다고요. 오히려 걱정되고, 미안하다고."

수란은 짜증이 일었다. 끝까지 위선인 거니? 아니면 맹추인 거니?

"그러니까 방법은 제가 서진과 어머니를 떠나는 것뿐이에요."

"이연이도 아니?"

"아뇨. 안다면 이연인 그러지 말라고 하겠죠? 하지만 날 막을 순 없어요."

수란은 한동안 말이 없었다.

"엄마."

도하의 말에 수란이 놀라 그를 보았다. 어린 시절 이후에 들어 본 적이 없는 호칭이었다.

"어릴 때 난 엄마를 슬프게 하고 싶지 않아서 온 힘을 다했어요. 엄마가 우는 게 싫었거든요."

"……."

"엄마는 내가 우는 게 좋아요? 언젠가 웃게 될 날을 위해서 지금은 좀 울어도 된다고 말씀하지 마세요. 그 언젠가가 오지 않을 수도 있어요."

"……."

"저번에 유리가 나이프 들고 달려들었을 때 조금만 느렸으면 아마 치명상을 입었을 거예요. 어쩌면 더 나쁜 일이 벌어졌을 수도 있어요. 그대로 세상 하직할 수도 있었다고요. 그럼 엄마 앞에서 이런 말을 할 수도 없었겠죠? 엄마라고 다시 부르지도 못했을 거예요."

"그래서?"

"전 미래보다 현재 행복한 걸 원해요. 그러려면 이연이가 옆에 있어야 하고요. 그러니까 제발 그만하세요. 지금도 난 엄마가 우는 거 가슴 아파요. 아들 입에서 모진 소리 나오게 하지 마세요."

도하가 잔잔하게 말한다.

"알았다."

"네?"

"알았어."

"정확하게 말씀하세요."

"내가 실수했어."

"진심이세요?"

"서둘러 좋을 게 없었는데 너희 비서진한테 발각도 됐고. 여러모로 실수투성이 작전이었잖니? 하긴 처음부터 이런 품위 없는 계략은 짜고 싶지 않았어. 나도 마음에 안 들던 참이야."

도하는 갑자기 어안이 벙벙했다. 예상했던 말이 아니었다. 설득하거나 아니면 치열하게 싸울 준비를 하고 있었는데, 수란은 항복하는 장수처럼 깨끗하게 무기를 내려놓았다.

"그래, 둘이 살아 봐. 대신 공식적인 자리 이외에는 그 앨 보고 싶지 않다. 그건 지켜 주렴."

"……"

"어차피 두 사람이 뭘 하든 내 허락은 필요 없는 거 아니니? 그러니 알아서 살아 보란 거야. 사랑의 힘이 그리 강할 줄 아니? 다 변하고, 약해지고, 무뎌지고 그래. 부디 지금처럼 강건하게 지키면서 살길 빈다. 그래야만 어처구니없는 사태가 또 발생하지 않으니까."

"무슨 말씀이세요?"

"이런 게 다 싫증나서 하는 소리야."

"왜 생각을 바꾸셨어요? 어머닐 믿을 수 없어요."

도하가 진지하게 물었다.

어머니를 믿지 못하는 아들. 언제든 곁을 떠날 수 있고, 언제든 존재를 부정할 수 있는 아들. 수란은 이제 도하에게 이런 존재가 되어 버렸다. 가슴 끝에서 먹먹한 덩어리가 올라와 울컥했다.

"나도 늙었나 보지."

하지만 최대한 태연하게 수란은 연기했다. 아들한테 나약한 모습을 보이고 싶지 않았다.

"알았어요. 일단 오늘은 갈게요. 또 이런 문제로 찾아오지 않게 해 주세요. 변덕을 부리실 거면 미리 언질 정도는 해 주시고요. 건강하세요."

도하가 일어섰다.

"요즘 내 건강을 챙기는 사람이 왜 이렇게 많은 거니?"

도하가 돌아보았다.

"넌 내가 유리를 어디 병원 수술실에 끌고 가서 낙태라도 시켰다고 생각하지? 내가 정말 그럴 거라고 생각해?"

한참 후에 도하가 대답했다.

"이연이가 그러더군요. 유리의 말만 믿어선 안 된다고. 어머니 말 들어 보라고."

"하."

맹추가 맞구나. 제 코가 석 잔데 무슨 오지랖인지, 참.

수란은 오늘 하루 동안 겪은 상황이 어이가 없었다.

"할 말 있으세요? 그럼 늦기 전에 하세요."

"좋아. 하지도 않은 일로 오해받는 건 싫으니까. 처음 유리와 협상할 때 그 애가 임신 얘길 했지. 난 그 애가 스타가 되고 싶어 한다는 걸 꿰뚫어 봤어. 애 엄마가 되면 다 끝인 거 아니냐고 미끼를 던지니 물더라. 그래서 아이를 낳아 나한테 달라고 했어. 근데 몸이 망가진다고 아이를 낳기 싫다고 하더라. 그럼 수술을 하라고 했다."

"……."

"그다음 번 협상 때 말하더구나. 수술한 지 며칠 됐다고. 너한테 변명하는 건 아니야. 하지만 내 제안은 아이를 낳는 게 먼저였어. 내가 널 어렵게 가져서 유리가 아이 얘길 하니까 사실 좀 반가운 것도 있었다."

"최악은 아니었다니 다행이군요."

"당분간 남해 별장에 가 있으마. 큰일이 아니면 연락하지 마라. 가 봐."

마지막 말을 내뱉고 수란은 방으로 들어갔다.

도하는 수란의 태도가 좀 이상했다. 수란 같지가 않았다. 늘 뾰쪽하게 날이 서 있던 어머니가 오늘은 한풀 꺾여 보였다. 탱탱하던 얼굴도 주름이 가득한 것이 나이가 부쩍 들어 보였다.

하지만 도하는 의심하지 않으려 했다. 자신이 서진을 떠난다는 말에 수란이 져 준 거라 여겼다. 그래야만 이연에게 아무 걱정 말라고 말해 줄 수 있다.

도하는 이연이 벌써 그리웠다.

xirt
ed by Mary Quant

Mini
Designed by Alec Issigonis

06 06 09

Anglepoise
Designed by

Concorde
Designed by

6 06 09

Penguin Books
Designed by

London Underground Map
Designed by Harry Beck

Routemaster Bus
Design team led by AAM D

e Chair
Robin Day

10월의 어느 멋진 날에

네가 있는 세상 살아가는 동안

더 좋을 것은 없을 거야

　이연은 밤이 깊어 병원을 나섰다. 택시를 타고 말한 목적지
는 도하의 집이었다. 원룸으로 가서 입을 옷과 책을 챙기고 싶
었지만 입에서는 저절로 도하의 빌라 이름이 나왔다. 긴 근무
를 마친 후 자정이 넘은 퇴근길이었다.

　택시 기사가 틀어 놓은 심야의 FM에서는 아름다운 소프라
노가 〈메기의 추억〉을 노래하고 있었다. 구슬프게 들리는 노래
에 흠뻑 빠져 네온이 밝힌 도시를 가로지르는데 못 견디게 도
하가 보고 싶었다.

　수란을 만나고 온 그날, 도하에게서 짧은 전화가 걸려 왔다.
그는 그저 사랑한다고 다시 말했다.

　그래서 이연도 사랑한다 했다. 더 이상의 말은 필요하지 않
았다.

집에 도착하니 안이 깜깜했다. 휴대폰의 손전등 기능으로 더듬더듬 도하가 잠든 침실로 들어갔다. 도하는 베개를 꼭 껴안고 옆으로 틀어 잠을 자고 있었다.

이연은 조용히 셔츠와 바지를 벗고 하얀 민소매 티셔츠만 입은 채로 사각거리는 인견 이불을 들추고 도하의 곁으로 파고들었다. 그의 등을 감싸 안고 고개를 묻었다.

새근새근 도하의 숨소리가 들렸다.

드디어 왔다.

그에게 도착했다.

이연은 눈을 감았다.

커피 향에 이연은 눈을 떴다. 어느새 아침이었다.

"자, 커피."

이연이 눈을 비비며 일어나 앉자 도하가 향긋하고 맑은 커피를 내민다.

"일찍 일어났어요?"

"응. 습관이야."

"나 깨우지."

"24시간 근무하고 왔는데 어떻게 깨워? 이제 다 잤어?"

"응."

이연이 도하를 보며 부드럽게 웃었다.

"그럼 부인, 일어나시죠."

도하가 이연의 손에서 커피 잔을 내려놓고 그녀를 방 밖으로 내몰았다. 그리고 사용하지 않는 구석방으로 향했다.

"짠!"

"어떻게 된 거예요?"

이연의 얼굴이 활짝 핀다.

"너 없는 동안 공 좀 들였지. 은이연 서재야."

텅 비었던 방은 이연이 쓰던 물푸레나무 책상과 원룸에 있던 책들로 가득 채워져 있었다.

"원룸에 있는 짐들 다 여기로 가지고 왔어. 그러니까 이제 원룸은 안 가도 돼."

"짐 싸고, 옮기고, 챙기고……. 피곤했을 텐데……."

"내가 했나, 뭐? 독고 비서님이랑 심 비서님이랑 여사님이 고생 좀 하셨지."

"고마워요."

"왜 멋대로 옮겼냐고 뭐라고 안 해?"

"아뇨. 나 막막했거든. 하기 싫었어. 매일매일이 지쳐서."

"다행이다."

이연이 책상에 앉았다.

"여기 앉으면 공부가 잘돼요."

도하가 크크 웃었다.

"나도 공부할 일 있으면 이 책상 써야겠다."

"특별히 도하 씨만 빌려 줄게요."

도하는 그 맞은편에 앉아 부드러운 나무 커브를 쓰다듬었다.

"내가 이 책상을 얼마나 열심히 닦았는지 알아?"

"고급 노동력 썼네요."

"고맙지?"

"응, 너무 좋아."

"어째 다이아 반지보다 이 책상을 더 좋아하나?"

"그르게."

"자, 이리 내려와 봐. 내가 닦으면서 발견한 게 있지."

　도하가 그녀를 책상 아래로 끌어 내렸다.

"바닥에 누워 봐."

　이연은 도하와 나란히 누웠다. 널찍한 책상의 바닥이 보였다. 도하가 갑자기 그곳에 플래시 불빛을 비춘다.

"어?"

"봤지?"

"응."

　책상의 뒷면에 음각으로 새겨진 글자들이 있었다. 길게 늘어선 하나의 문장은 이러했다.

　이연아, 부디 도하와 행복하거라.

　순간 이연은 왈칵 눈물이 쏟아졌다.

　이것은 서 회장의 유언 같은 것이 아닐까? x이연이 여태 발견하지 못한 걸 도하가 단번에 찾아냈다.

"요즘 내가 꿈을 좀 꾸는데 말이야……."

"응."

"아버지가 자꾸 출연하시네."

이연의 가슴이 철렁했다.

"그래요? 꿈에 나타나 뭐라고 하시는데?"

"그냥 날 보며 웃다가 가셔. 웃기만 하시고 아무 말도 안 하고."

"아버님 그리워서 그런가 보다."

"응. 보고 싶네, 아버지. 매일 아버지 사무실에 있는 아버지 책상에서 아버지를 생각해. 끊임없이 떠오르게 돼. 처음엔 그게 너무 싫었는데……. 이제는 사무실에서 점심 먹을 땐 아버지가 틀어 놓고 들으셨다던 가곡을 들어."

"평온해져 다행이에요."

"그때 아버지와 무슨 얘기를 나눴어?"

"응?"

"아버지와 둘이 건물 지붕에 있었다면서?"

"당신을 좋아하는지 물으셨어요."

"그래서?"

"보고 싶은 것도 좋아하는 거라면 그렇다고 대답했어요."

"그래서?"

"왜 보고 싶냐 다시 물으셨어요."

"그래서?"

"그건 잘 모르겠다고 대답했어요."

"……."

"아버님이 뭐라고 하셨는지 안 궁금해요?"

"뭐라고 하셨는데?"

"잘 모르는 것이 사랑이다라고 하셨어요."

"아버지가?"

"응. 나 아주 깜짝 놀랐어. 잘 몰라서 사랑이지, 안다면 그건 계산이 아니겠냐? 하셨어."

그 뜨거운 지붕에서 이연은 도하를 향해, 확신 없는 미래를 향해 흔들리던 마음이 고이 방향을 잡은 것 같았다.

"처음 평창동 집 들어가서 5개월 동안 엄마를 만날 수 없었어요. 엄마도 날 보러 일부러 오지 않았고 전화 통화만 했어요. 어머니가 명령하시길 기다렸는데 도무지 주시질 않았어요. 근데 아버님이 다녀오라 그러셨어요. 이찬이가 다시 아파서 수술을 해서 가슴을 졸이고 있었는데, 아버님이 집에 다녀와라 그러셨어. 무섭던 아버님이 그때부터 좋아졌어요."

"……."

"근데 나중에 어머니가 지나가는 말로 그러더라고. 자기가 어련히 알아서 보낼 생각이었는데, 초 치는데 뭐 있는 양반이라고. 그 말만으로 난 어머니가 좀 편해졌어."

두 사람은 햇살이 들어오는 창을 열고 책상을 사이에 둔 채 마주 보는 의자에 앉아 서로를 그렇게 오래 바라보았다.

"왜 어머니 만난 얘기는 안 물어? 심 비서랑 한 얘기 들었으면서?"

"당신이 한 말도 들었잖아? 알아서 한다는 얘기. 그냥 믿었어요. 그런 당신 보면서 난 제자리에 있는 게 제일 좋을 거 같았고."

"어머니 안 미워?"

"밉다고 말 안 할래요."

"왜?"

"만약에, 이건 만약에인데……. 혹시 우리 엄마가 당신을 막 미워해서 당신도 우리 엄마가 밉다고 말하면 너무 서운할 거 같으니까."

"……."

"그리고 한 가지만 생각하는 중이에요. 당신을 태어나게 해주신 분이라는 거. 그게 제일 중요하니까."

도하가 충동적으로 이연에게 키스했다. 책상의 가운데에서 두 사람은 모닝 키스를 나눴다.

"은이연, 뭔가 숨기고 있지?"

한참 후, 도하가 궁금함을 가득 담은 눈빛으로 이연을 보았다.

"숨기긴 뭘? 내가 그럴 재주나 있나? 당신은 뭐든 알고 있는 사람인데."

"근데 왜 이런 느낌이 들지? 이상해."

"어떤 부분이 그리 이상한데요?"

"그냥 촉이 그래."

이연은 명탐정 셜록 흉내를 내는 도하를 보고 피식 웃었다.

"어머니는 당분간 남해 별장에서 좀 쉬고 오신다고 하셨어."

"당신이 아버지랑 화해하는 중이듯이 나도 언젠가 어머니랑 화해할 수 있을 거라 믿어요."

"그렇게 말해 주니 고마워."

"아, 배고프다. 우리 뭐 먹어요? 뭐 해 줄 거예요?"

"나한테 요리를 맡길 셈이야?"

"뭔가 준비한 냄새가 나니 그러죠."

"덕보네 가게 가서 냉면 레시피도 얻어 오고, 육수도 얻어 왔어."

"아, 덕보 씨네 냉면. 먹고 싶었는데!"

"부인이 기뻐할 일이라면 어딘들 못 가고, 무엇인들 못 하겠습니까? 자, 주방으로 가시죠."

도하가 이연에게 건너와 의자에서 그녀를 안아 들고 서재를 나섰다. 방은 그렇게 문이 닫히고 그들의 대화를 훔쳐보던 햇살만 남았다.

자정이 다 되어 갑자기 이연이 아이스크림을 먹고 싶다 했다. 그래서 이연과 도하는 30분을 차로 달려야 도착하는 24시간 마트로 향했다.

"꼭 그 아이스크림을 먹어야겠어?"

"응. 아주 옛날부터 좋아하던 거니까. 엄마가 특별한 날에 가끔 사 왔거든. 그때 터질 듯했던 마음을 아직도 기억하니까."

커다란 통에 가득 든 하얀 아이스크림을 보면 부자가 된 것 같았다.

"아, 저것도 사자."

이연이 치즈 하나를 집어 들었다.

"짜지 않고 담백해서 좋더라."

갑자기 수다를 떠는 이연을 보며 도하는 하하 웃었다.

"너도 천생 여자구나."

"응?"

"쇼핑 좋아하고, 군것질 좋아하고."

"치즈가 무슨 군것질이에요? 치즈는 안주지. 흐흐흐."

이연은 그저 이 시간이 좋아 자꾸 웃음이 나왔다. 심야에 도하와 한적한 마트 안을 돌아다닌다.

"결혼식 하자."

도하가 불쑥 이야기를 꺼냈다.

"다시 그 얘기예요?"

"응. 네가 대답을 안 했잖아."

"한 번 했는데 굳이 또 해야 해요?"

"그거 결혼식 아니었어. 그냥 쇼였지."

"쇼이기도 했지만 결혼식이기도 했는데……."

"다시 하고 싶어."

도하가 고집스레 말한다.

"왜요? 날 위해서? 미안해서?"

정곡을 찔렀다.

이연 때문이었다. 그녀에게 멋진 결혼식을 선물하고 싶다.

"나 결혼식 원하지 않아요. 예식은 예식일 뿐이니까."

"나는 하고 싶어. 먼 훗날에 결혼식에 대해 이러쿵저러쿵 푸념 듣고 싶지 않다고."

"푸념 안 한다고 각서 쓸까요?"

"여자들 다 그런다던데? 지금은 다 괜찮아요. 하지만 1년만 지나도 자기가 언제 그랬냐는 듯 못 해 준 거에 대해서 사정없이 긁는데."

"누가요? 태승 씨가요? 덕보 씨가요?"

"둘 다."

"그래서 나 당신 좀 긁으면 안 되나? 먼 훗날?"

"되지, 돼. 그래도 결혼식 하자, 응?"

"난 별로야."

"왜?"

"우리가 7년 전에 찍었던 결혼사진, 아주 집요하게 웹 서핑하면 찾을 수 있거든요? 내 굴욕 사진이라고 돌아다녀요, 아직도. 이전에 심 비서님이 거의 처리하셨지만. 누구도 막을 수 없는 게 요즘 인터넷이니까."

"정말이야?"

도하가 경악한다. 진심으로 당황스러웠다. 그 정도인 줄은 몰랐다.

7년 전 철없이 한 짓이, 그녀에게 입힌 우스꽝스러운 웨딩드레스가 아직 인터넷의 바다를 떠돌아다니고 있다니.

"나 아직 그 가발이랑 날개도 갖고 있는데?"

"뭐어? 왜 그걸 가지고 있어?"

"그냥. 별 이유 없어요."

"나 참. 당장 버려."

그 당시 이연이 받은 상처가 다시 되살아난다. 자신이 받은 상처인 양 도하가 고스란히 느낀다.

후회가 밀려왔다.

나는 그때 너에게 무슨 짓을 했던가?

"그러면 꼭 해야겠네. 그래서 덮어 버리자고."

"그게 그랬다고 덮어지나? 없었던 일도 아니고. 아마 결혼식 올리고 새 사진 뜨면 비포 애프터로 합성한 사진까지 돌아다닐 걸요. 난 상관없으니까 괜히 그런 일에 힘 빼지 마요."

"아니, 꼭 결혼식 해야겠어. 내가 하고 싶어."

도하가 강경하게 말했다. 이연이 못 말리겠다는 듯 한숨을 쉰다.

"좋아요."

결국 이연이 오케이를 했다.

"대신 크고 화려한 결혼식 싫어요. 참석 인원도 최소한으로, 가까운 사람들만 불러요. 조용히 치러요. 장소는 내가 정할게 요. 어때요?"

"좋아."

"아무것도 묻지 않고, 대놓고 좋아요?"

"응. 난 그저 너와 진짜 마음을 나누는 식을 하고 싶을 뿐이야."

마트 밖으로 나오니 열대야로 인해 밤공기가 여전히 후끈 했다. 도하와 이연은 나란히 카트를 밀고 차가 세워진 곳까지 천천히 걸었다.

"이제 곧 여름 끝나겠다."

이연이 말한다.

"그래도 이번 여름은 행복하게 끝나 다행이다."

그녀가 수줍은 듯 조그맣게 말하고 도하의 팔짱을 꼈다. 도하는 갑작스레 이 찌는 듯한 계절에 감사하고 싶어졌다.

이연이 새벽녘 당직실에서 쪽잠을 자고 있는데 방희가 들어와 흔들어 깨웠다.

"뭐야? 응급?"

"아니."

"그럼?"

이연이 눈을 비비며 일어나 앉았다.

"너 지금 내려가 봐."

"왜?"

"도하 씨 아래에 와 있어."

"응?"

화들짝 잠이 멀리 도망갔다. 시간을 보니 새벽 6시 즈음이었다.

"이 시간에 왜 와?"

"난들 아니? 네 남편이니 네가 더 잘 알겠지. 나야 뭐, 불러 달라고 하니까 심부름하는 거지."

　1층 로비를 나서니 차에 기대선 도하가 보였다.

"무슨 일이에요? 이렇게 일찍?"

"타."

"어디 가려고요?"

"가 보면 알아."

　이연은 도하의 차에 올랐다.

"가운은 좀 벗지."

　이연이 하품을 크게 하며 가운을 벗는다.

"졸리면 좀 더 자."

"어디 멀리 가요? 나 들어가 봐야 하는데?"

"방희 씨한테 부탁했으니까 앞으로 1시간 반은 괜찮아."

　이연은 갑작스러운 도하의 방문이 이상하다 생각했다. 또 자신을 어디로 끌고 가는지 몰랐지만 잠이 쏟아져 견딜 수가 없었다. 이연은 그냥 눈을 감았다.

"은이연."

　귀 안으로 작은 도하의 소리가 착 감긴다. 이연이 실눈을 뜨며 차에서 기지개를 폈다.

"다 왔어요?"

"응."

　이연이 내려 밖을 둘러보았다. 아직 7시가 안 된 시간이라 거리는 한적했다. 차츰 정신이 돌아오면서 동네가 눈에 들어

왔다. 어딘가 익숙했다.

여기가 어디지? 몽롱한 눈길로 정신을 차리려는데, 멀리 불이 켜진 가게 하나가 눈에 들어왔다.

"행복 빵집?"

"맞아."

도하가 이연의 어깨를 감싸 안고 빵집을 향해 걸었다.

"이제 제일 좋아하는 찹쌀 도넛이 나올 시간이야. 냄새 한 번 푸욱 맡아 주고 들어가 먹자."

도하가 이연과 나란히 빵집 앞에 섰다.

"왜 여길?"

"한 번은 와 보고 싶어서. 그 시절 너도 궁금하고."

이연의 가슴이 서서히 온기로 가득해졌다. 날 위해 일부러 새벽을 골라 여길 데리고 왔단 말인가?

도하의 배려에 이연은 조금씩 자신의 무언가가 치유되고 있음을 느꼈다. 온 감각을 자극하는 빵 냄새를 맡은 후 두 사람은 빵집 안으로 들어섰다.

오래된 빵집이라 테이블은 겨우 두 개였다. 그중 하나를 차지하고 앉아 도하가 빵을 골랐다. 잠시 후 도하가 들고 온 쟁반에는 우유 두 잔과 찹쌀 도넛과 곰보빵, 단팥 빵과 크로켓이 가득 담아져 있었다. 모두 갓 나와 따뜻하고 폭신했다.

"먹어 봐."

"어떻게 여길 알았어요?"

"어머님한테 여쭤 봤지."

맞다. 엄마는 알고 있었을 것이다.

　이연이 도넛을 한 입 베어 물었다.

　"맛있어."

　행복한 미소를 지었다. 예전에 이 장면이 떠오르면 이연은 배고팠고, 외로웠고, 쓸쓸했다. 이제는 과거가 다가와도 슬프지 않다. 그녀의 힘든 기억은 오히려 그들의 추억이 된다.

　"은이연 씨, 나랑 결혼해 줄래?"

　도하가 손을 내밀었다.

　그녀가 손을 잡았다.

　도하는 그녀의 손가락에 반지 하나를 끼웠다.

　"저번에도 반지 줬잖아요? 이건 무슨 반지예요?"

　"어머니 거야."

　"응? 말도 안 돼."

　이연이 깜짝 놀랐다. 수란의 반지라니? 대체 이게 어떻게 된 일인가?

　"참석은 안 하시겠대. 그래서 내가 반지 하나만 달랬어."

　"그러니까 어머니가 보내셨단 말이에요?"

　"응. 제일 후진 걸로 보내긴 했는데…….."

　이연이 손에 낀 반지를 다시 보았다.

　"아니에요. 예뻐, 예뻐! 마음에 꼭 들어."

　그런 이연을 보고 도하가 웃는다.

　"어머니한테 내가 더 비싼 걸로 사 드렸거든."

　그럼에도 이연은 딱딱했던 마음 한곳이 조금씩 부드럽게 녹

아내리는 기분이었다.

　수란은 남해에 내려가 연락하지 않았지만 여전히 그들 옆에 존재하는 것처럼 이연의 마음에 남아 있었다. 수란이 반지를 내준 것은 조금이나마 마음을 열기 시작했다는 뜻이었고, 이연은 그 사실이 무엇보다 기뻤다.

　"빵집 프러포즈는 누구 아이디어예요?"

　"누구긴? 늘 도움 받고, 도움 주는 우리 꼬마 처남이지."

　"이찬이가? 이찬이는 여기 알지도 못하는데?"

　"이찬이는 모든 걸 알아. 너 그거 모르지? 이찬이는 장모님한테 들은 걸 절대 안 까먹더라고."

　"당신, 요즘 이찬이랑 너무 친하게 지내서 어떤 때 보면 당신도 초등학생이 된 것 같아."

　"하나뿐인 처남인데 당연하지. 흐흐흐."

　도하가 초등학생처럼 천진난만하게 웃었다.

　시끌벅적한 수제 햄버거 집에 요상한 광경 하나가 눈에 들어온다. 한 명의 성인 남자와 초등학교 고학년쯤으로 보이는 아이들 여럿이 모여 햄버거를 먹고 있었다.

　"처남, 더 먹고 싶으면 시켜."

　도하가 말하자 옆에 있는 아이들이 키득키득 웃는다.

　"처남이래, 처남. 어이, 이찬 처남……. 웃긴다, 그치?"

그러나 이찬은 의젓하게 고개만 끄덕한다. 그러고는 도하에게 어른스럽게 한마디 한다.

"매형도 좀 드세요."

"아냐, 난 먹었어."

도하는 이찬의 친구들까지 불러서 햄버거를 주축으로 한 간식을 제공하고 있었다.

"도전하지 않는 인생은 재미가 없어."

이찬의 친구 녀석 하나가 햄버거를 크게 베어 물고 말했다.

"그건 아니지. 도전 안 하고 사는 것도 나름 의미가 있는 거야. 뭐든 도전만 하면 사는 게 얼마나 피곤하겠냐?"

이찬이 진지하게 어른처럼 대꾸한다.

도하는 생각한다. 이것이 요즘 초등학교 6학년 학생들의 일상적인 대화일까? 문득 좀 두려워진다.

"그래서? 또 도전하겠다고?"

"그럼. 나 남자다. 이번엔 확실하게 전략을 짜고 설계도까지 그려서 도전할 거야. 그럼 될 거 같아."

"얌마, 그건 니 머릿속 생각이지? 또 닥치면 잘 안 될걸."

전략이니, 설계도니, 아이들의 대화가 뭐 이런가? 도하는 한숨이 나오려는 걸 꾹 참았다.

"야, 너희 매형한테 물어봐라. 그럼 되겠다."

그제야 도하가 끼어들어 묻는다.

"뭐에 도전을 하는데?"

"저기 문방구 앞에 뽑기요."

"뭐?"

"뽑기."

"뽑기가 뭐야?"

"우리 매형은 그룹 회장이기 때문에 뽑기는 몰라. 그러니까 조언은 못 받겠다."

이찬이 근엄하게 정리를 해 준다. 나 참.

"인형 뽑기도 몰라요? 에이, 무슨 어른이 뽑기도 모르냐?"

시시하다는 듯 이찬의 친구들이 인상을 구겼다.

자식들. 뽑기인지 뭔지 내가 꼭 오늘 알고야 말리라.

"근데 매형 오늘 왜 보자고 하신 거예요?"

똑똑한 처남은 이렇게 용건을 빠뜨리지 않는다.

"처남이랑 긴히 얘기할 게 있어서."

"하세요."

"여기서?"

"이 친구들 다 우리 학교 브레인이에요. 아마도 매형 고민에 보탬이 될 거예요."

브레인이라고 하기엔 많이 부족한 거 같은 아이들이지만 눈치만큼은 빨랐다.

"감자튀김과 치킨 더 먹어도 될까요? 저희들 이찬 매형에게 꼭 보탬이 되겠습니다."

한 아이가 말했다.

"저도 보탬이 될게요. 저는 딸기 스무디를 먹겠습니다."

아이들이 저마다 원하는 음식과 함께 의지와 각오를 소리쳐

외쳤다.

크게 기대하지 않았지만 이렇게 아수라장이 되리라고는 예상하지 못했다. 도하는 식은땀을 흘렸다.

아이들의 배가 빵빵해지고 몇 가지 조언을 들었으나 별 소득이 없는 햄버거 집을 나오자 이찬이 그에게 뭔가를 내밀었다.

"이거 드실래요?"

"뭐야?"

"애플 민트."

"껌이냐?"

"누나가 좋아해요. 내 부탁 안 들어주다가도 내가 이 껌을 누나 입에 쏘옥 넣으면 알았다고 항복해요."

"정말?"

"진짜."

도하가 이찬이 내민 사과 향 껌을 씹는다. 강한 과즙이 톡톡 터졌다.

"저 이제 바이올린 학원 가야 해요."

도하와 이찬은 음악 학원 버스를 기다리는 곳으로 걸어갔다.

"매형, 조카 언제 만들어 줄 거예요? 내 친구들 중에 재식이라고 있거든요. 다 내가 그 자식 이기는데, 딱 하나 조카가 없어요. 걔는 조카가 둘이나 있대요."

"그건 나 혼자 어쩔 수 있는 일이 아니고……."

"알아요. 두 명에서 아기 만드는 거. 그러니까 누나랑 잘해 보란 말이죠. 분위기 잡고."

"어이, 어이, 처남! 초등학생 처남이 못 하는 소리가 없네."

"아, 죄송해요. 사생활 침해했나요?"

고개를 꾸벅 숙여 사과하는 이찬이다.

"어릴 때 일찍 아팠던 애들은 원래 조숙한 거래요."

"누가 그래?"

"병원에서 누가 하는 말 엿들었어요. 인생의 쓴맛을 너무 일찍 봐 버렸다고."

도하의 가슴이 아련하게 아팠다. 그 힘든 수술과 치료 과정을 몇 번이나 견뎌 낸 나의 꼬마 처남.

"난 조숙한 처남이 마음에 드는데? 나랑 대화도 통하고."

이찬이 환하게 웃었다.

"나도 그런데."

둘이 나란히 벤치에 앉아 껌을 씹는다. 이찬이 발로 툭툭 벤치 아래를 찼다.

"근데 저 애들 노래는 좀 하냐?"

"잘할 리가요?"

어이가 없다는 듯 이찬이 그를 보았다.

"어린이 신문 기자 같이하는 친구들이에요."

"노래 자신 있다면서? 저기 키 큰 녀석이 아까 그랬잖아?"

"아니, 그걸 믿었어요? 햄버거 앞에서는 어떤 말도 할 수 있는, 그저 아이들일 뿐인걸요."

"그럼 영 꽝이야?"

"그래도 합창부가 세 명 있으니까 나머진 입만 움직이라고

하죠 뭐. 립싱크 연습시킬게요."

"그래, 연습 잘 시켜서 디데이에 잘해야 해."

"알았어요."

도하가 이찬의 발에 맞춰 같이 발을 앞뒤로 흔들흔들했다. 도하가 예전에는 한 번도 상상해 보지 못했던, 매형과 처남의 즐거운 시간이었다.

여름이 차차 물러서고 가을이 시작될 무렵 파티가 열렸다. 한 대사관에서 주최한 파티에 도하는 이연과 함께 부부 동반으로 참석했다.

연한 살굿빛 드레스를 입은 이연의 모습이 아름다워 참석한 사람들의 시선이 모두 고정되었다. 간혹 남자들이 이연에게 노골적으로 시선을 주면 도하가 어김없이 나타나 자신의 것이라고 영역 표시를 했다. 그 행동이 확연하게 드러나서 이연은 파티 내내 조그맣게 웃었다.

"어이, 서도하, 이리로 좀 와라. 호출이다."

태승이 도하를 이연의 곁에서 겨우 떼어 냈다.

"왜?"

구석에서 도하에게 샴페인을 따라 주며 태승이 성토를 시작했다.

"야, 너 계속 이럴 거냐?"

"뭐가?"

"너 이연 씨 받들어 모시고 산다며?"

"그게 왜?"

"그게 왜라고 했냐, 지금?"

"남자 체면 어쩌고 강의하려고?"

"나 세미 때문에 돌아가시겠다."

"알아듣게 말해."

"네가 이연 씨한테 하는 이벤트니, 선물이니, 이런 거 닥터고 통해서 고대로 세미 귀에 들어온다고."

태승이 얼굴이 시뻘게져 흥분한다.

"그게 뭐?"

"그럼 그날은 어떻게 되는 줄 아냐? 내 청각이 마비되는 날이다 이거야. 도하 씨도 하는데 왜 당신은 못 해요? 도하 씨는 이랬다는데 왜 당신은 그런 생각조차 없어요? 사람을 들들 볶는다, 볶아."

"그래서 나더러 어쩌라고?"

"뭐든 할 거면 좀 조용히, 비밀로 해라 이 말이야."

도하가 껄껄 웃는다.

"웃을 일이 아니라니까. 너 지금 신혼이라 기운이 남아돌아서 그러나 본데 딱 3개월만 지나 봐라. 지쳐 나가떨어질 거다."

그럴까? 정말 이 마음이 차고 넘쳐서 결국 흘러가 버리는 날이 오기는 올까?

"남자 망신 좀 그만 시키고."

"미안하다."

도하가 고개를 푹 숙였다.

"그래? 좀 미안은 하지? 그러면 앞으로 이 형님이 피곤하지 않게 조절 좀 해라."

"미안한데 그렇게는 못 하겠다."

"뭐어?"

"난 지금처럼 계속 열심히 해도 지난 7년 덮는 게 힘들어. 내 원죄가 크다. 그러니 바싹 길 수밖에. 네 귀에 딱지가 앉더라도 세미 씨한테 시달리도록 해라. 어이, 친구 좋다는 게 뭐냐?"

"이 자식이."

"그럼 나는 이만 우리 부인한테 가 봐야겠다."

도하는 부글부글 폭발 직전인 태승을 남겨 두고 이연에게 향했다.

멀리 아름다운 이연이 보였다. 누구도 막을 수 없다. 그녀에게 향하는 마음의 크기를 자신도 어찌할 수가 없기에.

집에 돌아와 이연은 샤워를 하고 선풍기 앞에서 긴 머리를 말렸다. 어느 날 갑자기 이연은 전자 제품 매장에서 적당한 크기의 선풍기 하나를 사 들고 들어왔다.

에어컨만으로 충분히 시원한 집이었다. 왜 사 왔냐 물으니 머리 말리기 좋다 했다. 그 후에 가끔 도하도 뜨거운 드라이 바람이 싫을 때 선풍기로 머리를 말렸다.

　허리를 구부정하게 구부리고 한쪽 다리를 세운다. 바느질하는 노부인 같은 포즈를 하고 앉은 이연은 차가운 생수를 마셔 가며 천천히 머리를 말리고 있다.

　그 모습을 도하가 지켜보았다. 그녀의 행동 하나하나가 그에게는 모두 '의미'로 다가왔다. 이연의 저 구부정한 어깨에 입맞춤하고 싶었다.

　그러나 타이밍을 놓쳤다. 머리를 말리고 선풍기를 끈 그녀가 이번엔 넓은 1인용 의자에 앉는다.

　'젠장, 저놈의 의자!'

　도하는 당장 저 짙은 베이지색 의자를 갖다 버리고 싶었다. 홍무석이 그녀에게 선물로 주었다 했다.

　분명 흑심이 가득한 의자였다. 무석은 외국으로 떠났지만 무석의 의자가 그들의 거실에 떡하니 놓여 있었다.

　이연은 저 의자를 좋아했다. 북유럽 장인의 손에 의해 탄생된 유서 깊은 의자라며 침이 마르게 칭찬했다.

　도하는 속 좁은 남편의 모습을 보이고 싶지 않아 부글부글 끓는 화를 참고 있었다.

　이연이 뭔가에 집중해 있을 때면 의자 팔걸이에 새겨진 글자를 더듬었다. 음각으로 파진 글자를 쓱쓱 왔다 갔다 훑는 모습이 마음에 안 들었다. 그 글자는 '홍무석'의 영문 알파벳이었다.

　"어?"

　이연이 화들짝 놀라 의자의 팔걸이를 본다. 드디어 이연이

남편이
돌아왔다

음각 글자 위에 덧붙여진 〈트랜스포머〉 스티커를 발견한 것 같았다.

"스티커 당신이 붙였어요?"

범인은 그였다. 하지만 공모자가 있었다.

"아니."

"그럼 아주머니가 그랬나? 아냐? 그럴 리가 없잖아? 어떻게 된 거지?"

사실 이 아이디어는 이찬이의 머리에서 나왔다.

"〈트랜스포머〉? 이거 이찬이가 좋아하는 거 아닌가? 저번에 이찬이 집에 왔을 때 이런 건가?"

혼잣말을 하면서 이연이 스티커를 제거하기 위해 애를 쓴다.

"그러지 말지?"

마침내 도하가 한마디 한다.

"왜요?"

의문이 가득 담긴 눈빛으로 그를 본다.

"아, 처남이 좋아하는데, 그러는 건 좀 아닌 거 같아서."

"나 혼낼 건데요."

"처남을?"

"응. 이제 곧 중학교에 들어갈 애가 아무 데나 이런 걸 붙여서 되겠냐고."

"아니지. 처남이 얼마나 마음이 깊은데 그냥 붙인 게 아닐 거라고. 모르긴 몰라도 다 생각이 있어 그런 걸 테니까 일단 놔두는 게 좋을 거 같아."

도하는 조심스럽게 자신의 의견을 덧붙였다.

"생각이 있어서 그런 거 같다고요?"

"응."

"진심이에요?"

이연은 마치 제정신이냐고 묻는 것 같았다.

"응, 진심이야."

도하는 의지를 굽히지 않고 말한다. 그러자 겨우 이연이 스티커 제거 작업을 멈췄다. 아무래도 내일 일찍 처남과 비밀 통화를 해야만 할 것 같았다.

이연은 보던 신문을 놔두고 침실로 들어갔다. 도하는 졸졸 그녀를 따른다.

이연을 시야에 담아 두지 않으면, 같은 공간에 있어도 시간은 마냥 지루했다. 이연은 화장대 앞에서 매니큐어를 지우고 있었다.

오늘 파티를 위해 미용실과 의상실에서 공들여 준비한 것들이 이렇게 하나둘 그녀에게서 떨어져 나간다.

"왜 꼭 지우는데?"

가끔 그녀의 손톱이 고혹적이다 생각될 때가 있었다. 행사만 끝나면 매니큐어가 후다닥 벗겨지는 게 좀 아쉬웠다.

"애들 진료하는데 어떻게 이런 손톱을 해요?"

맞다. 그녀는 어린이 의사 선생님이다.

"아아, 그렇지?"

도하는 침대에 등을 대고 앉아 책을 보는 척하면서 이연을 엿본다.

심플한 장식의 화장대 의자에 가는 다리를 올리고 이연이 매니큐어를 지운다.

열 개의 손톱에 아세톤을 적신 앙증맞은 화장 솜을 올려놓고 길게 팔을 뻗은 다음 손가락을 펴고 조용히 매니큐어가 지워지길 기다리는 그 시간.

그 시간의 이연을 볼 때면 도하는 가끔 어떤 황홀을 느꼈다. 가슴의 온도가 올라가는, 자신이 빠르게 뜨거워진다고 느끼는 시간.

"가끔 너 때문에 너무 미치겠다."

오늘은 말로 내뱉고야 말았다.

그 자세 그대로 그녀가 고개만 힐긋 돌리고 그를 본다. 무슨 말이냐는 듯 눈으로 묻는다.

너에게 매혹당했다거나, 네가 하루 종일 머릿속에 박혀서 빠져나올 수 없다거나 그런 얘기는 하지 않는다.

도하는 침대에서 일어나 그녀에게 다가섰다.

발그레한 뺨, 젖은 머리칼, 가녀린 쇄골 역시 그를 미치게 한다. 도하는 허리를 굽혀 가만히 그녀에게 키스했다. 길고, 느리고, 다정하게 충만한 감정을 온통 담아서.

"뭐가 미치겠는데요?"

이연이 목이 잠겨 물었다.

독한 아세톤 냄새가 그들의 공간을 채우고 긴 키스가 끝나자 도하가 말했다.

"손톱 예쁘다고. 미치도록."
얼마나 이연을 사랑하고 있는 건지,
도하는 알 수가 없다.

유난히 덥고 비가 많았던 여름이 가고 10월이 다가왔다. 청명한 가을 하늘 아래 도하의 양평 별장에서는 조촐한 결혼식이 열리고 있었다.

주례인 황 변호사 앞에서 도하와 이연이 마주 보았다.

하객은 단출했다. 친구 몇 명과 가까운 친지만 참석한 자리였다. 황 변호사의 뒤에는 '은이연'이라고 쓰여 있는 5월의 나무가 서 있었다.

"나 은이연은 어떤 경우에라도 서도하를 믿고, 존중하고, 사랑하겠습니다. 지켜 주고 늘 함께하겠습니다."

"나 서도하는 어떤 경우에라도 은이연을 믿고, 존중하고, 사랑하겠습니다. 지켜 주고 늘 함께하겠습니다."

혼인 서약을 끝내고 이찬과 친구들이 축가를 불렀다. 음정도, 목소리도 제각각이었다.

하지만 오늘 날씨와 꼭 닮은, 그들의 마음과 꼭 닮은 노래였다.

이연이 아이들의 노래를 조그맣게 따라 불렀고 어느 순간 도하와 눈이 마주쳤다. 도하가 활짝 웃었다.

시원한 바람 한 줄기가 지나갔다.
노래의 마지막 구절이 이러했다.

창밖에 앉은 바람 한 점에도 사랑은 가득한걸.
널 만난 세상 더는 소원 없어. 바람을 죄가 될 테니까.
살아가는 이유, 꿈을 꾸는 이유, 모두가 너라는 걸.
네가 있는 세상 살아가는 동안 더 좋은 것은 없을 거야.
10월의 어느 멋진 날에.

에필로그

겨울.

폭설이 내려 온 세상을 하얗게 뒤덮었다. 수란은 침실의 커다란 창을 열어 차가운 공기를 들이마셨다. 오소소 소름이 돋는데 정신은 맑아지고 두통이 조금 사그라졌다.

수란은 거실로 나섰다.

남해의 별장은 평창동 집만큼이나 컸다. 이 커다란 공간에서 수란은 매일을 지강을 원망하며 보내고 있었다.

"길도 험한데 어쩐 일로 오셨습니까?"

오늘은 방문객이 있다.

"어찌 지내시는지 궁금하기도 하고, 마침 이 근처를 지날 일이 있어서요."

황 변호사가 찾아왔다. 몇 개월 전 평창동 집에서의 만남 이

후 처음이었다.

"도하 결혼식에서 뵙게 될 줄 알았는데 그땐 몸이 안 좋으셨다고요?"

"그렇게 됐습니다."

수란은 황 변호사의 맞은편 소파에 앉았다.

"제가 주례를 본 건, 알고 계시죠?"

"네."

심 비서가 도하의 결혼식 사진을 전해 와 볼 수 있었다. '서진'이라는 타이틀에 어울리지 않는 결혼식이었다. 그토록 소박하고 조악한 결혼식이라니. 어이가 없어 화를 내는 대신 실소했다.

꼭 이연답다고 생각했다.

"이연 양이 아주 지혜롭더군요."

"무슨 말씀이세요?"

이연의 얘기인지라 날카로운 음성이 나왔다.

"결혼식 날 지켜보니 알겠더라고요."

주위에 이연을 칭찬하는 사람이 하나 더 늘었다. 아무래도 자신을 제외한 모든 사람이 이연을 칭송하기로 약속이라도 한 모양이다.

"연락은 자주 하십니까?"

"서로 바쁘다 보니……."

수란은 말끝을 흐렸다.

간간이 도하의 전화는 받았지만 이연에게서 온 전화는 여전히 받지 않았다. 우스꽝스러운 유언장 탓에 어쩔 수 없이 이연을 며느리로 두어야 하지만, 그 애를 두 팔 벌려 환영할 수는 없었다.

이연을 받아들이면 지금껏 자신이 도하에게 해 온 일이 모두 '잘못'이 된다. 수란은 자신의 행동이 과오로 남는 것을 인정할 수 없었다.

"지강이 그 친구가 제수씨 걱정을 많이 했습니다."

이 사람은 지강과의 만남부터 오랜 역사를 같이해 왔다. 그래서 수란은 황 변호사 앞에만 서면 화장을 지운 민낯인 것처럼 어색하고 곤란했다.

"무슨 걱정을요?"

"병원에서 저한테 한 마지막 말이 제수씨 얘기였습니다."

수란은 놀라 황 변호사를 빤히 보았다.

"제 기분 좋으라고 거짓말하시는 거면 안 하셔도 돼요. 전 오래전부터 그 사람에 대한 마음은 접고 살아왔으니까요."

지강은 처음 만났을 때부터 그녀를 이용했다.

전 부인을 경계하기 위해 일부러 자신과 스캔들을 일으켰고 곁에 있게 했다. 도하를 낳게 하고 그의 부인으로 호적에 이름을 올린 후에는 일정한 거리를 두었다. 방치했고 무시했다.

어느 순간 수란은 지강에게 사랑을 갈구하는 대신 힘을 길러야겠다고 생각했다.

사랑하여, 지강의 여자가 되고 그의 아이를 낳았다. 하지만 수란은 그에게 이용당했고 그를 향한 미움만 남았다. 그렇게 수십 년 전 이미 그들의 부부 관계는 어그러졌다.

"제가 왜 거짓말을 하겠습니까?"

황 변호사가 진심 어린 미소를 짓는다.

"이미 간 사람한테 미움 품는 것만큼 어리석은 일이 없습니다. 그러니 이제 그만 마음을 푸세요."

마치 지강의 얘기인 것도 같고 이연에 대한 얘기인 것도 같았다.

"그게 마음대로 되지가 않습니다. 쉽지가…… 않아요."

"마음을 바꾸는 일, 어렵지요. 하지만 한 번 마음을 바꾸면 그다음은 편해집니다."

황 변호사가 일어섰다.

"겨울 가고 봄이 오면 제주에 놀러 오십시오. 봄의 제주는 꼭 제수씨를 닮았습니다."

"그게 무슨 소리예요?"

"봄 햇살이 따사로워 그 어디보다 나긋나긋하지만 바람은 세지요. 무시하면 큰 코 다쳐요."

"칭찬으로 들리지 않는데요."

"칭찬입니다. 그룹 안주인으로 서 회장의 옆에서 잘해 오셨지 않습니까? 지금 도하가 잘 해내고 있는 것에도 제수씨 공이 크고요. 도하도 아마 다 알 겁니다."

도하가 수란의 마음을 알아줄까?

오로지 이연만 신경 쓰느라 자신은 도하에게 잊힌 존재가 되어 버렸을지도 모른다. 그 생각을 하면 이연을 곱게 볼 수가 없었다.

황 변호사가 떠나고 수란은 조금 추운 듯해 벽난로에 불을 지피라 지시했다. 별장 관리를 하는 남자 두어 명이 장작을 가져와 작업을 했다. 주방에 있던 미스 김이 따뜻한 모과차와 간단한 과일을 내왔다. 모과차가 너무 달아 인상을 썼다.

모과차를 보니 설핏 이연이 떠올랐다. 이연처럼 수란의 입맛에 맞게 모과차를 내는 사람은 아직 없었다. 수란이 소파에 앉아 읽던 책을 펼쳐 들었다.

이렇게 사람들이 곁에 있음에도 수란은 이 별장이 텅 빈 것같았다.

마음에 박힌 가시 하나를 자신도 어쩔 수 없어 그냥 방치하고 있다. 그래서 가끔 사무치게 외로웠다.

다시 봄.

인웅이 남해를 찾았다. 인웅은 몇 개월에 한 번씩 찾아와 수란에게 그룹 일을 보고하고 있었다. 이번에는 굿 바이 인사와 함께였다. 인웅이 완전히 서진을 떠난다 했다.

"도하가 이렇게 잘해 주고 있으니 제가 더 이상 필요가 없잖아요?"

"네가 회장 자리 달라고 했으면 도하 안 주고 너한테 넘길 수도 있었어. 넌 어째 그렇게 회장 자리에 미련이 없어?"

"어이구, 됐습니다. 누님. 능력 다해 떠나는데 미련이 남을 리가 있습니까? 저도 이제 늙었어요."

"그렇게 좋아?"

"네, 홀가분해서 날아갈 거 같습니다. 안사람은 또 얼마나 좋아하는데요. 크루즈 여행 간다고 아주 신이 났어요."

"부창부수지 더 말해 뭐해?"

인웅이 호탕하게 웃는다.

"아시다시피 도하는 생각 이상으로 잘 해내고 있어요. 그게 다 이연이가 편안하게 해 주니 그런 거 아니겠습니까?"

"하고 싶은 말이 뭐야?"

"혼자 잘하고 있으니 든든한 배경 있는 며느릿감을 아쉬워할 필요 없단 얘기예요. 누님 고민거리 해결이 된 거 아니냐고요?"

"다들 내 편은 아니구나."

"누님도 참! 편이라니요? 따지고 들면 누님 편은 도하하고 이연이 아닙니까?"

그 아이들이 과연 나의 편일까. 내 말이면 뭐든 반기를 드는 두 아이가.

"누님이 이연이 반대했던 이유, 이제 명분이 사라졌어요. 그럼 입장을 바꾸셔야죠. 이제 노여움 푸시고 편해지시란 말이에요."

"잔소리 그만해. 너까지 안 거들어도 돼."

인웅이 안타까운 듯 수란을 살핀다.

"도하가 전화는 자주 합니까?"

"그래."

하지만 모자간의 대화는 핵심이 빠진 채 간단한 안부만 묻고

짧게 끝났다.

　전화가 끊겨 삐 신호 음이 울리는 휴대폰을 가만히 쥐고 수란은 후회를 했다. 도하와 다정한 대화를 나누고 싶었다. 하지만 전화가 걸려 오면 뾰족한 말만 내뱉게 된다.

　"이연이 전화는 여전히 안 받으세요? 아직도 하기는 해요?"

　"끈기 하나는 타고난 아이 아니냐? 받지도 않는 전화, 꾸준히는 하지."

　"그러니까 이제 좀 적당히 넘어가 주세요, 누님이."

　계절이 바뀌고 시간이 흘러 지강에 대한 원망이나 이연에 대한 감정이 조금씩 무뎌지기는 했다.

　하지만 여전히 마음이 풀어지지가 않는다. 도하가 이연을 만나는 일이 불가항력이라 하였듯 수란 역시 그랬다. 이연을 내치는 일은 불가항력이었다. 자신의 살아온 삶의 가치에 예외를 만들 수는 없었다.

　다시 여름.

　금천댁이 남해에 내려와 있다. 날이 너무 더워서인지, 입맛이 없어져 식사를 거른 탓에 기운이 허해져 수란은 갑자기 쓰러졌다. 그 소식을 듣고 부랴부랴 서울에서 금천댁이 내려왔다. 수란의 식사를 책임지라는 도하와 이연의 부탁을 받았다고 했다.

　금천댁까지 나와 버린 평창동 집의 상태가 어떤지 수란은 걱정되었다.

"뭘 걱정하세요? 작은 사모님이 시간 날 때마다 들러서 돌보는데요."

금천댁의 말에 조금 안심이 된다. 이연이를 미워하면서도 어떤 부분에서는 가장 믿음직스러워하는 자신이 우습다.

오늘은 서울에서 금천댁의 손녀가 방문했다.

갓 돌이 지난 아이가 쉬지 않고 옹알이를 한다. 이제 막 걸음마를 떼기 시작한 아이가 정원을 걷다가 넘어지자 금천댁이 아이를 일으키며 함박웃음을 짓는다.

수란은 저도 모르게 미소가 감돈다.

행복한 풍경. 그래, 인정할 수밖에 없다. 저런 것이 행복이지.

아이를 재우고 금천댁이 거실에 있는 수란에게 여러 가지 곡물과 과일이 섞인 주스를 타 가져왔다.

"소식 들으셨어요?"

"무슨 소식요?"

"아이구, 못 들으셨구먼요. 작은 사모님, 아기 가지셨대요."

수란이 들고 있던 주스 컵을 떨어뜨릴 뻔했다.

"아기요?"

"저는 미스 김 통해서 어제 들었는데 도련님이 전화 안 왔나 봐요?"

"……."

"아이구, 이제 좀 서울도 가고 그러세요. 아니면 도련님이랑 사모님 좀 불러들이시든지요."

"……."

"앞으로 어쩌시려고 그래요? 이제 곧 손주가 태어날 텐데 이렇게 등 돌리고 있으실 거예요? 손주 재미도 보시고 하셔야죠?"

수란은 참견을 하는 금천댁의 말에도 미동이 없었다.

"아이구, 사모님. 주스 다 마셔요. 이거 드셔야 돼요. 작은 사모님이 신경 써서 직접 만든 거라구요. 다 마실 때까지 앞에서 움직이지 말랬으니까……."

"그 애 오지랖은 참. 알았어요."

수란이 금천댁의 성화에 주스를 다 마셨다. 그제야 금천댁이 컵을 들고 주방으로 사라졌다.

수란은 별장을 둘러싼 산책로를 천천히 걸었다. 무더운 한낮의 더위가 나무숲으로 인해 차츰 수그러든다.

이연이 아이를 가졌단 얘기를 들을 때부터 가슴이 뛰기 시작했다. 마음이 어지러웠다.

임신 10주라 하니, 내년 봄이 시작될 즈음에는 도하를 닮은 아이가 세상에 나올 것이다. 마치 아이의 얼굴이 그려지는 듯했다.

수란이 산책을 마치고 오자 금천댁이 뭔가를 내밀었다.

"아까 우체부 다녀갔어요. 사모님한테 편지가 왔네요."

하얀 봉투에 적힌 발신인은 '서지강'이었다.

서지강? 대체 누가 이런 장난을!

수란이 편지지를 펼쳐 들었다. 그런데 믿을 수 없게도 지강의 글씨가 맞았다. 수란은 편지를 읽기 시작했다.

이제 시간이 얼마 남지 않았소.

아마 오늘을 못 넘기고 나는 이 세상을 뜰 거요.

당신에게 참 많이 미안하구려.

살면서 내 첫 번째는 회사였소. 서진이 내 몸보다 소중했지. 그래서 당신을 방치했소. 이제 와 생각하니 다 부질없단 생각이 드오. 왜 그리 회사에 집착했는지…….

난 바보 같았소. 그 오랜 시간 당신을 버려두고서 이제 와 후회를 하오.

당신 말을 들었어야 했어. 여길 오는 게 아니었는데…….

그러면 이런 사고도 안 당했을 텐데…….

당신 마음 아프게 하고 마지막까지 이렇게 떠나게 되어 미안하오.

그리고 어쩌면 당신이 싫어하는 일을 또 하고 갈지도 모르겠소. 도하가 나처럼 후회하지 않게 하기 위해서요. 일로는 얻을 수 없는 행복과 기쁨, 그 애한테는 꼭 찾아 주고 싶소.

사랑하오. 아프지 마오. 부디.

수란은 편지를 가슴에 푹 묻었다. 냉정한 가슴이 조금씩 무너지기 시작한다. 어쩔 수 없이 눈이 흐려졌다.

지강을 많이 미워했고 원망했다. 긴 세월 지강이 자신을 사랑한 것이 아니라 이용했다 생각했다. 그 배신감에 차곡차곡 분노를 쌓아 나갔다.

그런데 지강이 후회한다 한다. 사랑했다 한다. 그는 전혀 아프지 않다고 생각했는데……. 그도 마지막 가는 길에 조금은 아팠나 보았다.

수란의 눈에 눈물이 그렁그렁해지더니 볼을 타고 흘러내린다. 수란의 마음은 내내 음습하여 불행했다. 그 마음에 어디선가 청량한 바람이 불어온다. 그리고 따뜻한 것으로 마음이 채워지기 시작한다.

며칠 후, 금천댁이 부산스럽게 거실로 들어오더니 한숨을 꺼지게 쉰다.

"또 무슨 일이에요?"

수란이 물었다.

"작은 사모님이 쓰러졌다고 하네요. 일하다가."

"뭐라고요?"

"도련님이 말리는데도 사모님은 괜찮다고 다시 병원 나가겠다고 하는 모양이에요."

이게 무슨 말도 안 되는 소린가? 아니, 지금 중요한 게 병원이 아니지 않은가?

수란은 도하 전에 아이를 둘이나 잃었다. 그것이 수란을 얼마나 힘들게 했는지 아직도 생생하다.

수란은 장 비서를 불렀다.

"지금 당장 이연이 산부인과 닥터 누군지 알아봐서 연결시켜요."

장 비서가 일을 보는 동안 수란은 참지 못하고 도하에게 전화를 걸었다.

"왜 요즘 전화가 뜸하니?"

—죄송해요. 출장에 일이 좀 있어서. 아, 이연이 아기 가졌어요. 들으셨죠?

"결혼하면 아이 생기는 거 뭐 특별한 일이라고."

—꼭 그렇게 냉정하게 말씀하셔야 해요?

"이연이 조심시키고는 있는 거냐?"

—네?

"쓰러졌다면서?"

—지금 이연이 걱정하시는 거예요?

"그 애 고집을 내가 좀 아니까 하는 말이야. 초산은 조심해야 하니 병원 그만두게 하든지, 잠시 쉬게 하든지 해."

—어머니가 와서 말씀하세요. 제 말은 영 안 들어요.

"나 참, 그것까지 어미가 해 줘야 해?"

—내 말은 안 들어도 어머니 말씀이라면 자다가도 벌떡 일어나니 그러죠. 여하튼 조심시키고 있으니 너무 걱정 마세요."

"무슨 걱정을 한다고."

수란이 한숨을 쉬며 전화를 끊었다.

말은 그렇게 했지만 당장 서울로 달려가고 싶었다. 이렇게 속절없이 도하와 이연에게 투항을 하게 되는 건가.

허탈한 웃음이 나왔다.

다시 가을.

평창동 집의 팔각정 정자에 평화로운 두 사람이 보인다. 여자는 남자의 무릎을 베고 누워 있다. 여자는 연신 불룩한 배를 쓰다듬는다. 얼굴에 환한 웃음이 가득하다.

"어떻게 입덧도 안 해?"

도하가 말했다.

"안 하는 게 불만이에요?"

"아니. 그 핑계로 쉬게 할 생각이었지. 계획이 어그러졌어. 우린 순한 아기 때문에."

"엄마도 안 했대. 나도 순했다고 하더라고요."

이연이 웃으며 답한다.

"그럼 우리 주니어는 순한 아이가 나오겠지?"

"그건 모르지. 당신 닮아서 성질 좀 있는 아이가 나올지."

"내가 무슨 성질이 있다고! 너랑 결혼하는 순간, 있던 성질도 공중 분해 됐다고. 너무 순한 양이 돼서 늘 태승이한테 놀림 받는 거 몰라?"

이연이 큭큭 웃었다.

결혼식을 올린 지 1년 만에 이연은 아기를 가졌다. 임신 5개월에 접어들어, 이제 몸이 조금씩 무거워지려 한다.

이연이 뭔가를 만지작거린다.

"뭐야?"

"배냇저고리"

"장모님이 보내셨어?"

"아니. 어머니가."

"뭐?"

"남해에서 보내왔어요. 당신이 입었던 거라면서."

이연이 배냇저고리를 꼭 가슴에 품는다.

"그렇게 좋아?"

"그냥 어머니 마음이 느껴져서. 다 알 거 같거든요."

"전화도 아니고, 만나러 온 것도 아니고, 그저 옷 하나 보냈는데?"

"이거면 충분해요."

이연이 일어나 앉았다. 그리고 도하의 몸에 조그마한 배냇저고리를 대 본다.

"이렇게 작던 아이가 어떻게 이렇게 커졌을까?"

이연이 활짝 웃었다.

"고마워요."

"뭐가?"

"이 집에서 행복할 수 있게 해 줘서."

이연이 도하에게 다가가 살며시 입을 맞춘다. 갈색으로 물든 낙엽이 하나둘 떨어져 내린다. 시원한 한 줄기 바람이 두 사람을 부드럽게 훑고 지나간다.

행복한 가을이 그들을 지나가고 있었다.

This love story is over. But love is forever.

작가 후기

소프라노 신영옥이 부른 〈산길〉이라는 가곡을 듣고 있습니다.

산길을 간다 말없이 홀로 산길을 간다
해는 져서 새소리
새소리 그치고
짐승의 발자취 그윽이 들리는 산길을 간다, 말없이
밤에 홀로 산길을
홀로 산길을 간다

이 스산하고 아름다운 가곡은 꼭 글을 완성하는 고독한 사람의 이야기처럼 들립니다.

글은 고독해야 쓰는데, 저는 고독을 좋아하지 않습니다. 도무지 고독한 사람이 될 수 없는 장르예요.

물론 혼자만의 시간도 즐겁지만, 가끔은 누군가와 소소하게 수다를 떨며 교감하는 것이 인생의 유일한 낙처럼 여겨질 때가 있습니다. 바로 무언가가 눈앞에 닥쳤을 때이지요.

소설은 완성해야 비로소 세상에 내놓는데 그 길로 치달리려 하면 저는 문득 두려워지거나 사람들이 그리워 그 고독의 동굴에 발을 들여놓기를 회피합니다.

어느 날 갑자기, 예상치 못하게 결혼을 하게 되었고 아이가 태어났습니다.

이 소설의 대부분은 고독과 카페와, 유모차에서 잠을 자는 아이와 함께 앞으로 나아갔습니다.

커피 향이 맴도는 시끌시끌한 카페, 타인들의 다양한 수다 위에서 혼자 '고독'하려고 했습니다. 그 고독의 자세로 로맨스를 생각했고 두 주인공이 되어 페이지를 채워 나갔습니다.

조금은 특별하고도 즐거운 고독이었다고 생각합니다.

《남편이 돌아왔다》는 2008년 4월에 시작해 인터넷에 연재를 하다가, 또 중단하다를 반복하다 결국 지난겨울, 끝을 맺었습니다.

　정통 '격정' 로맨스를 한번 써 보자, 하고 시작한 글인데, 역시 별다를 것 없는, 제 식의 '잔잔' 로맨스가 된 것 같습니다. 부디 독자 여러분들이 즐겁고 재미있게 읽어 주셨으면 좋겠습니다.

　소설의 목차(제목과 몇 줄의 가사)는 국내외 아름다운 가곡에서 빌려 왔습니다. 〈4월의 노래〉부터 〈10월의 어느 멋진 날에〉까지 이 글을 쓰는 동안 새롭게 가곡의 매력에 빠져들어 행복했습니다.

　이제 감사를 말할 시간이군요.

　오랜 시간 기다려 준 로코코 편집부 박지해 양에게 심심한 감사를 전합니다. 소설을 완성하는 데 든든한 힘이 되었습니다.

그리고 친애하는 남편님과 어여쁜 나의 아이, 늘 응원해 주는 가족들, 진실한 마음을 나누는 친구들에게 사랑과 감사를 전합니다.

게으른 작가를 기다려 주신 독자 여러분께도 많이 감사드립니다.

모두 건강하고 행복하기를 바랍니다.

2013년 봄, 문지효.